PAUSA

Obras da autora publicadas pela Editora Record:

Série Slammed
Métrica
Pausa
Essa garota

Série Hopeless
Um caso perdido
Sem esperança
Em busca de Cinderela
Em busca da perfeição

Série Nunca Jamais
Nunca, jamais
Nunca, jamais: parte 2
Nunca, jamais: parte 3

Série Talvez
Talvez um dia
Talvez agora

Série É Assim que Acaba
É assim que acaba
É assim que começa

O lado feio do amor
Novembro, 9
Confesse
Tarde demais
As mil partes do meu coração
Todas as suas (im)perfeições
Verity
Se não fosse você
Layla
Até o verão terminar
Uma segunda chance

PAUSA

COLLEEN HOOVER

Tradução
Priscila Catão

4ª edição

Galera
RIO DE JANEIRO
2025

CIP-BRASIL. CATALOGAÇÃO NA PUBLICAÇÃO
SINDICATO NACIONAL DOS EDITORES DE LIVROS, RJ

H759p

Hoover, Colleen, 1979-
Pausa / Colleen Hoover ; tradução Priscila Catão. - 4. ed. - Rio de Janeiro: Galera Record, 2025.

(Slammed ; 2)

Tradução de: Point of retreat
Sequência de: Métrica
Continua com: Essa garota
ISBN 978-65-5981-276-9

1. Ficção americana. I. Catão, Priscila. II. Título. III. Série.

23-81992

CDD: 813
CDU: 82-3(73)

Meri Gleice Rodrigues de Souza - Bibliotecária - CRB-7/6439

Título original em inglês:
Slammed: Point of retreat

Texto revisado segundo o Acordo Ortográfico da Língua Portuguesa de 1990.

Composição de miolo: Abreu's System

Direitos exclusivos de publicação em língua portuguesa somente para o Brasil adquiridos pela
EDITORA GALERA RECORD LTDA.
Rua Argentina, 120 – Rio de Janeiro, RJ – 20921-380 – Tel.: (21)2585-2000, que se reserva a propriedade literária desta tradução.

Impresso no Brasil

ISBN: 978-65-5981-276-9

PAUSA

Este livro é dedicado a todos que leram Métrica *e que me incentivaram a continuar contando a história de Layken e Will.*

Prólogo

31 DE DEZEMBRO

"Resoluções de Ano-Novo"

Estou confiante de que esse vai ser nosso ano. Meu e de Lake.

Os últimos com certeza não foram muito bons para nós. Já faz mais de três anos que meus pais morreram inesperadamente, me deixando totalmente sozinho para cuidar do meu irmão caçula. O fato de Vaughn ter resolvido terminar nosso namoro de dois anos logo após a morte deles também não ajudou. Para completar, acabei tendo de abdicar da minha bolsa de estudos. Abandonar a universidade e voltar para Ypsilanti para me tornar o guardião legal de Caulder foi uma das decisões mais difíceis que já tomei... mas também uma das melhores.

Passei todos os dias do ano seguinte aprendendo a me adaptar. Como me adaptar à mágoa, à ausência de meus pais, a basicamente me tornar um pai e a única fonte de renda de uma família. Recapitulando, acho que eu não teria conseguido nada disso sem Caulder. Ele foi a única coisa que me fez prosseguir.

Nem me lembro da primeira metade do ano passado. Ele só começou para mim em 22 de setembro, o dia em que vi Lake pela primeira vez. Claro, o ano passado terminou sendo tão difícil quanto os anteriores, mas de uma forma completamente diferente. Nunca me senti mais vivo do que quando estava com ela — mas, considerando nossas circunstâncias, não podíamos ficar juntos. Então acho que não passei tanto tempo assim me sentindo vivo.

Este ano foi melhor, ao seu modo. Teve muita paixão, muito luto, muita recuperação e ainda mais adaptação. Julia faleceu em setembro. Não esperava que a morte dela fosse me afetar tanto assim. Foi quase como perder minha própria mãe mais uma vez.

Sinto saudades da minha mãe. E sinto saudades de Julia. Ainda bem que tenho Lake.

Assim como eu, meu pai adorava escrever. Ele sempre me dizia que escrever seus pensamentos diários era terapêutico para a alma. Talvez uma das razões pelas quais tem sido tão difícil me adaptar nos últimos três anos seja porque não segui o conselho dele. Imaginei que participar de competições de slam algumas vezes ao ano seria "terapia" bastante para mim. Talvez eu estivesse errado. Quero que o próximo ano seja tudo que estou planejando: perfeito. Tendo dito (ou escrito) tudo isso, escrever é minha resolução de Ano-Novo. Mesmo que seja apenas uma palavra por dia, eu vou escrever... vou colocar para fora o que sinto.

parte um

1.

QUINTA-FEIRA, 5 DE JANEIRO

Hoje eu fiz minha matrícula. Não consegui encaixar as aulas nos dias que queria, porém só tenho mais dois semestres, então fica difícil ser exigente quanto aos meus horários. Estou pensando em procurar novamente uma vaga de professor nas escolas locais depois do próximo semestre. Se tudo der certo, daqui a um ano estarei lecionando outra vez. Por enquanto, vou vivendo à custa dos empréstimos estudantis. Que bom que meus avós têm me apoiado enquanto faço meu mestrado. Não seria capaz de fazer isso sem eles, com certeza.

Hoje à noite vamos jantar com Gavin e Eddie. Acho que vou fazer cheeseburguer. Sim, cheeseburger parece ótimo. É tudo que tenho para dizer agora...

— Layken está aqui ou lá? — pergunta Eddie, espiando da porta da frente.

— Lá — respondo da cozinha.

Será que tem um aviso na minha casa sinalizando para as pessoas *não* baterem na porta? Lake nem bate mais, e pelo jeito Eddie também se sente bem à vontade por aqui. Eddie atravessa a rua para ir à casa de Lake, e Gavin entra, batendo os nós dos dedos na porta. Não foi uma batida formal, mas pelo menos ele tentou.

— O que vamos comer? — pergunta ele. Tira os sapatos perto da porta e vem para a cozinha.

— *Cheeseburger*. — Entrego uma espátula a ele e aponto para o fogão, indicando que vire os hambúrgueres enquanto tiro as batatas fritas do forno.

— Will, você já percebeu que fazer a comida sempre sobra pra gente?

— Isso provavelmente não é algo ruim — argumento, enquanto solto as fritas da panela. — Lembra-se do fettuccine Alfredo de Eddie?

Ele faz uma careta.

— Bem lembrado — diz ele.

Chamo Kel e Caulder para virem arrumar a mesa. No último ano, desde que Lake e eu estamos juntos, Gavin e Eddie têm vindo jantar conosco pelo menos duas vezes por semana. Acabei tendo de comprar uma mesa de jantar, porque o balcão da cozinha estava ficando um pouquinho lotado.

— Oi, Gavin — diz Kel. Ele entra na cozinha e pega uma pilha de copos no armário.

— Oi — responde Gavin. — Já decidiu onde vai ser sua festa na semana que vem?

Kel dá de ombros.

— Não sei. Talvez no boliche. Ou podemos fazer algo aqui mesmo.

Caulder entra na cozinha e começa a arrumar os jogos americanos na mesa. Olho para trás e noto que eles estão colocando um jogo a mais.

— Vai vir mais alguém? — pergunto.

— Kel convidou Kiersten — diz Caulder num tom brincalhão.

Kiersten tinha se mudado para uma casa em nossa rua há cerca de um mês, e Kel parece ter uma quedinha por ela. Mas não admite isso. Ele está prestes a completar 11 anos, então Lake e eu já estávamos esperando que algo assim acontecesse. Kiersten é alguns meses mais velha e bem mais alta. As garotas chegam à puberdade primeiro, por isso talvez ele alcance a altura dela depois.

— Da próxima vez que convidarem alguém, me avisem. Agora vou precisar fazer outro hambúrguer. — Vou até a geladeira e tiro mais um.

— Ela não come carne — diz Kel. — É vegetariana.

Era de se esperar. Guardo o hambúrguer de novo na geladeira.

— Não tenho nenhuma carne de mentira. O que ela vai fazer? Comer pão?

— Posso comer pão, sim — diz Kiersten, entrando pela porta da frente... sem bater. — Gosto de pão. De batata frita também. Só não como nada que seja resultado de homicídio animal injustificado. — Kiersten se aproxima da mesa, pega o rolo de papel-toalha e começa a rasgar as folhas, colocando uma ao lado de cada prato. Seu jeito confiante me lembra um pouco de Eddie.

— Quem é ela? — pergunta Gavin, observando Kiersten, que está bem à vontade. Ela nunca veio comer com a gente antes, mas ninguém desconfiaria ao ver como está comandando a organização.

— Ela é a vizinha de 11 anos sobre quem eu falei. A que eu acho que é uma impostora por causa das coisas que diz.

Estou começando a suspeitar de que na verdade ela é uma anã fingindo ser uma criança ruiva.

— Ah, é dela que Kel gosta? — Gavin sorri, e percebo que ele já está com a mente em disparada, pensando em maneiras de envergonhar Kel durante o jantar. A noite vai ser interessante.

Gavin e eu ficamos bem próximos no último ano. Imagino que isso seja bom, considerando o quanto Eddie e Lake são amigas. Kel e Caulder também gostam bastante deles. É legal. Gosto do esquema que todos nós temos. Espero que as coisas continuem assim.

Eddie e Lake finalmente chegam enquanto estamos nos sentando à mesa. O cabelo molhado de Lake está preso num coque no topo da cabeça. Está de pantufas, calça de moletom e uma camiseta. Adoro isso — o fato de ela se sentir tão à vontade aqui. Ela senta-se ao meu lado, inclina-se e me dá um beijo na bochecha.

— Obrigada, amor. Desculpe a demora. Estava tentando me matricular em estatística, mas a turma já está cheia. Acho que amanhã vou ter de bajular alguém na administração.

— Por que você quer fazer estatística? — pergunta Gavin. Ele pega o catchup e o espreme por cima do prato.

— Fiz álgebra II no minissemestre de inverno. Estou tentando me livrar logo de todas as disciplinas ligadas a matemática no primeiro ano, pois odeio muito. — Lake pega o catchup das mãos de Gavin e o espreme no meu prato, depois no próprio prato.

— Por que está com tanta pressa? Você já fez mais créditos que eu e Eddie juntos — diz ele. Eddie concorda com a cabeça e dá uma mordida no sanduíche.

Lake meneia a cabeça em direção a Kel e Caulder.

— Já tenho mais *crianças* para cuidar que você e Eddie juntos. É por *isso* que estou com tanta pressa.

— Você vai se formar em quê? — pergunta Kiersten para Lake.

Eddie olha para Kiersten, finalmente percebendo que tem uma pessoa nova sentada à mesa.

— Quem é você?

Kiersten olha para Eddie e sorri.

— Meu nome é Kiersten. Moro na diagonal de Will e Caulder, e em paralelo a Layken e Kel. A gente veio de Detroit pra cá um pouco antes do Natal. Mamãe diz que a gente estava precisando sair da cidade antes que a cidade saísse da gente... sei lá o que isso significa. Tenho 11 anos. Tenho 11 anos desde 11/11/11. Foi um dia bem importante, sabe? São poucas as pessoas que podem dizer que fizeram 11 anos em 11/11/11. Fiquei um pouco triste por ter nascido às 15h. Se eu tivesse nascido às 11h11, tenho certeza de que eu teria virado notícia ou algo assim. Eu poderia ter gravado a matéria e colocado no meu portfólio. Quero ser atriz quando crescer.

Eddie, assim como todos nós, fica olhando para Kiersten sem responder nada. Kiersten não percebe, se vira para Lake e repete a pergunta:

— Você vai se formar em quê, Layken?

Lake coloca o hambúrguer no prato e pigarreia. Eu sei o quanto ela odeia essa pergunta. Ela tenta responder com segurança:

— Não decidi ainda.

Kiersten olha para ela com pena.

— Entendo. Os famosos indecisos. Meu irmão mais velho está repetindo o segundo ano da faculdade há três anos.

Ele já tem créditos suficientes para se formar em cinco áreas diferentes. Acho que continua sem decidir porque prefere dormir até tarde todos os dias, ficar em sala de aula por umas três horas e sair toda noite em vez de se formar e arranjar um emprego de verdade. Mamãe diz que isso não é verdade, que é porque ele está tentando "descobrir seu verdadeiro potencial", investigando tudo que acha interessante. Em minha opinião, isso tudo é a maior merda.

Engasgo quando o gole que acabei de dar tenta voltar por causa da minha risada.

— Você disse "merda"! — comenta Kel.

— Kel, não diga "merda"! — diz Lake.

— Mas ela disse "merda" primeiro — rebate Caulder, defendendo Kel.

— Caulder, não diga "merda"! — grito.

— Desculpem — diz Kiersten para Lake e para mim. — Mamãe diz que a FCC é a responsável por inventar palavrões só para ter algum poder de choque dentro da mídia. Ela diz que se todos falassem mais palavrões, eles deixariam de ser considerados palavrões e ninguém mais ficaria ofendido com eles.

É difícil acompanhar essa menina!

— Sua mãe *incentiva* você a falar palavrões? — pergunta Gavin.

Kiersten faz que sim com a cabeça.

— Enxergo isso de outra maneira. É mais como se ela estivesse nos incentivando a sabotar um sistema que é defeituoso por causa do uso exagerado de palavras interpretadas como xingamentos, quando na verdade são apenas letras misturadas, como qualquer outra palavra. É só isso que elas são, letras misturadas. Tipo, pegue a palavra "borboleta", por exemplo. E se um dia alguém decidisse que "borboleta" é um palavrão? As pessoas acabariam usando "borboleta" como um insulto, para enfatizar coisas de maneira negativa. A *palavra* mesmo não significa nada. É o sentido negativo que as pessoas associam a ela que a transforma. Então se a gente simplesmente decidisse continuar falando "borboleta" o tempo inteiro, as pessoas não ligariam mais. O poder de choque da palavra diminuiria, e ela passaria a ser um termo comum. É assim com todos os supostos palavrões. Se a gente começasse a repeti-los o tempo inteiro, eles deixariam de ser palavrões. Enfim, é isso que minha mãe diz. — Ela sorri, pega uma batata frita e a mergulha no catchup.

Durante as visitas de Kiersten, sempre me pergunto como foi que ela virou o que virou. Ainda não conheci a mãe dela, mas, pelo que já ouvi, definitivamente não é muito normal. Está na cara que Kiersten é mais inteligente que a maioria das crianças de sua idade, mesmo que de um jeito meio estranho. As coisas que saem de sua boca fazem Kel e Caulder parecerem relativamente normais.

— Kiersten? — diz Eddie. — Quer ser minha nova melhor amiga?

Lake pega uma batata frita de seu prato e a joga em Eddie, atingindo-a no rosto.

— Deixe de merda — diz Lake.

— Ah, vá se *borboletar* — implica Eddie, e joga uma batata frita em Lake.

Eu pego a batata no ar, esperando evitar mais uma guerra de comida como a que aconteceu na semana anterior. Ainda estou encontrando brócolis por todo canto.

— Parem — digo, colocando a batata frita na mesa. — Se vocês duas começarem outra guerra de comida na minha casa, vai ser a maior borboleta para as *duas*!

Lake percebe que estou falando sério. Ela aperta minha perna por debaixo da mesa e muda de assunto.

— Hora do chato-e-legal.

— Hora do chato-e-legal? — pergunta Kiersten, confusa.

Kel explica:

— É quando você tem de contar o que foi legal e o que foi chato no seu dia. O que foi bom e o que foi ruim. A melhor e a pior parte. Os altos e os baixos. A gente faz isso em todos os jantares.

Kiersten meneia a cabeça, compreendendo.

— Eu começo — diz Eddie. — A matrícula hoje foi bem chata. Fiquei com aulas nas segundas, quartas e sextas. Terça e quinta estava tudo lotado.

Todo mundo prefere os horários de terça e quinta. As aulas são mais longas, porém vale a pena, pois a pessoa só precisa ir duas vezes na semana em vez de três.

— O *legal* foi conhecer Kiersten, minha nova melhor amiga — diz Eddie, fulminando Lake com o olhar.

Lake pega outra batata frita e a joga em Eddie. Ela se abaixa, e a batata passa por cima de sua cabeça. Pego o prato de Lake e o puxo para meu outro lado, longe do alcance dela.

Lake dá de ombros e sorri para mim.

— Desculpe. — Ela tira uma batata frita do meu prato e a enfia na boca.

— Sua vez, Sr. Cooper — diz Eddie. Ela ainda me chama assim, principalmente quando quer enfatizar que estou sendo "entediante".

— A matrícula também foi o meu chato. Peguei segundas, quartas e sextas.

Lake se volta para mim, chateada.

— O quê? Achei que fôssemos escolher aulas de terça e quinta.

— Tentei, amor. Mas eles não têm aulas do meu nível nesses dias. Eu te mandei uma mensagem avisando.

Ela faz um bico.

— Cara, isso é superchato — diz ela. — E eu nao recebi sua mensagem. Não consigo encontrar meu telefone de novo.

Ela sempre perde o telefone.

— Qual foi o legal do seu dia? — pergunta Eddie para mim.

Essa é fácil.

— O legal está sendo exatamente agora — digo, enquanto beijo Lake na testa.

Kel e Caulder gemem.

— Will, *toda* noite você diz que este é o legal do dia — comenta Caulder, irritado.

— Minha vez — diz Lake. — Já para mim, a matrícula foi o legal. Não me decidi ainda em relação à estatística, mas as outras quatro matérias estão exatamente como eu queria. — Ela olha para Eddie e continua: — O chato foi perder minha melhor amiga para uma menina de 11 anos.

Eddie ri.

— Quero participar — pede Kiersten. Ninguém se opõe. — Pra mim o chato foi jantar pão — diz ela, olhando para o prato.

Ela é atrevida. Jogo mais um pedaço de pão em seu prato.

— Da próxima vez que aparecer para jantar na casa de um carnívoro sem ser convidada, talvez seja melhor levar sua própria carne de mentira.

Ela ignora meu comentário.

— O legal foi às 15h.

— O que aconteceu às 15h? — pergunta Gavin.

Kiersten dá de ombros.

— As aulas acabaram. Eu *odeio* essa borboleta de escola.

As três crianças olham umas para as outras, como se houvesse um acordo tácito entre elas. Mais tarde perguntarei a Caulder a respeito. Lake me dá uma cotovelada e lança um olhar questionador, demonstrando que está pensando a mesma coisa.

— É a sua vez, seja lá qual for seu nome — continua Kiersten para Gavin.

— Meu nome é Gavin. E hoje o chato foi ver que uma menina de 11 anos tem um vocabulário maior que o meu — diz ele, sorrindo para Kiersten. — O legal é meio que uma surpresa. — Ele olha pra Eddie e fica aguardando a reação dela.

— O que é? — diz Eddie.

— É, o que é? — acrescenta Lake.

Também fico curioso. Gavin só faz recostar-se na cadeira, sorrindo, esperando que a gente adivinhe.

Eddie dá um empurrão nele.

— Conta! — insiste ela.

Ele se inclina para a frente e bate as mãos na mesa.

— Consegui um emprego! No Getty's, entregando pizza! — Por alguma razão, ele está contente com isso.

— *Isso* é o legal do seu dia? Você virou entregador de pizza? — pergunta Eddie. — Para mim, isso está mais para algo chato.

— Você sabe que eu estava procurando emprego. E é no Getty's. A gente adora o Getty's!

Eddie revira os olhos.

— Bem, então parabéns — diz ela, de maneira não muito convincente.

— A gente vai comer pizza de graça, então? — pergunta Kel.

— Não, mas vamos ter desconto — responde Gavin.

— Então esse é o legal do meu dia — diz Kel. — Pizza barata! — Gavin parece ficar contente ao ver que alguém está animado com a novidade. — Hoje a diretora Brill foi o chato do meu dia.

— Ai meu Deus, o que ela fez? — pergunta Lake. — Ou, melhor, o que *você* fez?

— Não foi só eu — diz Kel.

Caulder coloca o cotovelo na mesa e tenta esconder o rosto do meu campo de visão.

— O que você fez, Caulder? — pergunto. Ele abaixa a mão e olha para Gavin. Este apoia o cotovelo na mesa e também desvia o rosto do meu campo de visão. Ele continua comendo enquanto ignora meu olhar.

— Gavin? Que brincadeira você ensinou a eles dessa vez?

Gavin pega duas batatas fritas e joga em Kel e Caulder.

— Parei! Não vou contar mais nenhuma história para vocês dois. Toda vez vocês se metem em encrenca! — Kel e Caulder riem e jogam as batatas de volta nele.

— Eu posso dedurá-los, não me importo — diz Kiersten. — Eles se meteram em encrenca na hora do almoço. A Sra. Brill estava do outro lado do refeitório, e eles estavam tentando inventar algum jeito de fazê-la sair correndo.

Todo mundo sabe que ela cambaleia como um pato quando corre, e a gente queria ver isso. Então Kel fingiu estar se engasgando, e Caulder fez o maior teatro, se colocou atrás dele e começou a bater em suas costas, fingindo fazer a manobra de Heimlich. A Sra. Brill surtou! Quando ela chegou à nossa mesa, Kel alegou estar melhor. Ele disse para a Sra. Brill que Caulder havia salvado a vida dele. E teria sido ótimo se a história tivesse acabado aí, mas ela já tinha dito para alguém ligar para a emergência. Em questão de minutos, duas ambulâncias e um caminhão de bombeiros chegaram à escola. Um dos garotos da mesa ao lado contou para a Sra. Brill que foi tudo fingimento, então Kel foi para a diretoria.

Lake inclina-se para a frente e fulmina Kel com o olhar.

— Por favor, diga que ela está brincando.

Kel olha para cima com uma expressão inocente.

— Era uma brincadeira. Não achei que ninguém fosse ligar para a emergência. Agora vou ter de passar a próxima semana inteira na detenção.

— Por que a Sra. Brill não me ligou? — pergunta Lake para ele.

— Tenho certeza de que ela ligou — disse ele. — Você perdeu seu telefone, não lembra?

— Argh! Se ela me chamar para uma conversa mais uma vez, você vai ficar de castigo!

Viro-me para Caulder, que está evitando meu olhar.

— Caulder, e você? Por que a Sra. Brill não me ligou?

Ele se vira para mim e abre um sorriso travesso.

— Kel mentiu por mim. Disse que eu pensei que ele estivesse se engasgando de verdade, que eu estava tentando salvar a vida dele — explicou. — E foi esse o legal do meu dia. Fui recompensado pelo meu comportamento heroico.

A Sra. Brill me deu autorização para passar duas aulas na biblioteca.

Só mesmo Caulder para encontrar um jeito de ser recompensado em vez de precisar ficar em detenção.

— Vocês dois têm de parar com isso — digo para eles. — E Gavin, não conte mais nenhuma história de brincadeiras.

— Sim, Sr. Cooper — afirma Gavin sarcasticamente. — Mas uma coisa eu preciso saber — diz ele, olhando para as crianças —, ela cambaleia mesmo?

— Sim. — Kiersten ri. — Ela cambaleia muito. — Então olha para Caulder. — Qual é o seu chato de hoje, Caulder?

Ele fica sério.

— Meu melhor amigo quase morreu engasgado. Ele poderia ter *morrido*.

Todos nós rimos. Por mais que eu e Lake tentemos ser responsáveis, às vezes é difícil dar ordens e ser irmão ao mesmo tempo. Temos de saber escolher as batalhas com os meninos, e Lake costuma dizer que é importante que não sejam muitas. Olho para ela e vejo que está rindo, então imagino que não vá querer discutir por causa disso.

— Agora posso terminar de comer? — diz Lake, apontando para o seu prato, que ainda está do meu outro lado, fora do alcance dela. Empurro o prato de volta para ela.

— Obrigada, Sr. Cooper — brinca ela.

Dou uma joelhada nela por debaixo da mesa. Ela sabe que odeio quando me chama assim. Não sei por que me incomodo tanto. Provavelmente porque, quando eu era de fato professor dela, foi uma tortura. Nosso envolvimento aconteceu muito rápido naquela primeira noite que saímos. Eu nunca tinha conhecido ninguém com que me divertisse tanto sendo exatamente quem eu era. Passei o fim de semana inteiro pensando nela. No instante a vi parada em frente à minha sala de aula, senti como se meu coração tivesse sido arrancado do peito. Percebi imediatamente o que ela estava fazendo lá, embora ela tivesse demorado um pouco mais para se dar conta do que se passava. Quando ela descobriu que eu era um professor, a expressão que surgiu em seus olhos me deixou completamente arrasado. Ela estava magoada. De coração partido. Assim como eu. De uma coisa tenho certeza — nunca mais quero ver aquele olhar outra vez.

Kiersten se levanta e leva o prato para a pia.

— Preciso ir. Valeu pelo pão, Will — agradece ela sarcasticamente. — Estava delicioso.

— Também preciso ir. Acompanho você até sua casa — diz Kel. Ele pula da cadeira e a segue até a porta. Olho para Lake, que revira os olhos. Ela se incomoda com o fato de Kel estar vivendo sua primeira paixão. Lake não gosta de lembrar que em breve teremos de lidar com hormônios adolescentes.

Caulder se levanta.

— Vou assistir à televisão no meu quarto — avisa ele. — Até mais tarde, Kel. Tchau, Kiersten. — Os dois se despedem enquanto vão embora.

— Adorei essa garota — diz Eddie, depois que Kiersten vai embora. — Espero que Kel a peça em namoro. Espero que eles cresçam juntos e se casem e tenham um monte de filhos bizarros. Espero que ela fique na nossa família para sempre.

— Cale a boca, Eddie — repreende Lake. — Ele só tem 10 anos. É jovem demais para ter uma namorada.

— Na verdade, ele vai fazer 11 em oito dias — diz Gavin. — Onze é a idade ideal para a primeira namorada.

Lake enche a mão de batatas fritas e as joga no rosto de Gavin.

Eu só faço suspirar. É impossível controlá-la.

— Hoje você vai limpar tudo — digo para ela. — Você também — falo para Eddie. — Gavin, vamos ver o jogo de futebol como homens de verdade enquanto as mulheres fazem o trabalho delas.

Gavin empurra seu copo para perto de Eddie.

— Encha o copo, mulher. Está na hora do futebol.

Enquanto Eddie e Lake limpam a cozinha, aproveito a oportunidade para pedir um favor a Gavin. Lake e eu não tivemos nenhum tempo a sós nas últimas semanas por cuidarmos sempre dos garotos. Estou realmente precisando ficar com ela.

— Você e Eddie poderiam levar Kel e Caulder ao cinema amanhã à noite?

Ele não responde de imediato, fazendo eu me sentir culpado por ao menos perguntar. Talvez eles já tivessem planos.

— Depende — responde ele finalmente. — Temos de levar Kiersten também?

Eu rio.

— Quem decide isso é a sua namorada. Ela que é a nova melhor amiga de Kiersten.

Gavin revira os olhos.

— Sem problemas, a gente queria ir ao cinema mesmo. Que horas? Quanto tempo você quer que eles fiquem conosco?

— Não importa. Não vamos para lugar nenhum. Só preciso de umas horinhas a sós com Lake. Quero dar uma coisa a ela.

— Ah... entendi — diz ele. — Então é só mandar uma mensagem quando terminar de "dar uma coisa para ela" que nós trazemos os garotos para casa.

Balanço a cabeça ao perceber o que ele presumiu e rio. Gosto de Gavin. O que odeio, entretanto, é o fato de que tudo que acontece entre mim e Lake, e entre Gavin e Eddie... todos nós ficamos *sabendo*. Esse é o lado ruim de namorar melhores amigas: não existe nenhum segredo entre elas.

— Vamos — diz Eddie, enquanto faz Gavin se levantar do sofá. — Obrigada pelo jantar, Will. Joel quer que vocês venham comer conosco no próximo fim de semana. Ele disse que vai fazer tamales.

Não sou de recusar tamales.

— Combinado, então — digo.

Depois que Eddie e Gavin vão embora, Lake vem para a sala de estar e se senta no sofá, cruzando as pernas sob o corpo enquanto se aconchega a mim. Coloco o braço ao redor dela e a puxo para perto.

— Estou triste — diz ela. — Queria que a gente pelo menos tivesse aulas nos mesmos dias esse semestre. Nunca ficamos a sós com essas borboletas de crianças correndo pelos cantos.

Seria de se esperar que, por morarmos um na frente do outro, tivéssemos todo o tempo do mundo para ficar juntos. Mas não é o caso. No último semestre, Lake tinha aulas às segundas, quartas e sextas, e eu, todos os dias. No fim de semana tínhamos o dever de casa, mas passávamos a maior parte do tempo envolvidos com os esportes de Kel e Caulder. Quando Julia faleceu, em setembro, Lake acumulou ainda mais tarefas. Foi um período de ajuste, para dizer o mínimo. A única coisa que tem nos faltado é nosso tempo a sós. Se os garotos estão numa das casas, fica esquisito irmos para a outra. Parece que eles sempre nos seguem aonde quer que a gente vá.

— Vamos dar um jeito — digo. — Sempre damos um jeito.

Ela puxa meu rosto e me beija. Já faz mais de um ano que a beijo todos os dias e continuo achando cada vez melhor.

— É melhor eu ir — diz ela finalmente. — Preciso acordar cedo e ir à faculdade para finalizar a matrícula. Também quero ver se Kel não está por aí se agarrando com Kiersten.

Nós rimos disso agora, mas em alguns anos será nossa realidade. Não teremos nem 25 anos e estaremos criando adolescentes. É uma ideia assustadora.

— Espere. Antes de você ir... quais são seus planos para amanhã à noite?

Ela revira os olhos.

— Que tipo de pergunta é essa? Você é meu plano. Você sempre é meu único plano.

— Ótimo. Eddie e Gavin vão cuidar dos garotos. Me encontra às 19h?

Ela se anima e sorri.

— Está querendo um encontro de verdade comigo, é?

Faço que sim com a cabeça.

— Bem, você é péssimo com essas coisas. Sempre foi. Às vezes, as garotas preferem que o cara *pergunte* se ela quer sair, e não que ele simplesmente *diga* quando é o encontro.

Ela está tentando dar uma de difícil, o que é inútil, pois já é minha. Entro na brincadeira mesmo assim. Eu me ajoelho diante dela e olho em seus olhos.

— Lake, você me dá a honra de me acompanhar num encontro amanhã à noite?

Ela se recosta no sofá e desvia o olhar.

— Não sei, estou meio ocupada — diz ela. — Vou ver minha agenda e depois aviso.

Lake tenta parecer entediada, mas um sorriso irrompe em seu rosto. Ela se inclina para a frente e me abraça; eu perco o equilíbrio, e nós dois caímos no chão. Eu a rolo para que fique de barriga para cima e ela olha para mim, rindo.

— Tá bom. Pode me buscar às 19h.

Afasto o cabelo de seus olhos e passo o dedo em sua bochecha.

— Eu amo você, Lake.

— Diz de novo — pede ela.

Beijo a bochecha dela e repito:

— Eu amo você, Lake.

— Mais uma vez.

— Eu. — Beijo os lábios dela. — Amo. — Beijo-os novamente. — Você.

— Também amo você.

Acomodo meu corpo em cima do dela, e entrelaçamos os dedos. Levo nossas mãos para acima da cabeça dela e as pressiono no chão. Em seguida, me inclino como se fosse beijá-la, mas não a beijo. Gosto de brincar com ela quando estamos nessa posição. Quando meus lábios encostam um pouquinho nos dela, Lake fecha os olhos, e eu me afasto. Ela abre os olhos, eu sorrio e me inclino novamente. Assim que ela fecha os olhos, eu me afasto mais uma vez.

— Droga, Will! Me dá uma borboleta de beijo!

Ela agarra meu rosto e puxa minha boca sobre a dela. Continuamos nos beijando até chegarmos à "hora de recuar", como ela gosta de chamar. Ela sai de baixo de mim e senta sobre os joelhos enquanto deito de costas para baixo e continuo no chão. Não gostamos de nos empolgar muito quando não estamos a sós na casa. É muito fácil acontecer isso. Quando estamos indo longe demais, um de nós sempre percebe e pausa.

Antes de Julia falecer, eu e Lake cometemos um erro: fomos longe demais quando ainda era cedo. Foi um erro crucial de minha parte. Fazia apenas duas semanas que estávamos namorando oficialmente, e Caulder tinha ido dormir na casa de Kel. Lake e eu voltamos para minha casa após assistirmos a um filme. Começamos a nos agarrar no sofá, uma coisa foi levando à outra, e nenhum de nós queria parar. Não estávamos transando, mas era o que teríamos feito se Julia não tivesse aparecido. Ela surtou completamente. Ficamos envergonhadíssimos. Ela deixou Lake de castigo, sem poder me ver por duas semanas. E nessas duas semanas eu pedi desculpas a ela um milhão de vezes.

Julia sentou conosco e nos fez jurar que esperaríamos pelo menos um ano. Ela obrigou Lake a começar a tomar pílula anticoncepcional e me fez olhar nos olhos dela e jurar. Ela não ficou chateada com o fato de sua filha de 18 anos quase ter transado. Julia era bastante sensata e sabia que isso aconteceria em algum momento. O que a magoou foi o fato de eu estar tão disposto a tirar isso de Lake após apenas duas semanas de namoro. Fiquei me sentindo incrivelmente culpado, então aceitei a promessa. Ela também queria que a gente servisse de exemplo para Kel e Caulder, então também pediu para que não dormíssemos um na casa do outro durante aquele ano. Depois que Julia faleceu, mantivemos a promessa. Mais por respeito a Julia do que qualquer outra coisa. Só Deus sabe o quanto isso é difícil às vezes. Muitas vezes.

Não mencionamos o assunto, mas na semana anterior havia completado exatamente um ano que tínhamos feito a promessa a Julia. Não quero pressionar Lake a fazer nada; quero que seja uma decisão completamente dela, então nem trouxe o assunto à tona. Nem ela. Mas também não tivemos nenhum momento a sós.

— Hora de recuar — avisa ela, e se levanta. — Até amanhã à noite. Às 19h. Não se atrase.

— Vá achar seu telefone e me mande uma mensagem de boa noite — digo a ela.

Ela abre a porta e olha para mim enquanto sai da casa, fechando a porta lentamente.

— Mais uma vez? — pede ela.

— Eu amo você, Lake.

2.

SEXTA-FEIRA, 6 DE JANEIRO

Daqui a pouco darei o presente de Lake. Nem sei direito o que é, pois não fui eu que escolhi. Não consigo mais escrever agora, pois minhas mãos estão tremendo. Como é que esses encontros ainda me deixam tão nervoso? Sou ridículo.

— GAROTOS, NADA DE FALAR DE TRÁS PARA A FRENTE HOJE à noite. Vocês sabem que Gavin não consegue acompanhar quando fazem isso. — Então me despeço e fecho a porta depois que eles saem.

São quase 19h. Vou ao banheiro, escovo os dentes, em seguida pego as chaves e o casaco e sigo para o carro. Percebo que Lake está me observando da janela. Ela provavelmente nunca se tocou disso, mas sempre percebi quando ela estava me observando da janela. Principalmente nos meses antes de começarmos a namorar. Todo dia eu chegava em casa e via sua sombra. Foi isso que me deu esperança de que um dia ficaríamos juntos: o fato de ela continuar pensando em mim. Mas após nossa briga na área de serviço, ela parou de me observar da janela. Achei que tivesse estragado tudo de vez.

Saio de ré da entrada da minha garagem e vou diretamente para a de Lake. Deixo o motor ligado e dou a volta para abrir a porta do passageiro. Ao voltar para dentro do carro, sinto seu perfume. É aquele de baunilha, meu preferido.

— Aonde vamos? — pergunta ela.

— Você vai ver. É surpresa — digo, enquanto dou a partida. Em vez de ir para a rua, volto para minha casa. Desligo a ignição, dou a volta no carro mais uma vez e reabro a porta para ela.

— O que está fazendo, Will?

Seguro a mão dela e a puxo para fora.

— Chegamos.

Adoro ver a expressão confusa dela, então não conto mais nada.

— Você me convida para um encontro e me traz para sua casa? Eu me arrumei toda, Will! Quero ir a algum lugar.

Ela está resmungando. Eu rio, seguro a mão dela e a levo para dentro.

— Não, *você* me obrigou a convidá-la para um encontro. Nunca falei que íamos sair. Só perguntei se tinha algum plano para hoje.

Eu já havia preparado uma massa, então vou para a cozinha e pego nossos pratos. Em vez de arrumar a mesa, levo os pratos para a mesa de centro da sala de estar. Ela tira o casaco, parecendo um pouco decepcionada. Continuo a evitá-la enquanto preparo nossas bebidas e depois me sento no chão com ela.

— Não estou querendo parecer ingrata — diz ela, com a boca cheia. — É que parece que nunca mais saímos. Eu estava ansiosa para fazer alguma coisa diferente.

Bebo um gole e limpo a boca.

— Amor, eu entendo. Mas esta noite meio que já foi planejada para nós.

Jogo outro pãozinho no prato dela.

— Como assim, *planejada* para nós? Não estou entendendo — diz ela.

Não respondo. Simplesmente continuo comendo.

— Will, me conte logo o que está acontecendo. Seu jeito evasivo está me deixando nervosa.

Sorrio para ela e tomo mais um gole.

— Não quero deixar você nervosa. Estou fazendo o que me pediram.

Ela percebe que estou adorando a situação, então desiste de insistir e come mais um pouco.

— Pelo menos a massa está boa — diz ela.

— E você está bem bonita.

Ela sorri, pisca para mim e continua comendo.

Hoje ela está com o cabelo solto. Adoro quando usa o cabelo assim. Também adoro quando o prende. Na verdade, acho que nunca a vi arrumar o cabelo de algum jeito que eu não tenha adorado. Ela é tão incrivelmente linda, especialmente quando não está tentando ficar bonita. Percebo que a estava encarando, perdido em meus pensamentos. Comi apenas metade do prato, e ela já está quase terminando.

— Will? — Ela limpa a boca com o guardanapo. — Isso tem alguma coisa a ver com minha mãe? — pergunta ela baixinho. — Tipo... a promessa que fizemos para ela?

Sei o que ela está me perguntando. Imediatamente, fico me sentindo culpado por não ter pensado no que ela acharia de minhas intenções para essa noite. Não quero de maneira alguma que pense que estou esperando algo dela.

— Não desse jeito, amor. — Estendo o braço e seguro a mão dela. — Essa noite não tem a ver com isso. Desculpe se foi o que achou. Isso fica para outro dia... quando você estiver pronta.

Ela sorri para mim.

— Bem, se esse fosse o motivo, eu não ia reclamar.

O comentário dela me surpreende. Acostumei-me tanto ao fato de um de nós dois sempre pedir para recuar que nem pensei que talvez hoje houvesse alternativa.

Lake parece envergonhada por ter sido tão direta, e fica olhando para o prato. Ela parte um pedaço de pão e o afunda no molho. Ao terminar de mastigar, dá um gole na bebida e olha para mim.

— Antes — sussurra ela sem muita firmeza —, quando perguntei se isso tinha a ver com minha mãe, você respondeu "não desse jeito". O que quis dizer? Está dizendo que essa noite tem algo a ver com ela de um jeito diferente?

Faço que sim com a cabeça, seguro a mão dela e a convido a levantar. Coloco meus braços ao seu redor, ela se recosta em meu peito e entrelaça as mãos nas minhas costas.

— Tem a ver com ela, sim. — Lake afasta o rosto do meu peito e olha para mim enquanto explico: — Ela me deu outra coisa... além das cartas.

Julia me fez prometer não contar a Lake sobre as cartas e o presente antes do momento certo. Lake e Kel já haviam aberto as cartas; o presente era para nós dois. Era para ter sido um presente de Natal para abrirmos juntos, mas só hoje tivemos a oportunidade de ficar sozinhos.

— Venha para o meu quarto. — Tiro os braços de seus ombros e seguro a mão dela. Lake me segue até chegarmos ao cômodo; a caixa que Julia me deu está em cima da cama.

Lake se aproxima e passa a mão no papel de embrulho. Seu dedo percorre o laço vermelho de veludo, e ela suspira.

— É mesmo dela? — pergunta baixinho.

Sento e indico para que ela se sente ao meu lado. Colocamos as pernas em cima da cama e ficamos sentados com o presente entre nós dois. Há um cartão com nossos nomes, bem como as instruções de que só devemos lê-lo após abrirmos o presente.

— Will, por que não me disse que tinha mais coisa? Esse é o último? — Vejo que há lágrimas em seus olhos. Ela sempre tenta disfarçá-las ao máximo. Não sei por que odeia tanto chorar.

Acaricio sua bochecha e enxugo uma lágrima.

— É o último, prometo — digo. — Ela queria que abríssemos juntos.

Ela endireita a postura e tenta ao máximo se recompor.

— Quer ter a honra ou posso abrir?

— Que pergunta boba — falo.

— Não existem perguntas bobas — diz ela. — Você já devia saber disso, Sr. Cooper. — Ela se inclina para a frente e me beija, depois se afasta e começa a abrir o canto do pacote. Fico observando enquanto ela o rasga, deixando à mostra uma caixa de papelão coberta de fita adesiva. — Meu Deus, aqui deve ter umas seis camadas de fita — comenta sarcasticamente. — Como o seu carro. — Ela olha para cima e me oferece um sorriso brincalhão.

— Engraçadinha — digo. Acaricio o joelho dela e a observo furar a fita com o dedão. Após abrir o último pedaço, ela para.

— Obrigada por fazer isso por ela — fala. — Por ter guardado o presente. — Ela olha para o pacote e fica o segurando, sem abrir. — Você sabe o que é?

— Não faço ideia. Só espero que não seja um cachorrinho... a caixa está debaixo da minha cama há quatro meses.

Ela ri.

— Estou nervosa — diz. — Não quero mesmo chorar de novo. — Ela hesita antes de abrir o topo da caixa e puxar as abas. Em seguida, tira o que tem dentro enquanto afasto a caixa. Ela rasga o papel, deixando à mostra um vaso transparente de vidro, cheio até o topo com estrelas geométricas de cores variadas. Parecem origamis. Centenas de estrelas de papel em três dimensões, do tamanho da unha do polegar.

— O que é isso? — pergunto para Lake.

— Não sei, mas é lindo — diz ela. Continuamos olhando para o presente, tentando compreendê-lo. Ela abre o cartão e olha para ele. — Não vou conseguir ler, Will. Você vai ter de fazer isso. — Ela o coloca em minhas mãos.

Eu abro e leio em voz alta:

Will e Lake,

O amor é a coisa mais bela do mundo. Infelizmente, também é uma das coisas mais difíceis de se manter, assim como uma das mais fáceis de se desperdiçar.

Vocês dois não têm mais uma mãe ou um pai para lhes dar conselhos sobre relacionamentos. Vocês dois não têm nenhum ombro no qual chorar quando as coisas ficarem complicadas, e elas vão, sim, ficar complicadas. Vocês dois não têm alguém com quem conversar quando quiserem simplesmente compartilhar algo engraçado, algo feliz ou uma mágoa. Ambos estão em desvantagem em relação a esse aspecto do amor. Vocês dois têm apenas um ao outro e, por causa disso, terão de se esforçar mais para construir uma base sólida para um futuro juntos. Vocês não são apenas o amor um do outro: são também os únicos confidentes um do outro.

Escrevi algumas coisas em pedaços de papel e os dobrei no formato de estrelas. Talvez seja uma citação cativante, uma letra de música inspiradora ou apenas um bom conselho de mãe. Peço que deixem para abrir cada um somente quando sentirem que realmente estão precisando. Se tiverem um dia ruim ou brigarem entre si ou precisarem de algo para se animar... é para isso que os papéis servem. Podem abri-los juntos ou separados. Só queria que houvesse algo ao qual pudessem recorrer se e quando precisarem.

Will... obrigada. Obrigada por entrar em nossas vidas. Boa parte da dor e da preocupação que tenho sentido foi aliviada pelo mero fato de saber que minha filha é amada por você.

Lake segura minha mão quando paro. Não estava esperando que Julia fosse dizer algo diretamente para mim. Lake enxuga uma lágrima. Esforço-me ao máximo para conter minhas próprias. Respiro fundo e pigarreio. Em seguida, termino de ler:

Você é um homem maravilhoso e tem sido um amigo incrível para mim. Agradeço do fundo do meu coração por você amar minha filha da maneira como ama. Você a respeita, não precisa mudar por ela e a inspira. Nunca terá ideia do quanto sou grata a você, e da imensa paz que trouxe para minha alma.

E Lake, esse é meu jeito de dar um leve tapinha no seu ombro, indicando minha aprovação. Nem se eu tivesse escolhido a dedo teria sido alguém tão bom quanto esse homem que você elegeu. E obrigada por ter sido tão firme em relação a manter nossa família unida. Tinha razão quanto a Kel precisar ficar com você. Obrigada por me ajudar a compreender isso. E, lembre-se, quando as coisas ficarem difíceis para ele, por favor, ensine-o a parar de esculpir abóboras...

Amo vocês e desejo aos dois uma vida inteira de alegrias compartilhadas.

Julia

"E, ao redor das minhas lembranças, você dança..."

— The Avett Brothers

Coloco o cartão de volta no envelope e fico observando Lake passar os dedos na borda do vaso, girando-o para analisá-lo de todos os ângulos.

— Certa vez eu a vi fazendo isso. Quando entrei no quarto dela, estava dobrando pedaços de papel. Ela parou e colocou os papéis de lado enquanto conversávamos. Eu tinha esquecido. Tinha esquecido completamente. Ela deve ter demorado séculos para fazer isso.

Ela fica encarando as estrelas, e eu fico olhando para ela. Lake enxuga mais lágrimas com o dorso da mão. Está conseguindo se conter muito bem, considerando tudo isso.

— Quero ler tudo, mas ao mesmo tempo espero que a gente nunca precise ler *tudo* — diz ela.

Inclino-me para a frente e a beijo brevemente.

— Você é tão incrível quanto sua mãe. — Pego o vaso e o coloco em cima da cômoda. Lake enfia o papel de embrulho na caixa e a coloca no chão. Põe o cartão na mesa e se deita na cama. Deito-me ao lado dela, viro-me e apoio o braço por cima de sua cintura. — Você está bem? — pergunto. Não sei se ela está triste.

Ela olha para mim e sorri.

— Achei que fosse sofrer por ouvir as palavras dela mais uma vez, mas não. Na verdade, fiquei feliz — diz ela.

— Eu também — concordo. — Estava mesmo preocupado caso fosse um cachorrinho.

Ela ri e encosta a cabeça no meu braço. Ficamos deitados em silêncio, nos olhando. Acaricio seu braço e percorro seu rosto e pescoço com as pontas dos dedos. Adoro ficar a observando pensar.

Após um tempo, ela ergue a cabeça do meu braço e desliza para cima de mim, colocando as mãos em minha nuca. Ela se inclina e entreabre meus lábios lentamente com os dela. Logo sou tomado pelo sabor de seus lábios e pela sensação de suas mãos quentes em meu pescoço. Eu a abraço e acaricio seu cabelo enquanto retribuo o beijo. Faz tanto tempo que não ficamos a sós sem a possibilidade de sermos interrompidos. Odeio ficar nessa situação, mas também amo ficar nessa situação. A pele dela é tão macia, seus lábios, tão perfeitos. Fica cada vez mais difícil parar.

Ela desliza as mãos por debaixo da minha camisa e brinca com meu pescoço usando a boca. Ela sabe que fico louco, mas ultimamente tem feito isso cada vez mais. Acho que gosta de testar os próprios limites. Um de nós precisa recuar, e não sei se vou conseguir fazê-lo. Pelo jeito, ela também não.

— Quanto tempo nós temos? — sussurra ela. Então ergue minha camisa, e seus beijos descem até meu peito.

— Tempo? — digo fracamente.

— Até os garotos voltarem. — Lentamente, vai me beijando até retornar ao pescoço. — Quanto tempo temos antes de eles voltarem para casa? — Ela aproxima o rosto do meu e olha para mim. Pelo seu olhar, percebo que está me dizendo que não vai recuar.

Levo o braço até o rosto e cubro os olhos. Tento me convencer a não fazer isso. Não é assim que eu quero que aconteça para ela. Pense em outra coisa, Will. Pense na faculdade, no dever de casa, em cachorrinhos dentro de caixas de papelão... qualquer coisa.

Ela afasta meu braço do rosto para poder me olhar nos olhos.

— Will... já se passou um ano. Eu quero.

Faço-a deitar de costas e apoio a cabeça no cotovelo. Inclino-me para perto dela, acariciando seu rosto com a outra mão.

— Lake, acredite, também estou pronto. Mas aqui, não. Agora, não. Daqui a uma hora, quando os garotos chegarem, você vai ter de voltar para casa, e eu acharia isso insuportável. — Beijo-a na testa. — Daqui a duas semanas nós podemos fazer um fim de semana de três dias. Vejo se meus avós podem tomar conta dos garotos para a gente poder ficar juntos.

Ela esperneia na cama, frustrada.

— Não aguento esperar mais duas semanas! Já estamos esperando há 57!

Rio da infantilidade dela e me inclino, beijando-a na bochecha.

— Se *eu* aguento esperar, você *com certeza* aguenta — asseguro-a.

Ela revira os olhos.

— Caramba, você é mesmo um saco — brinca ela.

— Ah, eu sou um saco, é? — digo. — Quer que eu jogue você no chuveiro de novo? Para você esfriar a cabeça? Se é disso que precisa.

— Só se você for comigo — sugere ela. Aí arregala os olhos, senta-se e me faz deitar, se inclinando por cima de mim. — Will! — diz ela animadamente, ao perceber alguma coisa. — Isso significa que a gente vai poder tomar banho juntos? Na nossa viagem?

A empolgação dela me surpreende. Tudo que ela faz me surpreende.

— Não está nervosa? — pergunto para ela.

— Não, de jeito nenhum. — Ela sorri e se aproxima de mim. — Sei que vai cuidar bem de mim.

— Com certeza — concordo, puxando-a para mim. Quando estou prestes a beijá-la novamente, meu telefone vibra. Ela coloca a mão no meu bolso e o tira de lá.

— É Gavin — diz ela. Ela me entrega o telefone e rola para longe.

Leio a mensagem.

— Ótimo, Kel vomitou. Eles acham que ele está com algum problema estomacal, então estão vindo para casa.

Ela geme e sai da cama.

— Argh! Odeio vômito! E Caulder vai acabar pegando também, eles vivem passando essas porcarias um para o outro.

— Vou mandar uma mensagem dizendo para ele levar Kel para sua casa. Vá para lá e fique esperando; vou até a farmácia comprar remédio. — Puxo a camisa para baixo e pego o vaso de Julia para colocá-lo na estante da sala de estar. Saímos do quarto tomados pela nossa preocupação de pais.

— Compre sopa também. Para amanhã. E Sprite.

Quando coloco o vaso na sala de estar, ela estende a mão e pega uma estrela. Ela vê que estou olhando e sorri.

— Talvez tenha algum conselho bom aqui dentro. Para o vômito — diz.

— Temos um longo caminho pela frente; é melhor não desperdiçar os papéis. — Ao sairmos da casa, seguro o braço dela, puxo-a para mim e dou um abraço de boa-noite. — Quer que eu leve você de carro até sua casa?

Ela ri e retribui o abraço.

— Obrigada pelo nosso encontro. Foi um dos meus preferidos.

— O melhor ainda está por vir — digo, me referindo à nossa futura viagem.

— Olha que vou cobrar. — Ela se afasta, dá meia-volta e começa a ir para casa. Após eu abrir a porta do carro, ela grita do outro lado da rua. — Will! Mais uma vez?

— Amo você, Lake!

3.

7 DE JANEIRO

Odeio essas borboletas de cheeseburgers.

INFERNO. INFERNO TOTAL É A MELHOR MANEIRA DE DESCREVER as últimas 24 horas. Quando Gavin e Eddie chegaram com os garotos, estava na cara que Kel não tinha uma infecção estomacal. Gavin não bateu à porta; simplesmente entrou correndo e foi diretamente para o banheiro. Caulder foi o próximo, depois foi a vez de Lake e de Eddie. Fui o último a sentir os efeitos da intoxicação alimentar. Desde a meia-noite de ontem, Caulder e eu só fizemos ficar deitados no sofá, revezando o banheiro.

Claro que fico com inveja de Kiersten. Teria sido melhor comer somente o pão. Assim que esse pensamento passa pela minha cabeça, alguém bate à porta da frente. Não me levanto. Nem falo nada. Ninguém que eu conheço se dá ao trabalho de bater, então não sei quem pode ser. E imagino que nem vou descobrir, pois não vou me mexer.

Não estou virado para a porta, mas a escuto sendo aberta lentamente e sinto o ar frio circular enquanto uma voz feminina que desconheço chama meu nome.

Continuo sem dar a mínima. A essa altura, tudo que desejo é que seja alguém para acabar comigo de vez, para dar fim ao meu sofrimento. Uso toda energia que tenho só para erguer a mão no ar, indicando onde estou para quem quer que seja.

— Ah, coitadinho — diz ela.

Então fecha a porta após entrar, vem para a frente do sofá e fica me encarando. Olho para cima e percebo que não faço ideia de quem seja essa mulher. Ela deve estar na casa dos 40; seu cabelo, curto e escuro, tem alguns fios grisalhos. Ela é pequena, mais baixinha que Lake. Tento sorrir, mas acho que não consigo. Ela franze a testa e olha para Caulder, que está dormindo no outro sofá. Quando vai da sala para a cozinha, percebo que está com uma garrafinha na mão. Ouço-a abrindo gavetas, e ela volta com uma colher.

— Isso vai ajudar. Layken disse que vocês também estavam doentes. — Ela coloca um pouco do líquido na colher e se abaixa, entregando-a para mim.

Eu aceito. A essa altura, aceito qualquer coisa. Engulo o remédio e tusso quando ele faz minha garganta arder. Estendo o braço para pegar o copo d'água e tomo um gole. Não quero beber muito; tenho vomitado tudo que coloco no estômago.

— O que diabos é isso? — pergunto.

Ela parece decepcionada com minha reação.

— Eu que fiz. Faço meus próprios remédios. Vai ajudar, prometo. — Ela se aproxima de Caulder e o sacode para que desperte. Ele aceita o remédio, assim como eu, sem fazer nenhuma pergunta, e depois fecha os olhos novamente.

— Aliás, sou Sherry. A mãe de Kiersten. Ela disse que vocês comeram carne estragada. — Ela faz uma careta ao dizer a palavra "carne".

Não quero nem pensar nesse assunto, então fecho os olhos e tento afastá-lo da cabeça. Acho que, pela minha expressão, ela percebeu a náusea que senti, pois ela diz:

— Desculpe. É por isso que somos vegetarianos.

— Obrigado, Sherry — digo, esperando que ela tenha terminado de falar. Mas não terminou.

— Coloquei um monte de roupas de Layken para lavar. Se quiser, posso colocar algumas das suas coisas também. — Ela não espera que eu responda. Sai andando pelo corredor e começa a juntar roupas. Em seguida as leva para a área de serviço. Ouço a máquina de lavar sendo ligada, e logo em seguida, barulhos na cozinha. Ela está fazendo limpeza. A desconhecida está limpando a minha casa. Estou cansado demais para reclamar. Estou cansado demais até para ficar contente com isso.

— Will? — Ela volta para a sala. Abro os olhos o mínimo possível. — Volto daqui a uma hora para colocar as roupas na secadora. Vou trazer um pouco de minestrone também.

Apenas faço que sim com a cabeça. Ou pelo menos acho que faço.

Ainda não se passou nem uma hora, mas seja lá o que Sherry me deu já está fazendo com que eu me sinta um pouco melhor. Caulder consegue ir até o quarto para dormir em sua cama. Estou na cozinha colocando Sprite num copo quando a porta da frente se abre. É Lake. Ela parece tão acabada quanto eu, mas continua linda.

— Oi, amor. — Ela se arrasta até a cozinha e coloca os braços ao meu redor. Está de pijama e pantufas. Não são as pantufas do Darth Vader, mas são sexies mesmo assim. — Como está Caulder?

— Melhor, eu acho. O que quer que Sherry tenha nos dado, fez efeito.

— Pois é, fez sim. — Ela apoia a cabeça no meu peito e respira fundo. — Queria que a gente tivesse sofá para todo mundo numa casa só, assim ficaríamos juntos enquanto estamos doentes.

Já conversamos sobre morar juntos. Faz sentido economicamente; nossas contas cairiam pela metade. Mas ela só tem 19 anos e parece apreciar o tempinho que tem para passar sozinha. A ideia de darmos um passo tão grande deixa nós dois um pouco apreensivos, então concordamos em esperar até termos mais certeza.

— Eu também queria — concordo. Inclino-me para beijá-la, mas ela balança a cabeça e se afasta.

— Nada disso — diz. — A gente vai passar no mínimo mais 24 horas sem se beijar.

Eu rio e a beijo no topo da testa.

— Acho melhor eu voltar. Só queria ver como você estava. — Ela me dá um beijo no braço.

— Vocês dois são a maior fofura! — diz Sherry. Ela atravessa a sala de estar, coloca um pote com sopa na geladeira e depois vai até a área de serviço. Não a escutei abrir a porta, muito menos bater.

— Obrigada pelo remédio, Sherry. Ajudou mesmo — agradece Lake.

— Não há de quê — diz Sherry. — Essa mistura acaba com qualquer merda. Avisem se precisarem de mais um pouco.

Lake olha para mim e revira os olhos.

— Até depois. Amo você.

— Também amo você. Avise quando Kel estiver se sentindo melhor, e iremos para lá.

Lake vai embora. Eu me sento à mesa e beberico meu refrigerante lentamente. Ainda não estou me sentindo muito confiante quanto a ingerir qualquer coisa.

Sherry puxa a cadeira que está do outro lado da mesa e se senta.

— Então, qual é a história de vocês? — pergunta.

Não sei a qual história está se referindo, então ergo as sobrancelhas, bebo outro gole e espero que ela seja mais específica.

— De vocês dois. E Kel e Caulder. É tudo um pouco estranho do ponto de vista de uma mãe. Tenho uma filha de 11 anos que parece gostar de passar um tempo com vocês, então acho que faz parte do meu dever de mãe saber sua história. Você e Lake são praticamente crianças que estão cuidando de outras crianças.

Ela é bastante franca. Mas fala com um certo jeitinho; suas palavras não saem inadequadas. É fácil gostar dela. Agora entendo por que Kiersten é como é.

Coloco o Sprite na mesa e enxugo a condensação do copo com os dedões.

— Meus pais morreram há três anos. — Continuo observando o copo, evitando o olhar dela. Não quero ver pena ali. — O pai de Lake morreu há mais de um ano, e a mãe dela faleceu em setembro. Então... aqui estamos nós, cuidando de nossos irmãos.

Sherry recosta-se na cadeira e cruza os braços.

— Caramba.

Meneio a cabeça e dou um meio-sorriso. Pelo menos ela não disse que lamenta muito. O que mais odeio no mundo é pena.

— Há quanto tempo estão namorando?

— Oficialmente? Desde 18 de dezembro, pouco mais de um ano atrás.

— E *extra*oficialmente? — diz ela.

Eu me remexo na cadeira. Por que raios especifiquei "oficialmente"?

— Desde 18 de dezembro, pouco mais de um ano atrás — repito e sorrio. Não vou detalhar mais que isso. — E qual é a *sua* história, Sherry?

Ela ri e se levanta.

— Will, alguém já disse que é falta de educação ser tão enxerido assim? — Ela vai até a porta da frente. — Se precisar de alguma coisa, é só avisar. Você sabe onde moramos.

Nós QUATRO PASSAMOS o domingo inteiro assistindo a filmes e sentindo dores. Estamos um pouco enjoados, então não comemos nenhuma besteira. Na segunda-feira vamos voltar ao mundo real. Vou deixar Kel e Caulder na escola e seguirei para a universidade. Três das minhas quatro disciplinas são no mesmo prédio: é uma das vantagens de se estar na graduação. Depois que a pessoa decide a área que vai estudar, todas as matérias são semelhantes e normalmente ensinadas no mesmo local. A primeira das minhas quatro aulas, entretanto, acontece do outro lado do campus. É uma eletiva do ciclo básico chamada A Morte e o Morrer. Achei que seria interessante, pois entendo bem demais do assunto. E também não tive escolha. Não havia nenhuma outra cadeira que eu pudesse cursar no horário das oito da manhã, então vou ter de ficar com essa se quiser que todos os meus créditos sejam contabilizados.

Ao entrar, vejo que os alunos estão espalhados pelo local. É uma sala parecida com um auditório, com mesas para duas pessoas. Subo a escada e me sento no fundo da sala. É diferente ser o aluno e não o professor. Eu me acostumei a ficar na frente da sala. Precisei me acostumar com essa inversão de papéis.

As vinte mesas ficam cheias bem rapidamente, exceto pelo lugar vazio ao meu lado. É o primeiro dia do semestre, então hoje provavelmente é o único dia em que o pessoal vai chegar cedo. Normalmente é assim que acontece; o fator novidade já desaparece no segundo dia de aula. É difícil o professor ter todos os alunos presentes depois disso.

Meu telefone vibra dentro do bolso. Tiro-o e deslizo o dedo na tela. É uma mensagem de Lake.

> Finalmente achei meu telefone. Espero que goste das suas aulas. Amo você e te vejo à noite.

O professor começa a fazer a chamada. Respondo a Lake rapidamente, "Obg. Amo você também", e guardo o telefone no bolso.

— Will Cooper? — diz o professor. Levanto a mão. Ele olha para mim, meneia a cabeça e marca no papel. Dou uma olhada ao redor para ver se reconheço alguém. Na minha eletiva do semestre passado havia umas duas pessoas do meu colégio, mas não costumo ver muitos rostos familiares. A maioria da minha antiga turma terminou o ciclo básico em maio do ano passado, e foram poucos os que optaram por alguma especialização.

Percebo que uma garota loura na primeira fileira virou-se completamente. Quando meu olhar encontra o dela, sinto um aperto no coração. Ela sorri e acena ao ver que a reconheci. Então pega suas coisas, se levanta e sobe a escada.

Não. Ela está vindo em minha direção. E prestes a se sentar ao meu lado.

— Will! Meu Deus, que coincidência! Quanto tempo — diz ela.

Eu me esforço ao máximo para sorrir, tentando descobrir se o que estou sentindo é raiva ou culpa.

— Oi, Vaughn. — Tento passar a impressão de que estou contente em vê-la.

Ela senta ao meu lado, se inclina e me abraça.

— Como você está? — sussurra ela. — Como está Caulder?

— Ele está bem — respondo. — Crescendo. Vai fazer 11 anos daqui a dois meses.

— Onze? Nossa — diz ela, balançando a cabeça, sem acreditar.

Não nos vemos há quase três anos. Terminamos o namoro de maneira não muito amigável, para dizer o mínimo, mas ela parece genuinamente animada por ter me encontrado. Pena que não posso dizer o mesmo.

— Como está Ethan? — pergunto a ela. Ethan é seu irmão mais velho. Nós éramos bem próximos enquanto eu estava com Vaughn, mas não nos falamos desde o fim do namoro.

— Ele está bem. Muito bem. Está casado, e a esposa dele, grávida.

— Fico feliz por ele. Diga isso a ele.

— Digo, sim — responde ela.

— Vaughn Gibson? — chama o professor.

Ela ergue a mão.

— Aqui em cima. — Ela volta a atenção para mim. — E você? Casado?

Balanço a cabeça.

— Eu também não. — Ela sorri.

Não gosto da maneira como ela olha para mim. Namoramos por mais de dois anos, então eu a conheço muito bem. Estou vendo que suas intenções não são boas.

— Não estou casado, mas estou namorando — explico. Noto uma mudança sutil na expressão em seu rosto, mas ela tenta disfarçar com um sorriso.

— Que bom — diz ela. — É sério? — Ela está querendo investigar meu namoro, então deixo claro logo.

— Muito.

Quando o professor começa a explicar as exigências do semestre e o programa de estudos, nós dois viramos para a frente e não dizemos muita coisa mais, fora um ou outro comentário dela sobre a matéria. Quando o professor nos dispensa, eu me levanto rapidamente.

— Que ótimo vê-lo, Will — diz ela. — Agora estou mais animada com essa matéria. Temos muitas novidades para colocar em dia.

Sorrio para ela, sem concordar. Ela me abraça rapidamente mais uma vez e se vira. Pego minhas coisas e vou para o local da segunda aula enquanto penso num jeito de contar essa novidade para Lake.

Ela nunca me perguntou nada a respeito dos meus namoros passados. Diz que falar sobre eles não trará nenhum benefício. Não sei se ela sabe sobre Vaughn. Ela sabe que tive um namoro sério no colégio e sabe que transei; sobre isso nós conversamos. Não sei como ela vai encarar a notícia. Acharia péssimo chateá-la, mas não quero esconder nada.

Mas o que eu estaria escondendo? Será que é mesmo necessário contar sobre todos os alunos que fazem as mesmas aulas que eu? Nunca discutimos isso, então por que acho que preciso fazê-lo agora? Se eu contar, só vou preocupá-la desnecessariamente. Se eu não contar, que mal isso vai fazer? Lake não está cursando essa matéria, ela nem vem para a faculdade nos mesmos dias que eu. Deixei claro para Vaughn que estou namorando. Isso já deve ser suficiente.

Quando minha última aula acaba, já me convenci de que não vale a pena contar a Lake.

QUANDO CHEGO À escola, Kel e Caulder estão sentados num banco, longe dos outros alunos. A Sra. Brill está parada ao lado deles, esperando.

— Ótimo — murmuro sozinho. Já ouvi as histórias de terror a respeito da Sra. Brill, mas nunca tive de lidar com ela pessoalmente. Desligo o motor e saio do carro. Está na cara que ela espera que eu faça isso.

— Você deve ser Will — diz ela, estendendo a mão. — Não acredito que ainda não tínhamos nos conhecido.

— Prazer em conhecê-la. — Olho para os garotos, que evitam me encarar. Ao voltar o olhar para a Sra. Brill, ela aponta a cabeça para a esquerda, indicando que gostaria de falar comigo longe dos dois.

— Aconteceu um incidente com Kel no refeitório na semana passada — revela a Sra. Brill enquanto andamos pela calçada, nos distanciando da multidão. — Não sei como é o seu relacionamento com Kel, mas não consegui falar com a irmã dele.

— Nós já estamos cientes do que aconteceu — explico. — Layken perdeu o celular. Quer que eu peça para ela entrar em contato com você?

— Não, não é por isso que eu queria falar com você — diz ela. — Só queria ter certeza de que vocês dois sabiam do incidente da semana passada e de que lidaram com ele de maneira apropriada.

— Lidamos, sim — afirmo. Não sei o que ela quer dizer com "de maneira apropriada", mas duvido que suponha que o castigo foi rir sobre o assunto durante o jantar. Enfim.

— Queria conversar com você sobre outra questão. Tem uma aluna nova que parece estar se aproximando de Kel e Caulder. Kiersten? — A diretora espera que eu concorde. Faço que sim com a cabeça. — Aconteceu um incidente hoje, com ela e alguns outros alunos — continua.

Paro de caminhar e me viro para ela, ficando mais interessado na conversa. Se isso tem algo a ver com o comportamento das crianças no jantar da outra noite, quero saber do que se trata.

— Estão implicando com a menina. Alguns alunos acham a personalidade dela diferente demais. Kel e Caulder descobriram que uns garotos mais velhos disseram coisas para ela e resolveram fazer algo a respeito. — A Sra. Brill para e olha para Kel e Caulder, que ainda estão sentados no mesmo canto.

— O que foi que fizeram? — pergunto nervosamente.

— Na verdade, não é nem o que fizeram, é o que disseram... num bilhete. — Ela tira um pedaço de papel do bolso e me entrega.

Eu o desdobro e leio. Fico boquiaberto. É o desenho de uma faca sangrenta, com "*Você vai morrer, babaca!*" escrito acima.

— Kel e Caulder escreveram isso? — pergunto, envergonhado.

Ela assente.

— Eles já confessaram. Você é professor, então sabe o quanto uma ameaça dessas precisa ser levada a sério no campus. Não podemos ser displicentes, Will. Espero que compreenda. Eles vão ser suspensos pelo restante da semana.

— Suspensos? Pela semana inteira? Mas eles estavam defendendo uma vítima de bullying.

— Eu compreendo, e aqueles garotos também foram castigados. Mas não posso ignorar um mau comportamento só porque se originou de outro mau comportamento.

Ela tem razão. Olho para o bilhete mais uma vez e suspiro.

— Vou contar para Lake. Mais alguma coisa? Eles podem voltar na segunda-feira?

Ela concorda. Agradeço, vou até o carro e entro. Os garotos sobem no banco de trás, e vamos para casa em silêncio. Estou furioso demais para dizer qualquer coisa. Ou pelo menos *acho* que estou furioso. É para estar, não é?

* * *

Layken está sentada ao balcão quando eu entro na casa dela. Kel e Caulder me seguem, e ordeno severamente que sentem. Lake envia um olhar confuso para mim enquanto atravesso a sala de estar e indico para que ela vá comigo até o seu quarto. Fecho a porta para termos privacidade e explico tudo que aconteceu, mostrando o bilhete.

Ela fica encarando-o por um tempo, em seguida cobre a boca e tenta esconder a risada. Ela achou engraçado. Sinto-me aliviado, pois quanto mais eu pensava em mostrar o bilhete para ela no caminho para casa, mais eu achava aquilo tudo engraçado. Quando fazemos contato visual, começamos a rir.

— Eu sei, Lake! Do ponto de vista de um irmão ou irmã, é muito engraçado — digo. — Mas o que devemos fazer sob o ponto de vista de um *pai ou mãe*?

Ela balança a cabeça.

— Não sei. Estou meio que orgulhosa deles por terem defendido Kiersten. — Ela se senta na cama e joga o bilhete de lado. — Coitada dela.

Sento-me ao lado dela.

— Bem, precisamos fingir que estamos com raiva. Eles não podem fazer esse tipo de besteira.

Lake meneia a cabeça, concordando.

— Qual deve ser o castigo deles, o que você acha?

Dou de ombros.

— Não sei. Ser suspenso da escola parece mais uma recompensa. Que criança não ia querer passar uma semana inteira sem aula?

— Pois é, né? — diz ela. — Acho que a gente podia proibi-los de jogar videogame enquanto estiverem em casa — sugere ela.

— Se fizermos isso, eles vão ficar irritando a gente o tempo inteiro de tão entediados — comento. Ela geme diante da ideia. Recordo-me dos castigos que recebia quando criança e tento pensar numa solução. — Poderíamos fazer eles escreverem "Não vou escrever bilhetes ameaçadores" mil vezes.

Ela balança a cabeça, discordando.

— Kel adora escrever. Ele consideraria isso outra recompensa, assim como a suspensão. — Ficamos pensando por um tempo, mas não temos nenhuma outra ideia de como castigá-los.

— Acho que acabou sendo bom termos horários diferentes nesse semestre — diz ela. — Assim, toda vez que eles forem suspensos, pelo menos um de nós vai estar em casa.

Sorrio para ela, esperando que esteja errada. Acho melhor que essa seja a primeira e última suspensão. Lake não sabe, mas ela facilitou muito minha vida com Caulder. Antes de conhecê-la, eu ficava me questionando a respeito de todas as decisões que precisava tomar no papel de pai. Agora que estamos fazendo a maioria dessas escolhas juntos, não sou tão exigente assim comigo mesmo. Parecemos concordar na maioria dos aspectos da criação dos garotos. O instinto maternal dela também ajuda. É em momentos como esse, quando precisamos unir nossas forças, que acho quase insuportável fazer as coisas com calma. Se ignorasse minha cabeça e obedecesse somente ao coração, eu me casaria com ela hoje.

Empurro-a para a cama e a beijo. Graças ao fim de semana dos infernos, não pude beijá-la desde sexta. Senti falta disso. Pelo jeito como está retribuindo, fica óbvio que também sentiu falta de me beijar.

— Você falou com seus avós sobre o fim de semana? — pergunta ela.

Meus lábios se afastam de sua boca, percorrem sua bochecha e chegam à orelha.

— Vou ligar para eles hoje à noite — sussurro. — Já decidiu para onde vai querer ir? — A pele dela se arrepia, então continuo a beijá-la no pescoço.

— Por mim, poderíamos até ficar aqui em casa mesmo. Tudo o que quero é passar três dias inteiros com você. E finalmente podermos passar a noite juntos... na mesma cama, pelo menos.

Tenho tentado não demonstrar entusiasmo demais, mas só consigo pensar nesse fim de semana. Ela não precisa saber que estou fazendo uma contagem regressiva interna. Faltam mais dez dias e 21 horas.

— Por que não fazemos isso? — Paro de beijá-la e a encaro. — Vamos simplesmente ficar aqui. Kel e Caulder vão estar em Detroit. Podemos mentir para Eddie e Gavin e dizer que vamos viajar para eles não passarem aqui. Fechamos as cortinas, trancamos as portas e ficamos entocados três dias inteiros, bem aqui nessa cama. E no chuveiro também, claro.

— Parece lincrível — Ela gosta de juntar palavras para dar ênfase. Tenho certeza de que "lincrível" quer dizer "lindo" e "incrível". Acho isso fofo. — Agora, de volta ao castigo — diz ela. — O que nossos pais fariam nessa situação?

Sinceramente, não tenho a mínima ideia do que eles fariam. Se eu tivesse, não seria tão difícil arranjar soluções para todos os problemas que surgem quando se está criando filhos.

— Já sei — falo. — Vamos fazer eles se borboletarem de medo.

— Como? — diz ela.

— Finja que está tentando me acalmar, como se eu estivesse realmente furioso. A gente os deixa lá fora, para suarem um pouquinho de nervosismo.

Ela dá uma risada.

— Você é tão malvado. — Ela se levanta e se aproxima da porta. — Will! Acalme-se! — grita ela.

Vou para perto de Layken e dou uma pancada na porta.

— Não vou me acalmar! Estou *furioso*!

Lake se joga na cama e cobre o rosto com um travesseiro para abafar as risadas antes de continuar.

— Não, pare com isso! Você não pode sair daqui desse jeito! Precisa se acalmar, Will! Você pode acabar *matando* eles!

Fulmino-a com o olhar.

— *Matando*? — sussurro. — Sério? — Ela ri enquanto eu pulo para a cama, ficando ao lado dela. — Lake, você é péssima nisto.

— Will, não! O cinto, não! — grita ela dramaticamente.

Cubro sua boca com a mão.

— Cala a boca! — digo, rindo.

Tiramos alguns minutos para nos recompor antes de sairmos do quarto. Enquanto andamos pelo corredor, faço o melhor possível para ostentar uma aparência intimidadora. Os garotos ficam nos observando, com medo nos olhos, enquanto nos sentamos na frente deles, do outro lado do balcão.

— Eu é que vou falar — diz Lake para eles. — Will está chateado demais para conversar com vocês.

Fico encarando-os sem dizer nada, fingindo que estou com bastante raiva. Fico me perguntando se boa parte de ser pai não é exatamente isso: fingir que é um adulto responsável.

— Antes de tudo — diz Lake, com um tom maternal esplendidamente fingido —, gostaríamos de elogiá-los por terem defendido a amiga de vocês. Mas fizeram isso de um jeito totalmente errado. Deviam ter conversado com alguém sobre o assunto. Nunca é correto reagir a uma violência com mais violência.

Eu não teria me expressado tão bem nem se tivesse lido em um guia de paternidade.

— Os dois estão de castigo por duas semanas. E nem pensem que a suspensão vai ser divertida. Cada um de vocês vai ter uma lista de afazeres domésticos todos os dias. Inclusive sábado e domingo.

Encosto meu joelho no dela debaixo do balcão, indicando que achei isso legal.

— Vocês têm algo a dizer? — pergunta ela.

Kel ergue a mão.

— E meu aniversário na sexta?

Lake olha para mim, e dou de ombros. Ela se volta para Kel.

— Não precisa ficar de castigo no seu aniversário. No entanto vai ter um dia a mais de castigo depois. Mais alguma pergunta?

Nenhum dos dois diz nada.

— Ótimo. Vá para seu quarto, Kel. Nada de brincar com Caulder ou Kiersten durante o castigo. Caulder, isso também serve para você. Vá para sua casa e para seu quarto.

Os garotos se levantam e seguem para seus respectivos quartos. Após Kel sumir corredor adentro e Caulder sumir pela porta da frente, faço um "toca aqui" com Lake.

— Parabéns — digo a ela. — Você quase me enganou.

— Você também. Parecia mesmo furioso! — fala ela. Lake vai para a sala de estar e se senta para dobrar uma pilha de roupas limpas. — E então, como foram suas aulas?

— Boas — respondo. Poupo-a dos detalhes da primeira aula. — Mas tenho muito dever de casa pra fazer. Vamos jantar juntos hoje?

Ela balança a cabeça.

— Prometi a Eddie que seríamos só nós duas. Gavin começa a trabalhar hoje no Getty's. Mas amanhã sou toda sua.

Beijo o topo da sua cabeça.

— Divirtam-se. Mande uma mensagem de boa-noite — digo. — Você sabe onde seu celular está, não é?

Ela faz que sim e tira o telefone do bolso para me mostrar.

— Amo você — diz ela.

— Também amo você — respondo enquanto vou embora.

Ao fechar a porta, sinto como se tivesse partido cedo demais. Quando volto lá para dentro, ela está de costas para mim, dobrando uma toalha. Viro-a e tiro a toalha de suas mãos. Então a abraço e a beijo de novo, mas dessa vez de um jeito melhor.

— Amo você — digo novamente.

Ela suspira e se apoia em mim.

— Mal posso esperar pelo próximo final de semana, Will. Queria que o tempo passasse bem depressa até lá.

— Eu também.

4.

TERÇA-FEIRA, 10 DE JANEIRO

Se eu fosse um carpinteiro, eu construiria para você uma janela para minha alma.
Mas eu deixaria a janela fechada e trancada, assim, toda vez que você tentasse olhar por ela... tudo que veria seria seu próprio reflexo.
Você veria que minha alma
é um reflexo de você...

QUANDO ACORDO, LAKE JÁ SAIU PARA A UNIVERSIDADE. KEL está dormindo no sofá. Ela deve tê-lo mandado para cá antes de sair. Hoje é dia do lixo, então calço meus sapatos e levo a lata para o meio-fio. Tenho de tirar uns 30 centímetros de neve da tampa para poder movê-la. Lake esqueceu, então vou até a casa dela e também levo seu lixo para o meio-fio.

— Oi, Will — cumprimenta Sherry. Ela e Kiersten estão saindo de casa.

— Bom dia — digo para elas.

— O que aconteceu com Kel e Caulder ontem? A encrenca foi muito grande pra eles? — pergunta Kiersten.

— Foram suspensos. Só podem voltar para a escola na segunda.

— Suspensos por quê? — pergunta Sherry. Pelo tom de voz dela, percebo que Kiersten não contou nada.

Kiersten se vira para a mãe.

— Kel e Caulder ameaçaram aqueles garotos sobre os quais a escola te falou. Escreveram um bilhete ameaçando a vida deles. Chamaram eles de babacas — explica ela normalmente.

— Ahh, que coisa meiga — diz Sherry. — Eles a defenderam. — Ela se volta para mim antes de entrar no carro. — Will, diga para eles que agradeço. Foi tão fofo eles defenderem minha menininha.

Eu rio e balanço a cabeça enquanto as observo irem embora. Quando volto para dentro de casa, Kel e Caulder estão sentados no sofá, assistindo à televisão.

— Bom dia — digo para eles.

— A gente pode pelo menos ver televisão? — pergunta Caulder.

Dou de ombros.

— Que seja. Façam o que quiserem. Só não ameacem matar ninguém hoje. — Provavelmente era para eu ser mais rigoroso, porém está cedo demais para eu me importar com isso.

— Eles foram muito malvados com ela, Will — diz Kel. — Eles são malvados com Kiersten desde que ela se mudou pra cá. E ela não fez nada para eles.

Sento-me no outro sofá e tiro os sapatos.

— Nem todo mundo vai ser legal, Kel. Infelizmente, existem muitas pessoas cruéis no mundo. O que é que os garotos estão fazendo com ela?

Caulder responde.

— Um dos garotos do sexto ano pediu ela em namoro uma semana depois que Kiersten se mudou pra cá, mas ela disse não. Ele é meio que um valentão. Ela respondeu que era vegetariana e não namoraria um *carne-de-pescoço*. Ele ficou furioso e começou a espalhar boatos sobre ela. A maioria do pessoal tem medo porque ele é um merdinha, então agora tem muita gente sendo malvada com ela também.

— Não diga "merdinha", Caulder. E eu acho que vocês fizeram a coisa certa em defendê-la. Lake e eu não estamos com raiva disso; na verdade, estamos até um pouco orgulhosos. A gente só queria que vocês pensassem um pouco antes de tomar algumas das decisões que tomam. Já é a segunda semana seguida que fazem alguma idiotice na escola. E dessa vez foram suspensos. Já temos coisas demais com que nos preocupar... não precisamos desse estresse a mais.

— Desculpe — diz Kel.

— É. Desculpe, Will — repete Caulder.

— Quanto a Kiersten, continuem fazendo o que estão fazendo, continuem a defendê-la. Ela é uma boa menina e não merece ser tratada assim. Tem mais alguém sendo legal com ela além de vocês dois? Ela não tem nenhum outro amigo?

— Ela tem Abby — diz Caulder.

Kel sorri.

— Ela não é a única que tem Abby.

— Cale a boca, Kel! — Caulder dá uma pancada no braço dele.

— Caramba! Que história é essa? Quem é Abby? Caulder, ela é sua namorada? — brinco com ele.

— Ela não é minha namorada — responde Caulder defensivamente.

— Mas só porque ele não tem coragem de pedi-la em namoro — diz Kel.

— Olha só quem está falando — falo para Kel. — Você está a fim de Kiersten desde o dia em que ela se mudou pra cá. Por que não pediu *ela* em namoro?

Kel fica corado e tenta disfarçar o sorriso. Ele me lembra Lake quando faz isso.

— Já pedi. Ela é minha namorada — diz ele.

Fico impressionado. Ele é mais corajoso do que pensei.

— Acho bom não contar para Layken! — avisa ele. — Ela vai me deixar com vergonha.

— Não vou contar nada — digo. — Mas sua festa de aniversário é na sexta. Diga para Kiersten não beijar você na frente de Lake se não quiser que ela descubra.

— Cala a boca, Will! Não vou beijar — afirma Kel, com uma expressão de nojo.

— Caulder, você devia convidar Abby para a festa de Kel — digo.

Caulder fica com o mesmo jeito envergonhado de Kel.

— Ele já convidou — diz Kel. Caulder dá mais uma pancada no braço dele.

Eu me levanto. Está na cara que ninguém aqui precisa dos meus conselhos.

— Bem, vocês dois já se resolveram sozinhos. Para quê precisam de mim?

— Para pagar a pizza — diz Caulder.

Vou até a porta da frente, pego os casacos deles e os jogo no colo dos dois.

— Hora do castigo — digo. Eles gemem e reviram os olhos. — Vocês vão tirar a neve das entradas das casas.

— Das *entradas*? No plural? Mais de *uma*? — pergunta Caulder.

— Isso — digo. — Tirem da minha casa, da de Lake e, quando acabarem, tirem da casa de Sherry também. E, já que estão com a mão na massa, tirem a de Bob e Melinda também.

Nenhum dos dois se mexe.

— Vão logo!

Sinto um frio na barriga na quarta de manhã. Não queria mesmo ver Vaughn hoje. Tento sair alguns minutos antes na esperança de chegar na aula cedo o suficiente para me sentar ao lado de outra pessoa. Infelizmente, sou o primeiro a chegar. Sento no fundo novamente, esperando que ela não vá querer subir até lá.

Mas ela sobe. Chegando quase imediatamente depois de mim, sorri e sobe os degraus, apressada, jogando a bolsa em cima da mesa.

— Bom dia — diz ela. — Trouxe um café pra você. Com um pouco de açúcar e sem creme, exatamente como você gosta. — Ela coloca o café na minha frente.

— Obrigado — digo. Ela está com o cabelo preso num coque. Sei exatamente o que está fazendo. Uma vez eu disse que adorava quando ela usava o cabelo desse jeito. Não é nenhuma coincidência ela estar com o cabelo assim hoje.

— Então... eu estava pensando que a gente precisa colocar as novidades em dia. Talvez eu pudesse dar uma passada na sua casa em algum momento. Sinto saudades de Caulder, adoraria vê-lo.

De jeito nenhum! Até parece! Era o que eu realmente queria dizer.

— Vaughn, não acho uma boa ideia. — É o que eu termino dizendo.

— Ah — responde ela, baixinho. — Tudo bem.

Dá para ver que ficou ofendida.

— Olha, não quero ser mal-educado. É que... você sabe, a gente tem um passado juntos. Não seria justo com Lake.

Ela inclina a cabeça para mim.

— *Lake*? O nome da sua namorada é *Lake*, lago?

Não gosto do tom dela.

— O nome dela é Layken. Eu a chamo de Lake.

Ela coloca a mão no meu braço.

— Will, não quero causar nenhum constrangimento. Se Layken é ciumenta, é só dizer. Não tem problema algum.

Ela alisa meu braço com o polegar, e eu olho para a mão dela. Odeio a maneira como tenta diminuir a importância do meu relacionamento com um comentário malicioso. Afasto o braço dela e me viro para a frente da sala.

— Vaughn, pare com isso. Eu sei o que você está fazendo, e simplesmente não vai rolar.

Ela fica irritada e foca a atenção na frente da sala. Está furiosa. Ótimo, talvez tenha entendido meu recado não tão sutil.

Não entendo mesmo por que está fazendo isso. Nunca imaginei que fosse vê-la novamente, muito menos que precisaria praticamente lhe dar um fora. É estranho ver que todo o amor que eu sentia por ela virou um nada. Mas não me arrependo do tempo que ficamos juntos. Nosso namoro era muito bom, e realmente acho que teria me casado com ela se meus pais não tivessem morrido. Mas isso só porque eu era ingênuo quanto a como um relacionamento deveria ser. A como o *amor* deveria ser.

Nós dois nos conhecemos no primeiro ano do colégio, mas só começamos a namorar no penúltimo. Ficamos conversando numa festa à qual fui com meu melhor amigo, Reece. Vaughn e eu saímos algumas vezes e depois concordamos em namorar oficialmente. Após uns seis meses juntos, transamos pela primeira vez. Ainda morávamos com nossos pais, então acabou acontecendo no banco de trás do carro dela. Foi estranho, para dizer o mínimo. Estava apertado, frio e não foi nada romântico, foi o oposto do que uma garota gostaria para um momento assim. Claro que no ano e meio seguintes foi ficando bem melhor, mas sempre me arrependi de nossa primeira vez ter sido daquele jeito. Talvez seja por isso que eu queira que a primeira vez de Lake seja perfeita. E não apenas uma coisa não planejada, repentina, como foi comigo e Vaughn.

Eu estava de luto e passando por vários problemas emocionais após o fim do meu relacionamento com Vaughn. Criar Caulder e dobrar minhas aulas me deixou sem tempo nenhum para namorar. Vaughn foi meu último namoro antes de conhecer Lake. E após um único encontro com Lake, já sabia que a ligação entre nós era maior que a que eu partilhava com Vaughn. Não achava que fosse possível ter uma conexão tão grande com alguém.

Quando Vaughn terminou comigo, achei que ela estava cometendo um erro gigantesco ao dizer que não estava pronta para ser uma mãe para Caulder. Ela confessou que não estava pronta para assumir esse tipo de responsabilidade, e eu fiquei ressentido com isso. Hoje já me livrei desse ressentimento. Ao pensar em como as coisas teriam sido diferentes caso ela não tivesse tomado aquela decisão, percebo que sempre serei grato a ela por ter terminado nosso namoro naquela época.

A SEXTA-FEIRA É bem melhor. Vaughn não aparece na aula, então o restante do meu dia fica bem mais tranquilo. Após a última aula, paro numa loja para comprar o presente de aniversário de Kel e vou para casa me arrumar para a festa.

As únicas duas pessoas que Kel e Caulder convidaram para a festa foram Kiersten e Abby. Sherry e Kiersten foram buscar Abby, enquanto Lake e Eddie foram pegar o bolo. Gavin chega com a pizza na mesma hora que estaciono na entrada da casa. Ele está de folga hoje, mas pedi para trazer as pizzas por causa do seu desconto.

— Está nervoso? — pergunto a Caulder enquanto desempilho as pizzas em cima do balcão. Sei que ele só tem 10 anos, mas lembro da minha primeira paixonite.

— Para, Will. Se continuar com isso, a noite de hoje vai ser o chato do meu dia.

— Tudo bem, eu paro. Mas primeiro algumas regras. Vocês dois só podem dar as mãos quando você tiver 11 anos e meio. Beijo, só com 13 anos. E nada de língua antes dos 14. Quero dizer, 15. Quando você chegar a essa idade, a gente reexamina as regras. Até lá, obedeça a essas.

Caulder revira os olhos e se afasta.

Acho que isso correu bem. Nossa primeira conversa oficial sobre "sexo". Contudo, creio que é mais importante eu ter essa conversa com Kel. Ele parece um pouco mais interessado em garotas do que Caulder.

— Quem foi que pediu esse bolo? — pergunta Lake enquanto entra pela porta da frente, carregando-o. Ela não parece muito contente.

— Deixei que Caulder e Kel fizessem o pedido enquanto a gente estava no supermercado no outro dia. Por quê? O que tem de errado com ele?

Ela vem até o balcão e pousa o bolo na superfície. Em seguida, abre a tampa e se afasta para que eu possa vê-lo.

— Ah — digo.

O bolo tem uma cobertura branca de creme. O texto em cima dele é azul.

Feliz Borboleta de Aniversário, Kel

— Bem, não é um palavrão *de verdade* — falo.

Lake suspira.

— Odeio quando eles são engraçadinhos assim — diz ela. — Só vai ficar cada vez mais difícil, sabia? A gente precisa começar a dar surras neles antes que seja tarde demais. — Ela fecha a tampa e leva o bolo para a geladeira.

— Amanhã — prometo, enquanto a abraço por trás. — Não podemos bater em Kel no aniversário dele. — Eu me abaixo e beijo sua orelha.

— Tá bom. — Ela inclina a cabeça para o lado, facilitando para mim. — Mas eu serei a pessoa a dar o primeiro murro.

— Parem com isso! — grita Kel. — Essas besteiras hoje não! É meu aniversário e não quero ficar vendo cês se agarrando!

Solto Lake, ergo Kel e o coloco por cima do ombro.

— Isso é pela borboleta de bolo — digo. Viro as costas para Layken. — Pode dar a surra de aniversário.

Lake começa a dar as palmadas de aniversário enquanto Kel tenta sair de cima de mim. Ele está ficando cada vez mais forte.

— Me põe no chão, Will! — Ele está me dando murros nas costas, tentando se soltar.

Coloco-o no chão após Lake terminar a surra. Kel dá uma risada e tenta me dar um empurrão, mas não saio do lugar.

— Não vejo a hora de ficar maior que você! Vou botar para borboletar em você! — Ele desiste e vai correndo até o quarto de Caulder.

Lake fica olhando para o corredor, com uma expressão séria.

— Será que a gente devia mesmo os deixar falarem isso?

Eu rio.

— Falar o quê? Borboleta?

Ela assente.

— Sim. Tipo, parece que já é um palavrão.

— Você acharia melhor se ele dissesse "bunda"? — diz Kiersten, passando entre mim e Lake. Mais uma vez, ela entra sem ter batido na porta.

— Oi, Kiersten — cumprimenta Lake.

Tem uma garota logo atrás de Kiersten. Ela olha para Lake e sorri.

— Você deve ser Abby — diz Lake. — Sou Layken, e esse é Will.

Abby acena discretamente, mas não diz nada.

— Abby é tímida. Após um tempinho ela vai ficar mais à vontade — diz Kiersten. Elas vão até a mesa da cozinha.

— Sherry vem? — pergunta Lake.

— Não, provavelmente não. Mas ela quer que eu leve um pouco de bolo para ela.

Kel e Caulder aparecem correndo na cozinha.

— Aí estão vocês — diz Kiersten. — Como foi a semana sem aulas, seus bobões sortudos?

— Abby, vem cá — pede Caulder. — Quero mostrar meu quarto pra você.

Depois que Abby sai atrás de Caulder, olho para Lake, um pouco preocupado. Ela percebe a preocupação nos meus olhos e ri.

— Relaxa, Will. Eles têm só 10 anos. Tenho certeza de que ele só quer mostrar os brinquedos para ela.

Independentemente disso, vou pelo corredor para dar uma espiada.

— Eu sou a convidada, seu bobo. Eu devia ser o jogador número um. — Escuto Abby dizer.

É verdade, eles estão apenas se comportando como crianças de 10 anos. Volto para a cozinha e dou uma piscadela para Lake.

Ao fim da festa, Eddie e Gavin concordam em levar Abby para casa. Kel e Caulder fogem para o quarto de Caulder para jogar os videogames novos de Kel. Lake e eu ficamos a sós na sala de estar. Ela está deitada no sofá com os pés no meu colo. Faço uma massagem neles. Ela não parou o dia inteiro, deixando tudo pronto para a festa de Kel. Está deitada de olhos fechados, curtindo o relaxamento.

— Tenho que confessar uma coisa — digo, ainda massageando os pés dela.

Ela abre os olhos relutantemente.

— O quê?

— Estou fazendo contagem regressiva até o próximo fim de semana.

Ela sorri para mim, aliviada por ter sido essa a confissão.

— Eu também. Cento e sessenta e três horas.

Encosto-me no sofá e sorrio para ela.

— Ótimo, agora não me sinto tão ridículo.

— Isso não significa que agora você está menos ridículo — diz ela. — Apenas que nós dois somos ridículos. — Ela se senta e agarra minha camisa, me puxando para perto. Seus lábios encostam nos meus, e ela sussurra: — Quais são seus planos para a próxima hora?

As palavras fazem minha pulsação disparar e meus braços se arrepiarem. Ela encosta o rosto no meu e sussurra ao meu ouvido:

— Vamos passar um tempinho lá em casa. Fazer uma pequena prévia do próximo final de semana.

Ela nem precisa perguntar duas vezes. Eu me afasto dela, salto por cima das costas do sofá e corro até a porta da frente.

— Garotos, daqui a pouco a gente volta! Não saiam daqui! — Lake ainda está no sofá, então vou até ela e seguro suas mãos, levantando-a. — Vamos, não temos muito tempo!

Quando chegamos na casa dela, Lake fecha a porta. Nem espero chegarmos no quarto. Empurro-a contra a madeira e começo a beijá-la.

— Cento e sessenta e duas horas — digo, entre beijos.

— Vamos para o quarto — diz ela. — Vou trancar a porta da frente. Assim, se eles vierem para cá, vão ter de bater na porta. — Ela se vira e passa a tranca.

— Boa ideia — concordo. Continuamos nos beijando enquanto passamos pelo corredor. Terminamos esbarrando na parede várias vezes. Quando alcançamos o quarto, já estou sem camisa.

— Vamos fazer de novo aquela coisa de quem pedir para recuar primeiro perde a brincadeira — diz ela, que está tirando os sapatos, então faço o mesmo.

— Então você vai perder, pois eu não vou recuar — ameaço. Ela sabe que vou perder. Eu sempre perco.

— Nem eu — diz, balançando a cabeça. Ela puxa as pernas para cima da cama e chega mais para trás. Fico na beirada, apreciando a vista. Às vezes, quando olho para ela, fico achando que o fato de ser minha parece surreal. Assim como o fato de ela também me amar. Ela assopra um fio do cabelo para longe do rosto, põe o resto para trás das orelhas e se recosta no travesseiro. Deito em cima dela e deslizo a mão por sua nuca, puxando seus lábios para os meus delicadamente.

Movimento-me bem devagar enquanto a beijo, tentando curtir todos os segundos. Quase nunca temos tempo de nos agarrar; não quero apressar nada.

— Amo tanto você — sussurro.

Ela coloca as pernas ao redor da minha cintura e aperta os braços ao redor das minhas costas, tentando me puxar para mais perto.

— Passe a noite comigo, Will. Por favor? Você pode vir para cá depois que os garotos dormirem. Eles nunca vão saber.

— Lake, só falta mais uma semana. A gente aguenta até lá.

— Não estou me referindo a *isso*. A gente espera até o próximo fim de semana, sim. Mas queria você na minha cama hoje. Estou com saudades. Por favor?

Continuo beijando o pescoço dela sem responder. Não sou capaz de dizer não, então não respondo nada.

— Não me faça implorar, Will. Às vezes você é tão responsável que fico me sentindo uma fraca.

Eu rio por *ela* se achar fraca. Vou beijando seu pescoço até chegar à gola de sua camisa.

— Se eu passar a noite aqui... o que você vai vestir? — Lentamente desabotoo o botão de cima de sua camisa e pressiono meus lábios em sua pele.

— Ai, meu Deus — diz ela, ofegante. — Eu visto o que você *quiser*.

Abro o botão seguinte e desço meus lábios um pouco mais.

— Não gosto desta blusa. Com certeza não quero que você vista esta blusa — digo. — Na verdade, esta blusa é horrorosa. Acho que você devia tirá-la e jogá-la fora. — Abro o terceiro botão, esperando que ela peça para eu recuar. Sei que estou prestes a vencer.

Como ela não pede, continuo beijando cada vez mais abaixo enquanto desabotoo o quarto botão e o quinto e, então, o último. Mesmo assim ela não pede para recuar. Está me testando. Levo meus lábios de volta à sua boca vagarosamente, então ela me faz deitar e monta em cima de mim. Em seguida, tira a blusa e a joga para o lado.

Passo minhas mãos em seus braços e pelas curvas de seu peito. Seu cabelo cresceu muito desde que a conheci. Está balançando ao redor do rosto enquanto ela se inclina para perto de mim. Coloco-o para trás das orelhas dela para poder ver melhor seu rosto. Está escuro no quarto, mas continuo conseguindo enxergar seu sorriso e o belíssimo tom esmeralda de seus olhos. Deslizo minhas mãos para cima, até seus ombros, e percorro o contorno do sutiã.

— Fique vestindo isso hoje. — Deslizo os dedos por baixo das alças. — Disso eu gosto.

— Então quer dizer que vai passar a noite aqui? — pergunta ela. O tom está mais sério, não tão brincalhão.

— Só se ficar vestindo isso — respondo, igualmente sério. Ela pressiona o corpo contra o meu, nossa pele nua se encostando pela primeira vez em meses. Não vou pedir para recuar de jeito algum. Não consigo. Normalmente não sou tão fraco; não sei o que ela tem nesse momento que está me deixando tão fraco. — Lake. — Afasto meus lábios dos dela, embora ela continue a beijar os cantinhos enquanto falo, sem muito fôlego. — É só uma questão de horas até o próximo fim de semana. Está chegando tão depressa que, na verdade, esse fim de semana pode ser considerado parte do próximo. E a semana seguinte é parte do próximo fim de semana. Então, tecnicamente, o próximo fim de semana está meio que acontecendo agora... nesse exato segundo.

Ela agarra meu rosto e o vira para poder me olhar bem nos olhos.

— Will? Se está dizendo isso porque acha que vou pedir para recuar... eu não vou. Não dessa vez.

Ela está falando sério. Faço-a deitar e deslizo para cima dela. Acaricio sua bochecha com meu polegar.

— Não vai? Tem certeza de que está pronta para *não* pedir para recuar? Bem agora?

— Certeza absoluta — sussurra. Ela enrola as pernas em minhas coxas com firmeza, e nos entregamos completamente ao desejo. Agarro sua nuca e pressiono a boca na minha com ainda mais força. Sinto minha pulsação disparar pelo corpo inteiro enquanto nós dois tentamos recobrar o fôlego entre os beijos, como se de repente tivéssemos nos esquecido de como se respira. Estamos desesperados, fazendo o máximo para passar do momento em que um de nós costuma pedir para recuar. Passamos desse momento bem rapidamente. Coloco a mão nas costas dela até encontrar o fecho do sutiã e o solto enquanto ela mexe freneticamente no botão da minha calça. Abaixo as alças do sutiã pelos braços para tirá-lo e, então, a pior coisa do mundo acontece. Alguém bate na maldita porta.

— Minha nossa! — digo. Minha cabeça está girando tão rapidamente que preciso de um instante para me acalmar. Pressiono a testa contra o travesseiro ao lado dela, e tentamos recobrar o fôlego.

Ela sai de baixo de mim e se levanta.

— Will, não estou encontrando minha blusa — diz ela, com pânico na voz.

Rolo para o lado, tiro a blusa de baixo de mim e a jogo para ela.

— Aqui está sua blusa horrorosa — brinco.

Os garotos já estão esmurrando a porta, então pulo da cama e vou procurar minha própria camisa no corredor antes de abrir a porta para eles.

— Por que demoraram tanto? — pergunta Kel enquanto os dois me empurram para trás.

— Estávamos vendo um filme — minto. — Estava numa parte ótima e não queríamos parar.

— É — concorda Lake, aparecendo do corredor. — Estava numa parte *muito* boa.

Os dois meninos vão até a cozinha, e Kel acende a luz.

— Caulder pode dormir aqui hoje? — pergunta ele.

— Não sei por que vocês ainda perguntam isso — diz Lake.

— Porque estamos de castigo. Lembra? — indaga Caulder.

Lake olha para mim, querendo ajuda.

— É seu aniversário, Kel. O castigo pode recomeçar amanhã à noite — digo. Eles vão para a sala de estar e ligam a televisão. Estendo o braço para Lake. — Me acompanha até em casa? — Lake segura minha mão, e nós saímos pela porta da frente.

— Mais tarde você volta? — pergunta ela.

Agora que tive um tempo para me acalmar, percebo que voltar talvez não seja uma boa ideia.

— Lake, talvez seja melhor não. Nós nos empolgamos muito. Acha mesmo que vou conseguir dormir na mesma cama que você depois disso?

Fico esperando que ela vá reclamar, mas ela não o faz.

— Você tem razão, como sempre. E, de todo jeito, seria estranho com nossos irmãos na casa. — Ela me abraça quando chegamos à minha porta. Está incrivelmente frio aqui fora, mas ela parece não se importar com isso enquanto ficamos parados. — Ou talvez você esteja errado. Talvez você deva voltar daqui a uma hora. Vou colocar o pijama mais feio que encontrar e não vou nem escovar os dentes. Você não vai querer tocar em mim. A gente só vai dormir.

Eu rio do plano absurdo dela.

— Você poderia passar uma semana inteira sem escovar os dentes e sem trocar de roupa e mesmo assim eu não conseguiria desgrudar de você.

— Estou falando sério, Will. Volte daqui a uma hora. Eu só queria dormir abraçada com você. Vou garantir que os garotos estejam no quarto, e daí você entra escondido como se a gente ainda estivesse no colégio.

Ela não precisa se esforçar muito para me convencer.

— Tudo bem. Daqui a uma hora eu volto. Mas a gente só vai dormir, tá? Não me tente.

— Não vou, prometo — diz ela, sorrindo.

Seguro-lhe o queixo e abaixo minha voz:

— Lake, estou falando sério. Quero que isso seja perfeito para você e acabo me empolgando muito quando estamos juntos. Só precisamos esperar mais uma semana. Quero passar a noite com você, mas preciso que me prometa que não vai me colocar naquela situação novamente nas próximas 162 horas.

— Cento e sessenta e uma e meia — diz ela.

Balanço a cabeça e rio.

— Vá colocar os garotos pra dormir. Nos vemos daqui a pouco.

Ela se despede com um beijo, eu entro em casa e tomo um banho. Um banho *gelado*.

Quando volto para a casa dela, uma hora depois, todas as luzes estão apagadas. Tranco a porta após entrar, passo pelo corredor e entro no quarto dela. Lake deixou o abajur da mesa de cabeceira aceso para mim. Está deitada, as costas voltadas para a entrada, então me deito atrás dela e passo o braço por baixo de sua cabeça. Fico aguardando alguma reação, mas ela já dormiu. Na verdade, está até roncando. Coloco seu cabelo atrás da orelha e beijo a parte de trás de sua cabeça enquanto puxo as cobertas e fecho os olhos.

5.

SÁBADO, 14 DE JANEIRO

Adoro tanto ficar com você
Quando não estamos juntos, sinto tanto sua falta
Qualquer dia desses vou totalmente me casar com você
E vai ser
muito
muito
bom.

LAKE FICOU CHATEADA QUANDO ACORDOU NO SÁBADO DE manhã e viu que eu já tinha ido embora. Diz que não foi justo ela ter dormido o tempo inteiro na nossa primeira noite juntos. Independentemente disso, eu gostei. Fiquei vendo-a dormir por um tempo antes de voltar para casa.

Não nos metemos em mais nenhuma situação como aquela da sexta à noite no quarto dela. Acho que nós dois ficamos surpresos com a intensidade das coisas, então estamos tentando evitar que aconteça novamente. Pelo menos até o próximo final de semana. Passamos a noite de sábado na casa de Joel, com Eddie e Gavin. No domingo, Lake e eu fizemos dever de casa juntos. Foi um fim de semana bem típico.

Agora estou aqui sentado na aula de A Morte e o Morrer, sendo encarado pela única pessoa com quem já transei. É constrangedor. Pela maneira como Vaughn age, parece que estou *mesmo* escondendo algo de Lake. Mas contar sobre Vaughn agora só mostraria que não fui totalmente sincero quando falamos da primeira semana de aulas. A última coisa que quero fazer antes desse fim de semana é aborrecer Lake, então resolvo esperar mais uma semana antes de mencionar o assunto.

— Vaughn, o professor está ali — digo, apontando para a frente da sala.

Ela continua olhando para mim.

— Will, você está sendo metido — sussurra ela. — Não entendo por que não quer nem falar comigo. Se tivesse mesmo esquecido o que aconteceu entre nós, isso não o incomodaria tanto assim.

Não acredito que ela realmente esteja pensando que não esqueci o que aconteceu entre nós. Esqueci o que aconteceu entre nós no dia em que vi Lake pela primeira vez.

— Eu esqueci a gente, Vaughn. Já se passaram três anos. Você também já esqueceu. Mas é que sempre quer o que não pode ter, por isso está com tanta raiva. Isso não tem nada a ver comigo.

Ela cruza os braços e se recosta na cadeira.

— Acha que eu *quero* você? — Ela me fulmina com o olhar e volta a atenção para a frente da sala. — Alguém já disse que você é um babaca? — sussurra ela.

Eu rio.

— Na verdade, sim. E mais de uma vez.

* * *

Hoje foi o primeiro dia de aula para Kel e Caulder depois da suspensão. Quando chego para buscá-los, eles entram no carro com um jeito frustrado. Vejo os livros que estão quase caindo das mochilas e percebo que os dois vão passar a noite tirando o atraso do dever de casa.

— Acho que agora vocês dois aprenderam a lição.

Lake está saindo da minha casa quando os garotos e eu saltamos do carro. Não me incomodo de jeito nenhum com o fato de ela ir para a minha casa quando não estou lá, mas fico um pouco curioso para saber o que estava fazendo. Ela nota minha expressão de confusão enquanto vem em minha direção. Estende a mão, deixando à mostra no meio da palma uma das estrelas que sua mãe fez.

— Não me julgue — diz Lake. Ela rola a estrela na mão. — Hoje estou com mais saudades dela, só isso.

Seu olhar me deixa triste. Dou-lhe um abraço breve e a observo atravessar a rua e voltar para dentro de casa. Ela está precisando de um tempo sozinha, então providencio isso.

— Kel, fique aqui um pouquinho. Eu ajudo vocês com o dever de casa.

Demoramos algumas horas para terminar todos os deveres que se acumularam enquanto os garotos estavam suspensos. Gavin e Eddie vêm jantar aqui hoje, então vou para a cozinha e começo a trabalhar. Não vamos comer hambúrgueres esta noite. Tenho certeza de que nunca mais vamos comer hambúrgueres na vida. Fico pensando se vou querer fazer lasanha ou não, mas termino decidindo que não. Para ser sincero, estou sem nenhuma vontade de cozinhar. Vou até a geladeira e tiro o menu de comida chinesa debaixo do ímã.

Meia hora depois, Eddie e Gavin chegam, um minuto depois é a vez de Lake e, em seguida, o entregador de comida chinesa. Coloco as caixinhas no meio da mesa, e todos começamos a encher os pratos.

— A gente está no meio de um jogo. Podemos comer no meu quarto hoje? — pergunta Caulder.

— Claro — concordo.

— Achei que eles estivessem de castigo — diz Gavin.

— E estão — responde Lake.

Gavin dá uma mordida no rolinho primavera.

— Eles estão jogando videogame. Qual é o castigo dele então?

Lake olha para mim, querendo ajuda. Não sei responder à pergunta dele, mas tento.

— Gavin, está questionando a maneira como criamos os garotos? — pergunto.

— Não — diz Gavin. — De jeito algum.

A noite está com um clima estranho. Eddie permanece extremamente calada, remexendo a comida. Gavin e eu tentamos puxar assunto, mas logo o silêncio volta. Lake parece estar dentro de seu próprio mundinho, sem prestar muita atenção ao que acontece ao redor. Tento amenizar a tensão.

— Hora do chato-e-legal — digo. Quase simultaneamente, os três reclamam. — O que está acontecendo? Que depressão é essa hoje? — Ninguém me responde. Gavin e Eddie trocam um olhar. Ela parece prestes a chorar, então Gavin dá um beijo na testa dela. Olho para Lake, que não para de olhar para o próprio prato, remexendo o macarrão. — E você, amor? O que há de errado? — pergunto para ela.

— Nada. Juro, não é nada — responde ela, tentando me convencer, sem muito sucesso, de que está bem. Ela sorri para mim, pega nossos copos e vai até a cozinha para enchê-los.

— Foi mal, Will — diz Gavin. — Eddie e eu não queríamos ser mal-educados. É que a gente está com muita coisa na cabeça esses dias.

— Sem problemas — pelo. — Posso ajudar em alguma coisa?

Eles balançam as cabeças.

— Você vai para a competição de slam na quinta-feira à noite? — pergunta Gavin, mudando de assunto.

Faz algumas semanas que não vamos às competições. Acho que desde antes do Natal.

— Não sei, acho que poderíamos ir. — Volto-me para Lake. — Você quer?

Ela dá de ombros.

— Parece divertido. Mas precisamos ver se alguém pode tomar conta de Kel e Caulder.

Eddie limpa a mesa enquanto Gavin veste o casaco.

— Nos vemos lá, então. Obrigado pelo jantar. Não seremos tão chatos da próxima vez.

— Está tudo bem — digo. — Todo mundo tem direito a um dia ruim de vez em quando.

Depois que vão embora, fecho as caixinhas de comida e as guardo na geladeira enquanto Lake lava nossos pratos. Aproximo-me dela e a abraço.

— Tem certeza de que está bem? — pergunto.

Ela se vira e me abraça, encostando a cabeça no meu peito.

— Estou sim, Will. É que...

Ergo o rosto dela e vejo que está se segurando para não chorar. Coloco a mão na parte de trás de sua cabeça e a puxo para mim.

— O que há de errado?

Ela chora baixinho na minha camisa. Percebo que está tentando parar. Queria que ela fosse menos durona consigo quando fica triste.

— É o dia de hoje, só isso — diz ela. — Seria o aniversário de casamento deles.

Percebo que ela está falando de seus pais, então não digo nada. Abraço-a com mais força e beijo o topo de sua cabeça.

— Sei que é bobagem ficar chateada com isso. Estou mais chateada com o fato de eu estar tão chateada — diz ela.

Coloco as mãos em seu rosto e a faço olhar para mim.

— Não é bobagem, Lake. Você pode chorar às vezes, não tem problema algum nisso.

Ela sorri, me beija e se afasta.

— Amanhã à noite vou fazer compras com Eddie. Na quarta à noite tenho um grupo de estudos, então só vou vê-lo na quinta. Você vai arranjar uma babá ou devo cuidar disso?

— Acha mesmo que eles precisam de uma? Kel já tem 11 anos, e Caulder vai fazer 11 daqui a dois meses. Não acha que eles conseguem ficar sozinhos em casa por algumas horas?

Ela concorda com a cabeça.

— Acho que conseguem, sim. Talvez eu possa pedir a Sherry que pelo menos garanta que jantem e dê uma conferida nos dois. Posso até dar algum dinheiro a ela.

— Gostei dessa ideia — digo.

Ela chama Kel após colocar o casaco e os sapatos, volta para a cozinha e me abraça.

— Mais 93 horas — diz, dando um beijo no meu pescoço. — Amo você.

— Escute uma coisa — pelo, enquanto olho bem nos olhos dela. — Tudo bem você ficar triste, Lake. Pare de ficar tentando esculpir tantas abóboras. E eu também amo você. — Beijo-a uma última vez e tranco a porta após eles saírem.

A noite de hoje foi mesmo estranha. O clima todo estava estranho. Como vamos para a competição de slam, decido escrever meus pensamentos. Vou surpreender Lake e fazer uma apresentação para ela essa semana. Talvez isso a ajude a se sentir melhor.

Por motivos que estão além da minha compreensão, Vaughn senta-se ao meu lado novamente na quarta-feira. E eu achando que, depois do nosso pequeno bate-boca na segunda, ela desistiria. Pelo menos era o que eu esperava.

Ela tira o caderno e abre o livro onde a aula passada terminou. Dessa vez, não fica olhando para mim. Na verdade, ela não diz uma palavra durante a aula inteira. Fico contente por ela não falar comigo, mas ao mesmo tempo me sinto um pouco culpado por ter sido tão rude. Mas não o suficiente para pedir desculpas. Ela mereceu.

Enquanto estamos guardando nossas coisas, ainda sem falar nada, ela desliza alguma coisa por cima da mesa e vai embora. Fico me perguntando se não é melhor jogar o bilhete no lixo sem ler, mas minha curiosidade fala mais alto. Espero até estar sentando na minha aula seguinte para abri-lo.

Will,

Talvez você não queira ouvir isso, mas preciso dizer. Me desculpe, de verdade. Ter terminado com você é um dos meus maiores arrependimentos até hoje. Especialmente ter terminado na época em que terminei. Não foi justo com você, hoje percebo isso — mas eu era jovem e estava com medo.

Você não pode agir como se o que aconteceu entre nós não significasse nada. Eu amei você e sei que você me amou. Devia ao menos ter a educação de falar comigo. Só queria ter a oportunidade de pedir desculpas para você pessoalmente. Não consigo esquecer a maneira como as coisas terminaram entre nós. Deixe eu me desculpar.

Vaughn

Dobro o bilhete e o coloco no bolso. Encosto a cabeça na mesa e suspiro. Ela não vai deixar pra lá. Não quero pensar nisso agora, então não penso. Mais tarde me preocupo com esse assunto.

Na noite seguinte, eu só penso em Lake.

Vou buscá-la dentro de uma hora, então faço o dever de casa rapidamente e vou tomar um banho. Passo pelo quarto de Caulder a caminho do banheiro. Ele e Kel estão jogando videogame.

— Por que não podemos ir também? Você mesmo disse que não tem restrição de idade — diz Kel.

Eu paro e volto para a porta deles.

— Vocês querem mesmo ir? Sabem que é poesia, não é?

— Eu gosto de poesia — diz Caulder.

— Eu, não — diz Kel. — Só quero ir porque a gente nunca vai a lugar nenhum.

— Tá bom, deixe só eu ver primeiro o que Lake acha disso. — Saio de casa e atravesso a rua. Quando abro a porta da casa, ela grita.

— Will! Vire-se! — Eu me viro, mas não antes de vê-la. Ela deve ter acabado de sair do banho, pois está no meio da sala completamente nua. — Meu Deus, achei que tinha trancado. Ninguém bate mais na porta, é?

Eu rio.

— Bem-vinda ao meu mundo.

— Pode se virar agora — diz ela.

Quando me viro, ela está com uma toalha ao redor do corpo. Coloco meus braços na cintura dela, ergo-a do chão e a rodopio.

— Mais 24 horas — digo quando os pés dela encostam no chão novamente. — Já está ficando tensa?

— Não, nem um pouco. É como eu disse, estou em boas mãos.

Quero beijá-la, mas não o faço. A toalha é demais, então me afasto e pergunto o que vim perguntar.

— Kel e Caulder querem saber se podem ir com a gente hoje. Eles estão curiosos.

— Sério? Que estranho... Mas não me importo se você não se importar — diz ela.

— Tudo bem. Vou dizer isso a eles. — Sigo para a porta. — E Lake? Obrigado por ter me dado mais uma prévia.

Ela fica um pouco envergonhada, então pisco e fecho a porta ao sair. Estas serão as 24 horas mais longas da minha vida.

* * *

Sentamos nos fundos da boate com Gavin e Eddie. É a mesma cabine em que Lake e eu nos sentamos no nosso primeiro encontro. Kiersten também quis vir, então a mesa está bem cheia.

Sherry deve confiar bastante em nós, apesar de ter feito várias perguntas antes de concordar em deixar Kiersten vir. Quando a sessão de perguntas e respostas terminou, Sherry estava intrigada. Ela disse que seria bom para Kiersten ver uma competição de slam. Kiersten achou que participar de uma competição seria bom para seu portfólio, então trouxe uma caneta e um caderno para anotar algumas coisas.

— Então, alguém está com sede? — Vejo que todos querem beber e vou para o bar antes que o sacrifício seja levado para o palco a fim de se apresentar. Expliquei as regras para todas as crianças no caminho, então acho que eles já devem ter uma boa ideia de como tudo funciona. Mas não contei que vou me apresentar. Quero que seja surpresa. Lake também não sabe, então, antes de levar as bebidas de volta para a mesa, pago minha taxa.

— Isso é tão legal — diz Kiersten quando retorno para a mesa. — Vocês são os pais mais legais do mundo.

— Não, não são — discorda Kel. — Eles não deixam a gente dizer palavrão.

Lake indica para que façam silêncio quando a primeira pessoa que vai se apresentar se aproxima do microfone. Reconheço o rapaz; já o vi se apresentar aqui várias vezes. Ele é muito bom. Coloco o braço ao redor de Lake, e ele inicia seu poema.

— Meu nome é Edmund David-Quinn, e esse é um texto que escrevi chamado "Escreva Mal".

Escreva mal.
Seja um lixo
Escreva de maneira ***péssima***
Terrível
Assustadora
Não se ***importe***
Desligue seu editor interior
Permita-se ***escrever***
Permita tudo ***fluir***
Permita-se ***fracassar***
Faça alguma coisa ***maluca***
Escreva cinquenta mil palavras no mês de
novembro.
Foi o que fiz.
Foi ***divertido***, foi ***ensandecedor***, ***foram mil e seiscentas***
e sessenta e sete palavras por dia.
Foi ***possível***.
Mas você precisa desligar seu crítico interior.
Desligar completamente.
E apenas ***escrever***.
Rapidamente.
Em ***surtos***.
Com ***alegria***.
Se não conseguir escrever, fuja por alguns instantes.
E ***volte***.
Escreva ***novamente***.
Escrever é igual a todas as outras coisas.
Você não vai ser bom imediatamente.
É uma habilidade, a pessoa precisa ir melhorando aos poucos.
Você só é aceito em Juilliard se praticar.
Se quiser chegar ao Carnegie Hall, ***pratique***,

***pratique*, *pratique*.**

... Ou dê um monte de dinheiro a eles.

Como todas as outras coisas, são necessárias dez mil horas para

atingir a excelência.

Assim como Malcolm Gladwell diz.

Então ***escreva***.

Fracasse.

Coloque seus ***pensamentos*** no papel.

Deixe-os ***descansar***.

Deixe-os ***marinar***.

Depois edite.

Mas não edite enquanto digita,

isso só faz seu cérebro desacelerar.

Encontre uma prática diária.

Para mim, é escrever no meu blog todos os dias.

E é ***divertido***.

Quando ***mais*** você escreve, ***mais fácil*** fica. Quanto mais o

escrever ***flui***,

menos ***preocupações***. Não é para o ***colégio***, não é para receber

nota, é só para você colocar seus pensamentos para ***fora***.

Você ***sabe*** que eles querem ***sair***.

Então ***persista***. Pratique. E escreva ***mal***,

escreva ***muito mal***, escreva ***sem se preocupar*** com nada e assim

talvez o seu texto termine sendo

muito

muito

bom.

Quando a multidão começa a aplaudir, olho para Kiersten e para os garotos. Eles estão encarando o palco.

— Puta merda — diz Kiersten. — Que incrível. Isso foi fantástico.

— Por que você demorou tanto pra trazer a gente aqui, Will? Isso é tão legal! — diz Caulder.

Fico surpreso ao ver que gostaram tanto. Eles passam o restante da noite relativamente quietos enquanto assistem às apresentações. Kiersten não para de escrever em seu caderno. Não sei que tipo de anotação está fazendo, mas dá para ver que ela está mesmo gostando. Mais tarde quero lembrar de mostrar meus poemas antigos a ela.

— O próximo é Will Cooper — diz o apresentador. Todos na mesa olham para mim, surpresos.

— Você vai se apresentar? — pergunta Lake. Sorrio para ela, faço que sim com a cabeça e me afasto da mesa.

Eu costumava ficar nervoso quando me apresentava. Uma pequena parte de mim ainda fica, mas acho que é a adrenalina mesmo. A primeira vez que vim aqui foi com meu pai. Ele adorava artes. Música, poesia, pintura, ler, escrever, tudo. Eu o vi se apresentar aqui pela primeira vez quando eu tinha 15 anos. Desde então, viciei. Odeio o fato de Caulder nunca ter conhecido esse lado dele. Guardei tudo que achei dos escritos de papai e até mesmo uns dois quadros antigos dele. Um dia vou dar tudo para Caulder. Quando ele tiver idade suficiente para apreciar.

Subo no palco e ajeito o microfone. Meu poema só vai fazer sentido para Lake. Essa apresentação é só para ela.

— Meu texto se chama "Hora de Recuar" — digo no microfone. O holofote está forte, então não consigo enxergá-la daqui, mas tenho quase certeza de que está sorrindo. Não me apresso com o poema. Faço a apresentação lentamente, para que ela assimile todas as palavras.

Vinte e duas horas e nossa guerra ***começa***.

Nossa guerra de ***braços e pernas***

e *lábios*
e *mãos...*
A hora de *recuar*
Deixa de ser um *elemento*
Quando os dois lados
concordam em se *render*.
Nem sei *dizer* quantas vezes *perdi...*
Ou será que são quantas vezes você *venceu*?
Nesse jogo que estamos fazendo há cinquenta e nove semanas
Eu diria que a pontuação
é
zero
a
zero.
Vinte e duas horas e nossa guerra *começa*
Nossa guerra de *pernas e braços*
e *lábios*
e *mãos...*
A melhor parte de finalmente
não recuar?
Os *torrenciais* em cima da gente
Chovendo nos nossos pés
Antes de as *bombas explodirem* e as *armas* dispararem seus *cartuchos*. Antes de nós *dois cairmos* no *chão*.
Antes da *batalha*, antes da *guerra...*
Você precisa *saber*
Que eu aguentaria *mais* cinquenta e nove.
Faria o que fosse *necessário* para deixar você *vencer*.
Recuaria *tudo de novo*
e *de novo*
e *mais uma vez*.

Afasto-me do microfone e encontro a escada. Ainda estou longe da mesa quando Lake joga os braços ao redor do meu pescoço e me beija.

— Obrigada — sussurra ela no meu pescoço.

Quando me sento à mesa, Caulder revira os olhos.

— Devia ter nos avisado, Will. A gente teria ido se esconder no banheiro.

— Eu achei lindo — diz Kiersten.

Já passa das nove quando começa a segunda rodada.

— Vamos, crianças, vocês têm aula amanhã. Precisamos ir — digo. Eles reclamam enquanto se levantam da mesa, um a um.

Após voltarmos, as crianças entram em suas casas enquanto Lake e eu ficamos mais um tempinho na entrada, abraçados. Fica cada vez mais difícil me separar dela à noite sabendo que ela está a meros metros de distância. Toda noite é um sufoco, ter de me segurar para não mandar uma mensagem dizendo para ela vir dormir na minha cama. Agora que já cumprimos nossa promessa para Julia, tenho a sensação de que nada vai nos deter depois de amanhã à noite. Bem, exceto o fato de estarmos tentando dar um bom exemplo para Kel e Caulder. Mas sempre existem meios de dar um jeito nisso.

Coloco as mãos por dentro da parte de trás da camisa dela para aquecê-las. Ela começa a se contorcer, tentando fugir de mim.

— Suas mãos estão um gelo! — diz, rindo.

Eu a aperto com mais firmeza ainda.

— Eu sei. É por isso que você precisa ficar parada, para elas se aquecerem. — Esfrego-as em sua pele, tentando impedir que as imagens de amanhã à noite tomem conta dos meus pensamentos. Mas são uma distração e tanto, então tiro as mãos da camisa dela e a abraço. — Quer ouvir primeiro a boa notícia ou a má? — pergunto para ela.

Ela me lança um olhar zangado.

— Quer um murro no rosto ou no saco?

Eu rio, mas me preparo para me proteger, só para garantir.

— Meus avós estão preocupados achando que os garotos vão ficar entediados por lá, então querem ficar com eles na minha casa. A notícia boa é que agora não podemos mais ficar na sua casa, então reservei duas noites num hotel em Detroit.

— Isso não é uma notícia ruim. Não me dê um susto desses — diz ela.

— Só achei que você fosse ficar um pouco apreensiva quanto a ter que ver minha avó. Sei o que sente em relação a ela.

Lake olha para mim e franze a testa.

— Não comece, Will. Você sabe muito bem que não é o que eu sinto em relação a *ela*. Sua avó me odeia!

— Ela não odeia você — digo. — Só é muito protetora em relação a mim. — Tento fazê-la parar de pensar nisso dando um beijo em sua orelha.

— E ainda por cima ela me odeia por sua culpa.

Eu me afasto e olho para ela.

— Minha culpa? Como isso é culpa minha?

Ela revira os olhos.

— Na sua formatura? Não lembra do que disse para ela na noite em que a conheci?

Não lembro. Não sei do que ela está falando. Nada me vem à cabeça.

— Will, a gente estava no maior *grude*. Depois da sua formatura, quando todos saímos para jantar, você estava me beijando tanto que mal conseguia conversar. Sua avó estava ficando bem constrangida. Quando ela perguntou há quanto tempo estávamos namorando, você respondeu "18 horas"! Que imagem acha que isso passou de mim?

Agora lembro. O jantar foi bem divertido. Foi maravilhoso não ter mais a proibição ética de agarrar Lake, então foi o que fiz a noite inteira.

— Mas era meio que verdade — digo. — A gente estava namorando oficialmente há apenas 18 horas.

Lake bate no meu braço.

— Ela acha que sou uma vadia, Will! É a maior vergonha!

Encosto os lábios na orelha dela novamente.

— Mas você ainda não é — brinco.

Ela me empurra para longe e aponta para si.

— Você está proibido de encostar nisso aqui por mais 24 horas. — Ela ri e começa a andar de costas até a entrada da própria casa.

— Vinte e uma — corrijo.

Ela chega à porta da frente, abre e entra sem nem me mandar um beijo de boa-noite. Que provocadora! Hoje ela não vai levar a melhor. Corro até lá, abro a porta e a puxo de volta para fora da casa. Empurro-a contra a parede de tijolos da entrada e a encaro nos olhos enquanto pressiono meu corpo contra o dela. Lake está tentando parecer brava, mas noto o canto de sua boca se elevar em um sorriso. Entrelaçamos nossas mãos, eu as posiciono acima da cabeça dela e as pressiono contra a parede.

— Preste muita atenção no que vou dizer — sussurro. Continuo olhando bem em seus olhos. Ela fica escutando. Gosta quando tento intimidá-la. — Não quero que leve absolutamente nada para o hotel. Quero que vista exatamente o que estava vestindo na última sexta. Ainda tem aquela blusa horrorosa?

Ela sorri e faz que sim com a cabeça. Acho que não conseguiria responder agora nem se quisesse.

— Ótimo. Sua roupa do corpo amanhã à noite é a única coisa que pode levar. Nada de pijama, nada de mais roupas. Nada. Quero que me encontre na minha casa amanhã às 19h. Está entendendo?

Ela assente novamente. Sua pulsação está disparada de encontro ao meu peito, e, pela expressão em seus olhos, vejo que precisa que eu a beije. Minhas mãos continuam entrelaçadas às dela, contra a parede, enquanto aproximo minha boca dos lábios dela. Hesito no último instante e decido não beijá-la. Lentamente, abaixo as mãos e me afasto, em seguida volto para minha casa. Quando chego à porta, me viro. Ela ainda está encostada na parede de tijolos, na mesma posição. Ótimo. Dessa vez eu levei a melhor.

6.

SEXTA-FEIRA, 20 DE JANEIRO

Lake nunca vai ler meu diário, então devo dizer o que realmente estou pensando, não é? Mesmo se ela ler isso um dia, vai ser depois que eu morrer, quando estiver arrumando minhas coisas. Então tecnicamente talvez ela leia isso um dia. Mas não vai importar, pois estarei morto.

Então, Lake... se estiver lendo isso... peço desculpas por estar morto.

Mas agora, nesse momento, estou bastante vivo. Imensamente vivo. É hoje. Valeu a pena toda a espera. Todas as 59 semanas. (Mais de setenta, se contar a partir do nosso primeiro encontro.)

Vou dizer o que está na minha cabeça, tá bom?

Sexo.

Sexo, sexo, sexo. Hoje vou transar. Fazer amor. Borboletar. Pode chamar do que quiser, é o que vamos fazer.

E, caramba, eu mal posso esperar.

QUERO QUE HOJE SEJA PERFEITO, ENTÃO DECIDO FALTAR às aulas, limpar a casa e deixar tudo pronto antes de meus avós chegarem. Não acredito que estou tão nervoso. Ou vai ver é entusiasmo; não sei o que é. Só sei que quero que esse maldito dia passe logo.

Quando estou voltando da escola com os garotos, paramos num mercado e compramos comida para o jantar. Lake e eu só planejamos sair às 19h, então envio uma mensagem para meu avô dizendo que vou fazer basanha. Julia disse que deveríamos esperar um dia bom para fazer basanha novamente, e hoje com certeza é um dia bom. Estou um pouco atrasado quando vejo os faróis pela janela da sala. Nem tomei banho e ainda preciso assar os pães.

— Caulder, vovó e vovô chegaram, vão abrir a porta!

Ele não precisa fazer isso — eles abrem a porta sozinhos. Sem bater, claro. Minha avó entra primeiro, então vou até ela e lhe beijo a bochecha.

— Oi, querido — diz ela. — Que cheiro bom é esse?

— Basanha. — Vou até meu avô e o abraço.

— *Basanha*? — diz ela.

Balanço a cabeça e rio.

— Quer dizer, lasanha.

Minha avó sorri, fazendo-me lembrar de minha mãe. Ela e meu avô são altos e magros, assim como minha mãe. Muitas pessoas acham minha avó intimidante, mas para mim é difícil me sentir intimidado por ela. Já passamos tanto tempo juntos que às vezes até fico achando que ela é minha mãe.

Meu avô coloca as malas perto da porta e vem comigo até a cozinha.

— Will, você já ouviu falar desse tal de *Twitter*? — Ele puxa os óculos para a ponta do nariz e olha para seu celular.

Minha avó olha para mim e balança a cabeça.

— Ele comprou um desses marte fones. E agora está tentando tuiterar o presidente.

— Smartphone — corrijo. — E é tuitar, não tuiterar.

— Ele está me seguindo — diz meu avô defensivamente. — Não estou brincando, ele me segue mesmo! Recebi uma mensagem ontem que dizia: "O presidente agora está seguindo você".

— Que legal, vovô. Mas não, eu não uso o Twitter.

— Bem, devia usar. Um jovem da sua idade precisa se manter atualizado em relação às mídias sociais.

— Estou bem assim — asseguro-lhe. Coloco os pães no forno e tiro os pratos do armário.

— Deixe que eu faça isso, Will — diz minha avó, pegando os pratos das minhas mãos.

— Oi, vovó, oi, vovô — diz Caulder, correndo para dentro da cozinha e abraçando-os. — Vovô, lembra do jogo que jogamos da última vez que você veio aqui?

Meu avô assente.

— Aquele em que matei 26 soldados inimigos?

— Sim, esse. Kel ganhou a versão mais nova de aniversário. Quer jogar com a gente?

— Se quero! — diz ele, indo com Caulder até o quarto.

O engraçado é que meu avô não está exagerando a empolgação por causa de Caulder. Ele quer mesmo jogar.

Minha avó tira uma pilha de copos do armário e se vira para mim.

— Ele só fica cada vez pior, sabia? — comenta ela.

— Como?

— Ele comprou um desses joguinhos para si. Está ficando todo envolvido com essa história de tecnologia. E agora está no Twitter! — Ela balança a cabeça. — Ele fica dizendo sem parar o que tuiterou para as pessoas. Eu não compreendo, Will. Parece uma crise de meia-idade, só que vinte anos depois.

— É tuitou. E eu acho legal. Assim ele e Caulder podem ficar mais próximos.

Ela coloca gelo nos copos e volta para o balcão.

— Coloco um lugar para Layken também? — diz ela secamente. Pelo tom, percebo que está torcendo para que eu diga não.

— Sim, por favor — respondo severamente.

Ela lança um olhar em minha direção.

— Will, preciso ser franca.

Caramba, lá vamos nós.

— Não acho apropriado vocês dois fugirem o fim de semana inteiro. Nem estão noivos ainda, muito menos casados. Acho apenas que vocês apressaram muito as coisas. Fico nervosa com isso.

Coloco as mãos nos ombros de minha avó e sorrio para tranquilizá-la.

— Vovó, não estamos apressando nada, acredite em mim. E você precisa dar uma chance a ela, Lake é uma pessoa incrível. Prometa que pelo menos vai fingir que gosta dela quando ela chegar. E seja boazinha!

Ela suspira.

— Não é que eu não goste dela, Will. É que fico constrangida com a maneira como vocês se comportam juntos. Parece que estão... sei lá... apaixonados demais.

— Se sua única reclamação é estarmos apaixonados demais, então acho que está tudo bem.

Ela coloca na mesa mais um jogo americano para Lake.

— Ainda preciso tomar um banho, não vou demorar — digo. — Os pães vão ficar prontos em alguns minutos, se puder tirar do forno...

Ela concorda, e vou para meu quarto separar algumas coisas para a viagem antes de tomar banho. Ponho a mão debaixo da cama para pegar a mala e a coloco em cima do edredom. Ao abri-la, percebo que minhas mãos estão tremendo. Por que diabos estou tão nervoso? Não é minha primeira vez. Mas é a de Lake. Enquanto coloco o restante das roupas lá dentro, percebo que estou sorrindo como um completo idiota.

Pego as roupas que vou vestir e sigo para o banheiro, então escuto alguém batendo na porta da frente. Sorrio. Lake está tentando impressionar minha avó, então resolveu bater dessa vez. Que fofo. Ela está se esforçando.

— Meu Deus! Olha só quem é! — Escuto minha avó soltar um gritinho após abrir a porta. — Paul, venha ver quem é!

Reviro os olhos. Sei que pedi para ela ser educada com Lake, mas não imaginava que fosse fazer todo esse exagero. Abro a porta e vou até a sala. Lake vai ficar furiosa se eu deixá-la a sós com minha avó enquanto tomo banho.

Merda! Merda, merda, merda! O que diabos ela está fazendo aqui?

Ela está abraçando meu avô quando me vê no corredor.

— Oi, Will. — Ela sorri.

Não retribuo o sorriso.

— Vaughn, faz anos que não a vemos — diz minha avó. — Fique para jantar conosco, a comida está quase pronta. Vou separar um prato para você.

— Não! — grito, provavelmente com raiva demais.

Minha avó se vira para mim e franze a testa.

— Will, isso não foi muito educado — fala.

Eu a ignoro.

— Vaughn? Posso conversar com você, por favor? — Indico para que ela venha até meu quarto. Preciso me livrar dela agora. — O que está fazendo aqui?

Ela se senta na beirada da cama.

— Já disse, eu só queria conversar com você. — Ela está com o cabelo louro preso num coque novamente. Faz cara de inocente, tentando conquistar minha compaixão.

— Vaughn, você veio numa hora péssima.

Ela cruza os braços e balança a cabeça.

— Só vou embora depois que você conversar comigo. Você só faz me evitar.

— Não posso conversar agora, vou sair daqui a meia hora. Preciso fazer um monte de coisas e só vou voltar na segunda. Converso com você depois da aula na quarta. Por favor, simplesmente *vá embora*.

Ela nem se mexe. Baixa o olhar e começa a chorar. Meu Deus, ela está chorando! Jogo as mãos no ar, frustrado, me aproximo da cama e sento ao lado dela. Isso é terrível. É péssimo.

Estamos quase repetindo a situação chata de três anos atrás. Estávamos sentados nessa mesma cama quando ela terminou o namoro comigo. Alegou que não conseguia se imaginar tendo de criar um menino aos 19 anos e arcar com tantas responsabilidades. Fiquei tão chateado por ela ter me abandonado na época mais dura da minha vida. Estou quase igualmente chateado agora, mas dessa vez é porque ela *não* quer ir embora.

— Will, sinto saudade de você. Sinto falta de Caulder. Desde a primeira aula, eu só faço pensar em você e na maneira como terminamos. Eu estava errada. Por favor, me escute.

Suspiro, volto para a cama e cubro os olhos com os braços. Ela não poderia ter escolhido hora pior para fazer isso. Lake vai chegar em menos de 15 minutos.

— Tudo bem. Seja rápida — digo.

Ela pigarreia e enxuga os olhos. É estranho, mas eu não me importo com o fato de ela estar chorando. Como é possível amar alguém por tanto tempo e depois não sentir nenhuma pena da pessoa?

— Sei que você tem namorada. Mas também sei que nosso namoro foi bem mais longo que seu namoro com ela até agora. E sei sobre os pais dela e que ela está criando o irmão. As pessoas terminam comentando certas coisas, Will.

— Aonde quer chegar? — digo.

— Acho que talvez você esteja com ela pelos motivos totalmente errados. Talvez sinta pena por ela estar passando pela mesma coisa que você passou com sua família. Se isso for verdade, não é justo com ela. Acho que você deve isso a ela, uma nova chance a nós dois. Para você ver o que seu coração sente de verdade.

Sento na cama. Quero gritar com ela, mas respiro fundo e me acalmo. Estou com pena.

— Vaughn, escute. Você tem razão, eu realmente amei você. "Amei", no passado. Estou apaixonado por Lake. Nunca faria nada para magoá-la. E sua presença aqui é algo que a magoaria. É por isso que quero que vá embora. Desculpe, sei que não é o que você queria ouvir. Mas fez sua escolha, e eu já superei esse fato. Agora você também precisa superar. Peço gentilmente que faça um favor para nós dois e vá embora.

Levanto-me, vou para a porta do quarto e fico esperando Vaughn fazer o mesmo. Ela se levanta, mas, em vez de andar até a porta, começa a chorar novamente. Jogo a cabeça para trás e me aproximo dela.

— Vaughn, pare. Pare de chorar. Desculpe — digo, colocando os braços ao redor dela. Talvez eu tenha sido duro demais com ela. Sei que não deve ter sido fácil vir aqui e pedir desculpas. Se ela ainda me ama, não era para eu estar agindo como um babaca só porque ela apareceu na hora errada.

Ela se afasta.

— Tudo bem, Will. Eu aceito isso. Não queria colocar você nessa situação. É que odeio a maneira como o magoei, e queria pedir desculpas por isso pessoalmente. Vou embora — diz ela. — E... quero mesmo que você seja feliz. Você merece.

Pelo tom da voz dela e pela expressão em seus olhos, noto que está sendo sincera. Afinal, sei que é uma boa pessoa; se não fosse, eu não teria passado dois anos da minha vida com ela. Mas também conheço bastante seu lado egoísta e fico feliz por esse lado não ter falado mais alto essa noite.

Afasto o cabelo do rosto dela e enxugo as lágrimas em sua bochecha.

— Obrigado, Vaughn.

Ela sorri e me abraça, despedindo-se. Preciso admitir que é boa a sensação de colocar um ponto final na nossa história. Sinto que eu mesmo já havia colocado meu próprio ponto final há algum tempo, mas talvez fosse disso que ela precisasse. Talvez fazer a mesma matéria com ela não seja tão insuportável de agora em diante. Dou um rápido beijo em sua testa ao nos separarmos e me viro em direção à porta.

E é então que acontece: meu mundo inteiro desmorona de uma só vez.

Lake está no vão da porta, olhando para nós de boca aberta, como se quisesse dizer alguma coisa e não conseguisse. Caulder passa correndo por ela ao ver Vaughn ao meu lado.

— Vaughn! — diz ele entusiasmadamente, correndo até ela e a abraçando.

Lake olha nos meus olhos, e eu vejo uma coisa — o coração dela está se partindo.

Não consigo dizer nenhuma palavra. Lake balança a cabeça lentamente, tentando compreender o que está vendo. Ela desvia o olhar do meu, se vira e vai embora. Corro atrás dela, mas ela já saiu da casa. Calço os sapatos e escancaro a porta.

— Lake! — grito assim que saio de casa. Alcanço-a quando está chegando na rua. Agarro seu braço e viro seu rosto para mim. Não sei o que dizer. O que posso dizer?

Ela está chorando. Tento puxá-la para perto, mas ela se debate. Então me empurra e começa a bater no meu peito sem dizer nada. Agarro as mãos dela e a puxo, mas ela continua tentando me bater. Continuo segurando-a até ela enfraquecer nos meus braços e começar a cair no chão. Em vez de tentar segurá-la em pé, eu derreto até o chão coberto de neve e a abraço enquanto ela chora.

— Lake, não é nada. Eu juro. Não é nada.

— Eu *vi*, Will. Eu vi você dando um abraço nela. Era alguma coisa, sim — exclama ela. — Você a beijou na testa! Por que você *faria* isso? — Ela não está tentando conter as lágrimas dessa vez.

— Desculpe, Lake. Desculpe mesmo. Não significou nada. Estava pedindo para que ela fosse embora.

Ela se afasta de mim, se levanta e vai para casa. Vou atrás dela.

— Lake, deixe eu explicar! *Por favor*.

Ela continua indo em direção à sua casa e bate a porta na minha cara. Apoio as mãos na soleira e abaixo a cabeça. Estraguei as coisas de novo. Estraguei feio dessa vez.

— Will, peço mil desculpas — diz Vaughn atrás de mim. — Não queria causar nenhum problema.

Não me viro ao responder.

— Vaughn, vá embora. Por favor.

— Tudo bem — diz ela. — Só mais uma coisa. Sei que não quer ouvir isso agora, mas você não foi à aula hoje. Ele marcou nossa primeira prova para quarta. Fiz cópias das minhas anotações para você e deixei na sua mesa de centro. Vejo você na quarta-feira. — Escuto o barulho da neve sendo esmagada pelos seus pés enquanto ela volta para o carro.

Escuto o barulho da tranca, e Lake puxa a porta lentamente. Ela abre só o suficiente para que eu veja seu rosto enquanto me olha nos olhos.

— Vocês dois estão na mesma *turma*? — pergunta, baixinho.

Não respondo. Meu corpo inteiro se encolhe quando ela bate a porta na minha cara. Dessa vez, além de trancar a fechadura, ela passa o ferrolho e desliga a luz externa da casa. Encosto-me na porta e fecho os olhos, me esforçando ao máximo para conter minhas próprias lágrimas.

* * *

— Querido, está tudo bem. Vamos levar o box conosco, assim eles não vão ficar entediados. Não nos importamos, é sério — diz minha avó enquanto eles guardam as coisas no carro.

— Não é um box, vovó, é um Xbox — rebate Caulder. Ele e Kel sobem no banco de trás.

— Agora vá descansar. Você já se estressou demais por hoje — diz ela para mim. Ela se inclina e me beija na bochecha. — Pode ir buscá-los na segunda.

Meu avô me abraça antes de entrar no carro.

— Se precisar conversar, pode me tuitar — diz ele.

Fico observando enquanto eles vão embora. Em vez de entrar em casa e descansar, volto para a casa de Lake e bato na porta, esperando que ela já esteja disposta a conversar. Bato por cinco minutos até ver a luz do quarto dela ser desligada. Desisto e volto para minha casa. Deixo a luz acesa e a porta destrancada, caso ela mude de ideia e queira conversar. Também opto por dormir no sofá e não na cama. Se ela bater na porta, quero escutar. Fico deitado por meia hora, xingando a mim mesmo. Não acredito que isso esteja acontecendo agora. Está sendo bem diferente de como imaginei que pegaria no sono essa noite. É culpa da maldita basanha.

Levanto-me bruscamente quando a porta da casa se abre e Lake entra. Ela não olha pra mim enquanto atravessa a sala de estar. Para na frente da estante, coloca a mão dentro do vaso e tira uma estrela. Em seguida, se vira e vai em direção à porta.

— Lake, espere — imploro. Ela bate a porta com força após sair. Saio do sofá e vou correndo atrás dela. — Por favor, deixe eu entrar na sua casa. Deixe eu explicar tudo. —

Atravessamos a rua. Ela continua andando até chegar à porta de casa, então se vira para mim.

— Como é que vai explicar? — diz. As bochechas dela estão manchadas de rímel. Ela está de coração partido, e é tudo culpa minha. — A única garota com quem você transou tem sentado com você na mesma sala de aula todos os dias nas duas últimas semanas! Por que não me explicou *isso*? E exatamente na noite em que vou para outra cidade com você... para fazer amor com você... encontro ela no seu quarto? E você ainda dá um beijo na porcaria da testa dela!

Lake começa a chorar novamente, então a abraço. Tenho de abraçá-la; não posso vê-la chorando e não abraçá-la. Ela não retribui o abraço. Afasta-se de mim e olha para cima, com mágoa nos olhos.

— É o seu beijo que mais amo, e você o deu nela — diz. — Você tirou isso de mim e deu para *ela*! Obrigada por ter me feito ver quem você realmente é antes de eu cometer o maior erro da minha vida! — Ela bate a porta e a abre novamente. — E onde *diabos* está o meu irmão?

— Em Detroit — sussurro. — Ele volta na segunda.

Ela bate a porta novamente.

Viro-me para voltar à minha casa e vejo Sherry aparecendo do nada.

— Está tudo bem? Ouvi Layken gritando.

Passo por ela sem responder e bato minha porta. Não fecho com força suficiente, então abro e bato novamente. Faço isso mais umas duas ou três vezes até perceber que terei de pagar caso quebre. Fecho a porta e a esmurro. Sou um babaca. Sou um babaca, um canalha, um idiota, um desgraçado... Desisto e me jogo no sofá.

Quando Lake chora, fico de coração partido. Mas o fato de as lágrimas serem por minha causa? De minhas ações serem o motivo do seu coração partido? Esse é um sentimento totalmente novo para mim. Um sentimento com o qual não sei lidar. Não sei o que fazer. Não sei o que posso dizer para ela. Se ao menos ela me deixasse explicar. Mas a essa altura isso não ajudaria em nada. Ela tem razão. Não me acusou de nada que eu não tivesse feito. Nossa, como precisava do meu pai agora. Preciso tanto dos conselhos dele.

Conselhos! Vou até o vaso e tiro uma das estrelas. Sento-me no sofá e desdobro o papel. Leio as palavras escritas à mão.

Às vezes duas pessoas precisam se distanciar para perceber o quanto precisam ficar perto uma da outra.

— AUTOR DESCONHECIDO

Dobro a estrela e a coloco dentro do vaso novamente, bem no topo. Espero que esse seja o próximo papel capturado por Lake.

7.

SÁBADO, 21 DE JANEIRO

PQP.

NÃO DORMI NADA A NOITE INTEIRA. A CADA BARULHO QUE escutava, me levantava rapidamente na esperança de que fosse Lake. Não era ela em nenhum momento.

Deixo o café na cafeteira e vou até a janela. A casa dela parece silenciosa; todas as cortinas estão fechadas. O carro permanece na entrada, então sei que ela está em casa. Estava tão acostumado a ver os gnomos ao longo da garagem, enfileirados ao lado do carro. Eles não estão mais lá. Após a mãe dela morrer, Lake pegou todos e os jogou fora. Ela não sabe, mas eu tirei um do lixo e guardei. O que tem o chapéu vermelho quebrado.

Lembro-me de ir para a frente da minha casa na manhã que se mudaram e de ver Lake saindo em disparada pela porta sem nenhum casaco, usando pantufas. Assim que ela pisou no chão, soube que ia levar o maior tombo. E foi o que aconteceu. Claro que não consegui segurar a risada. O pessoal do sul costuma subestimar a força que um clima frio pode ter.

Odiei o fato de ela ter se cortado quando caiu em cima do gnomo, mas fiquei contente por ter uma desculpa para passar alguns minutos com ela. Após eu fazer um curativo e ela ir embora, passei o dia inteiro trabalhando com a cabeça nas nuvens. Não consegui parar de pensar nela. Estava tão nervoso achando que minha vida e minhas responsabilidades fossem assustá-la antes mesmo de eu ter a oportunidade de conhecê-la. Não queria contar tudo de uma só vez, mas na noite do nosso primeiro encontro percebi que isso era necessário. Lake tinha algo que a fazia ser bem mais especial que todas as garotas que eu conhecera. Ela possuía resiliência, segurança.

Naquela noite, eu quis que Lake soubesse como era minha vida. Queria que ela soubesse sobre meus pais, sobre Caulder, sobre minha paixão. Eu precisava que ela me conhecesse de verdade, que compreendesse quem eu era antes de prosseguirmos. Enquanto ela assistia à primeira apresentação da noite, eu não conseguia tirar os olhos dela. Eu via o sentimento e a intensidade com que ela observava o palco, e me apaixonei. Eu a amei todos os segundos desde então.

E é por isso que me recuso a deixá-la desistir.

Estou bebendo minha quarta xícara de café quando Kiersten entra na minha casa. Ela não dá uma conferida para ver se Caulder está, simplesmente vem direto para o sofá e se acomoda ao meu lado.

— Oi.

— O que está acontecendo entre você e Layken? — pergunta. E olha para mim como se merecesse uma resposta.

— Kiersten? Sua mãe nunca lhe disse que é falta de educação ser tão enxerida?

Ela balança a cabeça.

— Não, ela diz que o único jeito de saber os fatos é fazendo perguntas.

— Bem, pode fazer quantas perguntas quiser. Isso não significa que preciso respondê-las.

— Tá bom — diz ela, levantando-se. — Vou perguntar para Layken.

— Boa sorte em conseguir fazê-la abrir a porta.

Kiersten vai embora, então pulo do sofá e vou para a janela. Ela caminha até a metade da entrada da casa e retorna. Ao passar por minha janela, olha para cima com pena e balança a cabeça lentamente. Em seguida, abre a porta e volta para dentro da casa.

— Tem alguma coisa em particular que você quer que eu pergunte a ela? Posso voltar e dizer o que ela respondeu.

Amo essa garota.

— Isso, boa ideia, Kiersten. — Fico pensando por um instante. — Não sei, só investigue como está o humor dela. Se está chorando, se está com raiva. Finja que não sabe que estamos brigando e pergunte a meu respeito. Veja o que ela responde.

Kiersten faz que sim com a cabeça e começa a fechar a porta da casa.

— Espere... só mais uma coisa. Quero saber o que ela está vestindo.

Kiersten olha para mim com curiosidade.

— Só a blusa. Quero saber qual blusa ela está vestindo.

Fico esperando perto da janela e observo Kiersten atravessar a rua e bater na porta. Por que ela bate na porta de

Lake e não na minha? A porta é aberta quase imediatamente. Kiersten entra, e a porta se fecha.

Fico andando de um lado a outro na sala e bebo mais uma xícara de café enquanto observo da janela, esperando Kiersten sair. Meia hora se passa antes de a porta se abrir. A menina vai para a própria casa em vez de atravessar a rua e vir para cá.

Dou um tempo para ela. Talvez tivesse de ir para casa almoçar. Após esperar uma hora, não consigo mais aguentar. Vou à casa de Kiersten e bato na porta.

— Oi, Will, pode entrar — diz Sherry. Ela dá um passo para o lado. Kiersten está assistindo à televisão na sala de estar.

Antes de bombardear Kiersten com perguntas, viro-me para Sherry.

— Sobre ontem à noite... desculpe. Não queria ser mal-educado.

— Ah, tudo bem. Eu estava sendo enxerida — diz ela. — Quer beber alguma coisa?

— Não, estou bem. Queria só falar com Kiersten.

Kiersten lança um olhar zangado para mim.

— Você é um babaca, Will — diz ela.

Então acho que Lake ainda não superou a confusão. Sento-me no sofá e coloco as mãos entre os joelhos.

— Você poderia pelo menos me contar o que ela disse? — Isso é tão ridículo. Estou confiando meu relacionamento a uma menina de 11 anos.

— Tem certeza de que quer saber? Devo alertá-lo que minha memória é excelente. Mamãe diz que consigo recitar conversas inteiras, palavra por palavra, desde que eu tinha 3 anos.

— Quero. Quero saber tudo que ela disse.

Kiersten suspira e puxa as pernas para cima do sofá.

— Ela acha que você é um babaca. Ela disse que você era um imbecil, um desgraçado, um baba...

— Um babaca. Eu sei, já entendi. O que mais ela disse?

— Ela não me disse por que está com raiva de você, mas está com *muita* raiva de você. Não sei o que você fez, mas ela está em casa agora fazendo limpeza como uma maníaca. Quando ela abriu a porta, tinham centenas de fichas espalhadas pelo chão da sala. Pareciam receitas, algo assim.

— Ai, meu Deus, ela está catalogando as coisas em ordem alfabética — digo. É pior do que imaginei. — Kiersten, se eu for até lá, ela não vai abrir a porta. Você pode bater na porta para que ela abra, aí eu aproveito e entro rapidinho? Preciso mesmo falar com ela.

Kiersten comprime os lábios.

— Está me pedindo para enganá-la? Para basicamente *mentir* para ela?

Dou de ombros e faço que sim com a cabeça.

— Vou pegar meu casaco.

Sherry aparece da cozinha e estende a mão. Abro a minha, e ela coloca uma coisa em cima dela, dobrando meus dedos por cima.

— Se as coisas não correrem como você imagina, tome isso com um pouco de água. Sua aparência está uma merda. — Ela nota minha relutância. — Não se preocupe, fui eu que fiz. É totalmente legalizado.

* * *

Não tenho nenhum plano de ataque. Estou escondido contra a parede na frente da casa de Lake quando Kiersten bate na porta. Meu coração está tão acelerado que sinto como se fosse cometer um roubo. Respiro fundo quando escuto a porta se abrir. Kiersten se move para o lado, eu passo correndo por ela e entro na casa de Lake bem rapidamente para que ela não perceba o que está acontecendo.

— Saia daqui, Will — diz ela, enquanto segura a porta e aponta lá para fora.

— Só vou embora quando você falar comigo — afirmo. Vou mais para dentro da sala de estar.

— Saia daqui! Saia, saia, saia!

Faço o que qualquer homem são faria nessas circunstâncias: disparo pelo corredor e me tranco no quarto dela. Percebo que ainda não tenho nenhum plano. Não sei como vou conversar com Lake se estou trancado no quarto dela. Mas pelo menos assim ela não vai conseguir me expulsar de sua casa. Estou disposto a ficar ali dentro o dia inteiro se for necessário.

Ouço a porta da frente bater, e após alguns segundos ela está parada do outro lado da porta do quarto. Espero que diga alguma coisa ou grite comigo, mas ela não faz nada. Observo a sombra de seus pés desaparecerem à medida que ela se afasta.

E agora? Se eu abrir a porta, ela só vai tentar me expulsar de novo. Por que não elaborei um plano melhor? Sou um idiota. O maior idiota! Pense, Will. Pense.

Vejo a sombra dos pés dela reaparecerem na frente da porta do quarto.

— Will? Abra a porta. Eu converso com você.

Ela não parece com raiva. Será que meu plano idiota funcionou? Destranco a porta do quarto e, assim que a abro totalmente, fico completamente encharcado. Ela acabou de jogar água em mim! Ela jogou um jarro inteiro de água no meu rosto!

— Ah — diz ela. — Você parece um pouco molhado, Will. É melhor ir para casa trocar de roupa antes que fique doente. — Ela se vira calmamente e se afasta.

Sou um idiota, e ela não está pronta para ceder. Faço a caminhada da vergonha pelo corredor, saio e atravesso a rua até chegar na minha casa. Está o maior frio. Ela nem se deu o trabalho de aquecer a água. Tiro as roupas e entro no banho. Dessa vez um banho quente.

O banho não ajudou em nada. Estou completamente arrasado. A combinação de cinco xícaras de café, uma noite sem dormir e um estômago vazio não é boa para se começar o dia. São quase duas da tarde. O que será que eu e Lake estaríamos fazendo agora se eu não tivesse sido tão idiota? A quem estou querendo enganar? Sei muito bem o que estaríamos fazendo agora. Minha reflexão sobre os acontecimentos das últimas 24 horas faz cabeça doer. Pego a calça no chão do quarto e coloco a mão no bolso, tirando o que quer que Sherry tenha me dado. Vou até a cozinha e engulo o remédio com um copo inteiro de água antes de ir para o sofá.

Está escuro quando acordo. Nem me lembro de quando deitei. Sento-me no sofá e avisto um bilhete na mesa de centro. Estendo a mão, pego o papel e começo a lê-lo. Sinto um aperto no coração quando percebo que não é de Lake.

Will,

Vim avisá-lo para não dirigir após tomar o remédio... mas estou vendo que você já tomou. Então deixe pra lá.

— Sherry.

P.S. Conversei com Layken hoje. Você devia mesmo pedir desculpas, sabia? O que você fez foi a maior babaquice. Se precisar de mais remédio, sabe onde moro. :-)

Jogo o papel de volta na mesa. Será que a carinha feliz era mesmo necessária? Faço uma careta ao sentir as dores no meu estômago aumentarem. Quando foi a última vez que comi? Não lembro mesmo. Abro a geladeira e vejo a basanha. Infelizmente, hoje é uma noite perfeita para comer basanha. Corto um pedaço, jogo num prato e o coloco no micro-ondas. Enquanto encho um copo de refrigerante, a porta da frente é escancarada.

Lake está atravessando a sala, indo em direção à estante. Apareço na sala de estar no segundo em que está estendendo o braço. Ela me ignora. Agora, em vez de tirar uma única estrela, pega o vaso inteiro.

Ela *não* vai levar o vaso. Se levar, não vai ter mais nenhum motivo para voltar aqui. Puxo o vaso da mão dela, mas ela não quer soltar. Ficamos puxando-o para a frente e para trás, mas não vou soltar. Não vou a deixar levá-lo. Finalmente ela o solta e me fulmina com o olhar.

— Me dá, Will. Foi minha mãe que fez, e eu quero levar para minha casa.

Volto para a cozinha com o vaso. Ela vem atrás de mim. Coloco-o em cima do balcão encostado na parede e me viro para ela. Em seguida, coloco os braços dos dois lados dele para que ela não o alcance.

— Sua mãe fez para nós dois. Eu conheço você, Lake. Se levar isso para casa, vai terminar abrindo todos hoje. Vai abrir estrelas a noite inteira, como se estivesse esculpindo abóboras.

Ela joga as mãos para o alto e resmunga.

— Pare de dizer isso! Por favor! Eu não esculpo mais abóboras!

Não acredito que ela realmente acha que não esculpe mais abóboras.

— Não? É mesmo? Você está esculpindo exatamente agora, Lake. Já se passaram 24 horas, e ainda não me deixou conversar com você sobre o assunto.

Ela cerra os punhos e bate o pé, frustrada.

— Argh! — grita. Parece que quer bater em alguma coisa. Ou em alguém. Nossa, ela é tão linda. — Pare de olhar assim para mim! — reclama ela.

— Assim como?

— Você está com aquele olhar de novo. Pare com isso!

Não faço a mínima ideia do que ela está falando, mas desvio a atenção. Não quero fazer nada que a deixe ainda mais furiosa.

— Você comeu alguma coisa hoje? — pergunto. Tiro o prato do micro-ondas, mas ela não me responde. Só faz ficar parada na cozinha, com os braços cruzados. Tiro a travessa de basanha da geladeira e volto a cobri-la com o papel-alumínio.

— Você vai comer basanha? Que apropriado — diz ela.

Não é a conversa que eu estava querendo que a gente tivesse, mas não deixa de ser uma conversa. Corto mais um quadrado e coloco no micro-ondas. Nenhum de nós fala nada enquanto a comida esquenta. Ela só fica parada ali, encarando o chão. E eu fico parado aqui, encarando o micro-ondas. Quando o tempo acaba, coloco nossos pratos no balcão e encho outro copo com refrigerante. Nós nos sentamos e comemos em silêncio. Um silêncio bastante constrangedor.

Ao terminarmos, tiro as coisas do balcão e me sento na frente dela para poder vê-la. Fico esperando que diga algo primeiro. Ela está com os cotovelos apoiados no balcão enquanto olha para as próprias unhas, mexendo nelas, tentando parecer desinteressada.

— Então, pode falar — diz calmamente, sem olhar para mim.

Estendo minhas mãos por cima do balcão para tocar as dela, mas Lake se afasta e se recosta na cadeira. Não gosto do balcão como barreira entre nós, então me levanto e vou até a sala.

— Venha se sentar aqui — digo. Ela vem para a sala e se senta no mesmo sofá que eu, mas no outro canto. Esfrego o rosto, tentando pensar em como vou fazer com que ela me perdoe. Puxo a perna para cima do sofá e me viro para ela.
— Lake, eu amo você. A última coisa que quero no mundo é magoá-la. Você sabe disso.

— Bem, parabéns, então — fala. — Você conseguiu fazer exatamente a última coisa que queria no mundo.

Recosto a cabeça no sofá. Vai ser mais difícil do que pensei. Ela está bem firme.

— Desculpe por não ter contado que ela está na mesma turma que eu. Não queria que você se preocupasse.

— Me preocupasse com o quê, Will? Ela estar na mesma turma que você é algo com que devo me preocupar? Se não é nada, como você diz, por que devo me preocupar?

Nossa! Será que estou escolhendo as piores palavras para pedir desculpas ou ela é boa assim? Se ela deixar de me odiar em algum momento, vou dizer que já tem uma carreira a seguir: direito.

— Lake, não sinto mais nada por Vaughn. Estava planejando contar sobre estarmos na mesma turma na semana que vem; eu só não queria falar sobre isso antes da nossa viagem.

— Ah. Então você só queria garantir uma transa *antes* de me deixar com raiva. Que plano ótimo — diz ela sarcasticamente.

Dou um tapa na minha testa e fecho os olhos. Não existe nenhuma discussão que essa garota não seja capaz de vencer.

— Pense um instante, Will. Coloque-se no meu lugar. Digamos que eu tivesse transado com um cara antes de conhecer você. Então, quando nós dois estamos prestes a transar, você entra no meu quarto e me vê abraçando o tal cara. Daí você me vê o beijando no *pescoço*: o lugar onde você *mais gosta* de ser beijado. Daí você descobre que estou me encontrando com esse cara, dia sim, dia não, há semanas e não disse nada a respeito. O que você faria? Hein?

Ela não está mais mexendo nas unhas. Está me fulminando com o olhar, esperando que eu responda.

— Bem — digo. — Eu lhe daria a chance de se explicar sem interromper a cada cinco segundos.

Ela faz um gesto de desprezo, se levanta do sofá e começa a seguir em direção à porta. Agarro o braço dela e a puxo de volta para o sofá. Quando ela cai bem ao meu lado, abraço-a e pressiono a cabeça dela contra o meu peito. Tento não soltá-la. Não quero que ela embora.

— Lake, por favor. Me dê uma chance que eu conto tudo. Não vá embora de novo.

Ela não tenta se afastar de mim. Nem briga. Ela relaxa no meu peito e deixa que eu a abrace enquanto falo.

— Eu nem tinha certeza se você sabia da existência de Vaughn. Sei o quanto odeia falar sobre namoros antigos, então achei que seria pior mencionar. Vê-la de novo não significou nada para mim. Então eu queria que isso também não significasse nada para você.

Passo os dedos pelos cabelos dela, que suspira e começa a chorar na minha camisa.

— Quero acreditar em você, Will. Quero tanto acreditar em você. Mas por que ela veio aqui ontem à noite? Se ela não significa nada para você, por que a estava abraçando?

Beijo-a no topo da cabeça.

— Lake, eu estava pedindo para que ela fosse embora. Ela estava chorando, então eu a abracei.

Ela afasta o rosto do meu peito e olha para mim, assustada.

— Estava chorando? Por que ela estava chorando? Will, ela ainda *ama* você?

Como respondo isso sem parecer um babaca mais uma vez? Nada do que digo agora está me ajudando. Nada.

Ela senta e se afasta para poder ficar de frente para mim enquanto fala.

— Will, era você quem queria conversar. Quero que me conte tudo. Quero saber por que ela estava aqui, o que você estava fazendo no seu quarto com ela, por que a abraçava, por que ela estava chorando... tudo. — Estendo o braço e seguro a mão dela, mas ela a puxa para trás. — Conte — exige.

Tento decidir por onde começar. Respiro fundo e exalo lentamente, me preparando para ser interrompido mais um milhão de vezes.

— Ela me mandou um bilhete na aula no outro dia e perguntou se a gente podia conversar. Apareceu ontem aqui em casa do nada. Eu não a deixei entrar, Lake. Estava no meu quarto quando ela chegou. Eu nunca a deixaria entrar. — Olho-a nos olhos enquanto digo isso, pois é a verdade. — Minha avó queria que ela jantasse conosco, eu disse que não e falei que precisava conversar com ela. Só queria que ela fosse embora. Ela começou a chorar e explicar que odiava a maneira como tinha terminado o namoro comigo. Falou que sabia sobre você e sobre nossa situação com nossos pais e nossos irmãos. Que eu "devia a você" descobrir o que meu coração realmente sentia e que, talvez, eu estivesse com você porque estava com pena. Queria que eu desse outra chance a ela, para ver se eu estava com você pelos motivos certos. Eu contei que não. Eu disse que amava *você*, Lake. Pedi que ela fosse embora, e ela começou a chorar novamente, então a abracei. Achei que estava sendo um babaca; foi só por isso que a abracei.

Fico buscando alguma reação, mas Lake está olhando para o próprio colo, então não consigo ver o rosto dela.

— Por que a beijou na testa? — pergunta ela baixinho.

Suspiro e acaricio seu rosto com o dorso da minha mão, fazendo-a voltar a atenção para mim.

— Não sei. Você precisa entender que eu a namorei por dois anos. Algumas coisas são puro hábito, não importa quanto tempo se passou. Não significou nada. Estava apenas a consolando.

Lake se deita no braço do sofá e olha para o teto. A única coisa que posso fazer é deixá-la pensar. Já contei tudo. Fico a observando deitada, sem dizer nada. Quero tanto deitar ao lado dela e abraçá-la. Não poder fazer isso está acabando comigo.

— Você acha que tem alguma chance de ela estar certa? — pergunta, ainda encarando o teto.

— Certa sobre o quê? Sobre ela me amar? Talvez, não sei. Não me importo. Isso não altera nada.

— Não, não quis dizer isso. Está na cara que ela quer ficar com você, ela mesma disse isso. Quis dizer se você acha que ela talvez esteja certa sobre a outra coisa? Sobre a possibilidade de você estar comigo por causa da nossa situação? Por sentir pena de mim?

Lanço-me para a frente no sofá e subo em cima dela. Agarro seu queixo, puxando seu rosto para perto do meu.

— Não faça isso, Lake. Não se atreva a pensar isso nem por um segundo!

Ela fecha os olhos com força, e lágrimas escorrem por suas têmporas, caindo em seus cabelos. Beijo-as. Beijo o rosto dela e as lágrimas e os olhos e as bochechas e os lábios. Ela tem de saber que isso não é verdade. Ela precisa saber o quanto a amo.

— Will, pare — censura ela fracamente. Escuto as lágrimas sendo sufocadas em sua garganta. E pelo seu rosto percebo: ela está duvidando de mim.

— Meu amor, não. Não acredite nisso. Por favor, não acredite nisso. — Pressiono a cabeça no vão entre o ombro e o pescoço dela. — Amo você por causa de *você*.

Em toda minha vida, nunca precisei que alguém acreditasse tanto numa coisa. Quando ela começa a resistir e a me empurrar, eu deslizo o braço por debaixo de seu pescoço e a puxo para perto.

— Lake, pare com isso. Por favor, não vá embora — imploro. Enquanto falo, percebo que minha voz está tremendo. Nunca senti tanto medo de perder algo na minha vida. Perco o controle. Começo a chorar livremente.

— Will, não está vendo? — diz ela. — Como você *sabe*? Como você sabe *de verdade*? Você não seria capaz de me abandonar agora se quisesse. Seu coração é bom demais, nunca faria isso comigo. Então como vou saber se você realmente estaria aqui se nossas circunstâncias fossem outras? Se nossos pais estivessem vivos e não tivéssemos Kel e Caulder, como sabe que me amaria?

Tapo sua boca com a mão.

— Não! Pare de dizer isso, Lake. *Por favor*. — Ela fecha os olhos e suas lágrimas começam a escorrer mais ainda. Beijo-as novamente. Beijo sua bochecha e beijo sua testa e beijo seus lábios. Seguro a parte de trás de sua cabeça e a beijo com o maior desespero com que já a beijei. Ela coloca as mãos no meu pescoço e retribui.

Ela está retribuindo o beijo.

Nós dois estamos chorando, tentando loucamente manter o que ainda sobrou de sanidade entre nós. Ela me empurra. Ainda me beija, mas quer que eu me sente, então faço isso. Recosto-me no sofá, e ela desliza para meu colo e acaricia meu rosto com as mãos. Paramos de nos beijar por um instante e ficamos nos olhamos. Enxugo suas lágrimas, e ela faz o mesmo comigo. Vejo a mágoa em seus olhos, mas ela os fecha e aproxima os lábios dos meus. Puxo-a para tão perto que fica difícil respirar. Estamos ofegantes, tentando encontrar um ritmo constante no meio de nossos movimentos frenéticos. Nunca a desejei com tanta intensidade. Ela puxa minha camisa, então me inclino para a frente, deixando que ela a tire. Quando seus lábios separam-se dos meus, ela cruza os braços e agarra a bainha da própria blusa, a tirando também. Eu a ajudo. Quando a blusa dela cai em cima da minha no chão, eu a abraço, colocando as mãos na pele nua de suas costas, e a puxo para mim.

— Amo você, Lake. Desculpe, desculpe mesmo. Mesmo. Amo tanto você.

Ela se afasta e olha nos meus olhos.

— Quero que você faça amor comigo, Will.

Coloco meus braços ao redor das costas dela com firmeza e me levanto enquanto ela se segura no meu pescoço. Ela enrola as pernas ao redor da minha cintura, e eu a carrego até meu quarto, onde caímos na cama. As mãos dela encontram o botão da minha calça jeans, e ela a desabotoa enquanto minha boca se move lentamente de seus lábios até seu queixo e seu pescoço. Não acredito que isso está mesmo acontecendo. Não me dou tempo de duvidar das minhas próprias ações. Deslizo os dedos por baixo das alças do seu sutiã e as baixo pelos ombros. Ela desliza os braços pelas alças, e eu movo os lábios ao longo da beirada do sutiã enquanto ela tenta desabotoar a própria calça jeans. Ergo-a para ajudá-la e, em seguida, guio as mãos dela enquanto nós puxamos a calça e a jogamos no chão. Ela vai mais para trás na cama, até sua cabeça encostar nos travesseiros. Tiro a coberta de debaixo dela e deito em cima de seu corpo, em seguida coloco a coberta em cima de nós. Quando nossos olhos se encontram, vejo a mágoa escondida atrás de sua expressão e as lágrimas que ainda escorrem em seu rosto. Ela segura o cós da minha calça e começa a puxá-lo para baixo, mas eu afasto as mãos dela. Lake ainda está tão magoada. Não posso permitir que faça isso. Ela ainda não confia em mim.

— Lake, não consigo. — Rolo para longe e tento recobrar o fôlego. — Assim, não. Você está chateada. Não devia ser assim.

Ela não diz nada, só continua chorando. Ficamos deitados um ao lado do outro por vários minutos, sem dizer nenhuma palavra. Estendo a mão para encostar na dela, mas ela a afasta e sai da cama. Pega a calça no chão e volta para a sala de estar. Vou atrás dela e fico observando enquanto se veste novamente. Ela funga fortemente algumas vezes, tentando conter as lágrimas.

— Você vai embora? — pergunto hesitantemente. — Não quero que vá. Fique comigo.

Ela não responde. Vai até a porta e coloca os sapatos e o casaco. Eu me aproximo dela e a abraço.

— Não pode ficar com raiva de mim por causa disso. Você não está pensando direito, Lake. Se fizermos isso enquanto você estiver com raiva, amanhã vai se arrepender. E vai ficar com raiva de si mesma também. Você entende isso, não é?

Ela enxuga as lágrimas e se afasta de mim.

— Você transou com ela, Will. Como vou ignorar isso? Como vou ignorar o fato de você ter feito amor com Vaughn e não querer fazer amor comigo? Você não sabe como é ser rejeitada. É uma merda. Você fez com que eu me sentisse uma merda.

— Lake, que absurdo! Não vou transar com você pela primeira vez enquanto está chorando. Se fizermos isso agora, nós *dois* vamos nos sentir uma merda.

Ela esfrega os olhos novamente e olha para o chão, tentando não chorar. Estamos parados no meio da sala de estar, sem saber o que vai acontecer em seguida. Eu disse tudo que podia dizer e agora só preciso que ela acredite em mim, então dou um tempo para ela pensar.

— Will? — Lentamente, ela ergue o olhar para encontrar o meu. Parece que até olhar para mim é um sofrimento. — Não sei se consigo fazer isso — diz ela.

A expressão em seus olhos faz com que eu sinta que meu coração fosse literalmente parar. Já vi esse olhar antes. Ela está prestes a terminar o namoro comigo.

— Quero dizer... não sei se consigo lidar com a *gente* — diz ela. — Estou me esforçando muito, mas não sei como esquecer isso. Como vou saber se é essa a vida que você quer? Como *você* vai saber que é isso que quer? Você precisa de tempo, Will. Precisamos de tempo para pensar sobre isso. Temos de questionar tudo.

Não respondo. Não consigo. Tudo que digo sai da maneira errada.

Ela não está mais chorando.

— Vou para casa agora. Preciso que você me deixe ir. Deixe eu ir, tá bom?

É a lucidez em sua voz e a expressão calma e sensata em seus olhos que arrancam meu coração do peito. Ela dá meia-volta para ir embora, e tudo que posso fazer é deixá-la ir. Eu simplesmente a deixo ir.

Após passar uma hora esmurrando tudo que posso esmurrar, limpando tudo que posso limpar e gritando todos os palavrões nos quais consigo pensar, bato na porta de Sherry. Ao abri-la, ela olha para mim e não diz nada. Ela vira-se, volta após um instante e estende a mão. Abro a palma, ela solta as pílulas em cima dela e olha para mim com pena. Odeio pena.

Ao voltar para minha casa, engulo as pílulas e deito no sofá, desejando que tudo desapareça.

— Will.

Tento abrir os olhos e distinguir a voz que ouço. Tento me mexer, mas sinto como se todo meu corpo fosse de concreto.

— Cara, acorda.

Estou desnorteado. Sento-me no sofá e esfrego os olhos, tentando abri-los, com medo da luz do sol. Quando finalmente consigo, vejo que não há nenhuma claridade; está escuro. Dou uma olhada ao redor e vejo que Gavin está sentado no sofá na minha frente.

— Que horas são? Que *dia* é hoje? — pergunto para ele.

— Ainda é hoje. Sábado. Já passa das dez da noite, acho. Há quanto tempo está dormindo?

Penso na pergunta. Eram mais de 19h quando Lake e eu comemos basanha. Mais de 20h quando eu a deixei ir embora. Quando simplesmente a deixei ir embora. Deito-me no sofá e não respondo, pois a cena de duas horas atrás se repete na minha cabeça.

— Quer conversar sobre o assunto? — pergunta Gavin.

Balanço a cabeça. Não quero mesmo conversar sobre o assunto.

— Eddie está na casa de Layken. Ela parecia bem chateada. Foi um pouco constrangedor, então pensei em vir me esconder aqui. Quer que eu vá embora?

Balanço a cabeça novamente.

— Tem basanha na geladeira, se estiver com fome.

— Estou, sim — diz ele. Levanta-se e vai até a cozinha. — Quer beber alguma coisa?

Quero. Preciso de um drinque. Vou para a cozinha, pressionando a mão contra a testa. Minha cabeça lateja. Estendo a mão para cima da geladeira e afasto as caixas de cereal para alcançar o armário. Tiro uma garrafa de tequila, pego um copo e o encho com uma dose.

— Estava pensando em um refrigerante, algo assim — diz Gavin, enquanto se senta ao balcão e me vê virar a tequila.

— Boa ideia. — Abro a geladeira e tiro um refrigerante. Pego um copo maior e misturo o refrigerante com a tequila. Não é a melhor mistura do mundo, mas assim desce com mais facilidade.

— Will? Nunca vi você assim. Tem certeza de que está bem?

Inclino a cabeça para trás e bebo o copo inteiro, em seguida o coloco na pia. Prefiro não responder. Se disser que sim, ele vai saber que estou mentindo. Se disser que não, ele vai me perguntar por quê. Então sento ao lado dele enquanto come e não digo nada.

— Eddie e eu queríamos conversar com vocês dois juntos. Mas acho que isso não vai mais acontecer... — A voz de Gavin vai ficando mais baixa, e ele dá outra garfada na comida.

— Conversar com a gente sobre o quê?

Ele limpa a boca com um guardanapo e suspira. Abaixa o braço direito, segurando o garfo com tanta força que as juntas dos dedos ficam brancas.

— Eddie está grávida.

Não sei se minha audição está muito boa a essa altura. Minha cabeça ainda lateja, e a mistura de álcool com o remédio caseiro de Sherry está me fazendo ver dois Gavins.

— Grávida? Quão grávida? — pergunto.

— Bem grávida — diz ele.

— Merda. — Levanto-me, tiro a tequila do balcão e encho o copo com outra dose. Normalmente não sou a favor de menores bebendo álcool, mas em alguns momentos até eu amplio meus limites. Coloco o copo na frente de Gavin, e ele o vira.

— Qual é o plano de vocês? — pergunto.

Ele vai até a sala de estar e se senta no terceiro sofá. Quando foi que compramos um terceiro sofá? Pego a garrafa de tequila no balcão e esfrego os olhos enquanto vou até a sala. Ao abri-los, vejo que voltaram a ser dois sofás. Corro para me sentar antes que eu caia.

— Não temos plano algum. Pelo menos não um plano em comum. Eddie quer ter o bebê. Isso me deixa completamente apavorado, Will. Temos 19 anos. Não estamos preparados para isso de jeito nenhum.

Infelizmente, sei *exatamente* como é se tornar pai de maneira inesperada aos 19 anos.

— E *você*? Quer ter o bebê? — pergunto.

8.

DOMINGO, 21 DE JANEIRO

... eu acho. Talvez ainda seja sábado à noite. Não importa. Porra nenhuma importa.

Lake... Lake, Lake, Lake, Lake. Eu tomaria uma montanha, então preciso de mais um drinque. Mas amo tanto você. É, acho que preciso de mais tequila... e de mais cow bell. Amo você me desculpe mesmo. Não estou com sede. Mas não estou com fome, só com sede. Mas nunca vou beber outro cheeseburguer na vida amo tanto você.

EDDIE ESTÁ GRÁVIDA. GAVIN ESTÁ APAVORADO. DEIXEI LAKE ir. É tudo que lembro de ontem à noite.

O sol está mais forte do que nunca. Jogo as cobertas para longe e vou até o banheiro. Quando chego do outro lado do corredor, tento abrir a porta, mas está trancada. Por que diabos a porta do meu banheiro está trancada? Bato, o que me parece extremamente estranho — bater na porta do meu próprio banheiro quando era para eu ser a única pessoa em casa.

— Só um segundo! — Escuto alguém gritando. É um homem. Não é Gavin. O que diabos está acontecendo? Vou até a sala de estar e vejo um cobertor e um travesseiro no sofá. Há um par de sapatos perto da porta da frente, ao lado de uma maleta. Estou coçando a cabeça quando a porta do banheiro se abre, então me viro.

— Reece?

— Bom dia — diz ele.

— O que está fazendo aqui?

Ele lança um olhar confuso para mim enquanto senta no sofá.

— Está brincando? — pergunta ele.

Por que eu estaria brincando? Estaria brincando a respeito de quê? Não o vejo há mais de um ano.

— Não. O que faz aqui? Quando chegou aqui em casa?

Ele balança a cabeça com a mesma expressão perplexa.

— Will, você se lembra de algo de ontem à noite?

Sento-me e tento lembrar. Eddie está grávida. Gavin está apavorado. Deixei Lake ir. É tudo que lembro. Ele percebe que preciso de uma ajudinha para lembrar.

— Voltei na sexta à noite. Minha mãe me expulsou de casa? Estava precisando de um lugar para dormir ontem, e você disse que eu podia ficar aqui. Não lembra mesmo?

Balanço a cabeça.

— Desculpe, Reece, não.

Ele ri.

— Cara, quanto você bebeu ontem?

Lembro da tequila e, em seguida, lembro do remédio que Sherry me deu.

— Não acho que foi só por causa do álcool.

Ele se levanta e dá uma olhada ao redor desajeitadamente.

— Bem, se quiser que eu vá embora...

— Não. Não, não me importo que fique, você sabe disso. É só que não me lembro. Nunca fiquei sem memória assim.

— Você não estava falando coisa com coisa quando cheguei. Não parava de falar sobre uma estrela... e um lago. Achei que estivesse chapado. Você não está chapado... está?

Eu rio.

— Não, não estou chapado. Estou tendo um fim de semana dos infernos, só isso. O pior de todos. E não, não estou a fim de conversar sobre isso.

— Bem, já que não se lembra de nada de ontem à noite... Você meio que disse que eu podia morar aqui... Por um ou dois meses? Lembra disso? — Reece ergue as sobrancelhas e fica esperando minha reação.

Agora sei por que nunca bebo. Sempre termino concordando com coisas com as quais não concordaria se estivesse sóbrio. Não consigo pensar em nenhum motivo para ele não ficar. Temos um quarto sobrando. Ele praticamente morava aqui quando estávamos crescendo. Apesar de eu não vê-lo desde sua última folga do exército, ainda o considero meu melhor amigo.

— Fique o tempo que precisar — digo. — Só não espere bom humor de minha parte. Não estou tendo uma semana muito boa.

— Claro. — Ele pega as malas e os sapatos e os leva para o quarto extra. Vou até a janela e dou uma olhada na casa de Lake. O carro dela não está lá. Onde ela estará? Ela não costuma ir a lugar algum aos domingos. É quando tira o dia para ver filmes e comer besteiras. Ainda estou olhando pela janela quando Reece reaparece.

— Você não tem porra nenhuma para comer — diz ele. — Estou com fome. Quer que eu compre algo para você no mercado?

Balanço a cabeça.

— Estou sem apetite — respondo. — Pode comprar qualquer coisa. Devo ir lá mais tarde mesmo. Preciso comprar algumas coisas antes que Caulder volte.

— Ah é, onde está aquele pentelho?

— Em Detroit.

Reece coloca os sapatos e o casaco, e sai da casa. Vou até a cozinha para fazer café, mas vejo que a garrafa está cheia. Ótimo.

Assim que saio do banho, escuto a porta da frente sendo aberta. Não sei se é Reece ou Lake, então visto a calça rapidamente. Quando apareço no corredor, ela está com o vaso nas mãos, indo em direção à porta da frente. Ao me ver, acelera o passo.

— Droga, Lake! — Bloqueio o caminho dela no meio da sala de estar, sem permitir que ela passe. — Você não vai levar o vaso. Não me obrigue a escondê-lo.

Ela tenta me empurrar, mas eu a bloqueio novamente.

— Você não tem o direito de guardá-lo na sua casa, Will! É só um pretexto para que eu continue vindo aqui!

Ela tem razão. Ela tem toda a razão, mas não me importo.

— Não, quero que elas fiquem aqui porque não confio que você não vá abrir todas de uma só vez.

Lake me lança um olhar zangado.

— Por falar em confiança, você está sabotando o vaso? Está colocando estrelas falsas aqui dentro, tentando fazer com que eu perdoe você?

Eu rio. Ela deve estar recebendo ótimos conselhos da mãe para achar que estou sabotando as estrelas.

— Talvez você devesse obedecer aos conselhos da sua mãe, Lake.

Ela tenta passar por mim à força de novo, então agarro o vaso. Ela o puxa com mais força do que eu esperava, e o vaso escorrega e cai no chão, fazendo várias estrelas se espalharem pelo carpete. Ela se abaixa e começa a recolhê-las. Está com as mãos cheias, e vejo pela expressão dela que não sabe onde colocá-las, pois sua calça não tem bolsos. Ela puxa a gola da camisa e começa a enfiá-las lá dentro, aos montes. Está bem determinada.

Seguro as mãos dela e as afasto da camisa.

— Lake, pare com isso! Está parecendo uma menina de 10 anos! — Coloco o vaso em pé e começo a jogar o restante das estrelas lá dentro com a mesma velocidade com que ela as enfia na camisa. Faço a única coisa que posso: coloco o braço dentro da camisa dela e começo a pegá-las de volta. Lake dá tapas nas minhas mãos e tenta engatinhar para trás, mas eu agarro sua camisa para que pare. Ela continua se afastando enquanto eu continuo segurando sua camisa até ela passar pela cabeça de Lake e ficar em minhas mãos. Ela junta mais estrelas, se levanta e vai em direção à porta com as mãos por cima do sutiã, tentando segurar as estrelas.

— Lake, você não pode sair na rua sem camisa — digo. Ela não desiste.

— Você que pensa! — rebate. Levanto-me com um pulo, agarro a cintura dela e a ergo. Quando estou prestes a soltá-la no sofá, a porta da frente se abre. Olho por cima do ombro, e Reece está entrando com as compras. Ele para e fica nos encarando, de olhos arregalados.

Lake luta para se libertar, ignorando o fato de um desconhecido estar presenciando seu chilique. Já eu só consigo pensar no fato de ela estar de sutiã na frente de outro cara. Ergo-a mais alto e a jogo atrás do sofá. Ela volta para o sofá rapidamente e se levanta, tentando passar por mim. Finalmente percebe que Reece está perto da porta.

— Quem *diabos* é você? — grita ela enquanto dá um tapa no meu braço.

Ele responde cuidadosamente.

— Reece? Eu moro aqui?

Lake para de se debater e cruza os braços por cima do peito com uma expressão de vergonha. Aproveito a oportunidade para pegar a maior parte das estrelas das mãos dela e as jogo de volta na direção do vaso. Eu me abaixo, pego a camisa e empurro para ela.

— Vista sua camisa!

— Argh! — Ela joga o resto das estrelas no chão e vira a camisa que estava do avesso. — Você é o maior babaca, Will! Não tem o direito de deixá-las aqui! — Ela passa a camisa por cima da cabeça e se vira para Reece. — E desde quando você passou a dividir a casa com alguém?

Reece fica olhando para ela. Está na cara que ele não sabe como interpretar essa cena. Lake volta para o centro do cômodo e enche a mão de estrelas, em seguida sai da casa apressadamente. Reece dá um passo para o lado enquanto ela sai pela porta. Ficamos observando-a atravessar a rua, parando duas vezes para pegar estrelas que caíram na neve. Quando ela fecha a porta de sua casa, Reece se vira para mim.

— Cara, como ela é briguenta. E *gatinha* — diz ele.

— E *minha* — respondo.

* * *

Enquanto Reece cozinha o almoço para nós, engatinho pela sala de estar pegando todas as estrelas espalhadas e escondo o vaso num armário da cozinha. Se ela não conseguir encontrá-lo, vai ter de falar comigo para me perguntar onde o coloquei.

— Aliás, o que são essas coisinhas? — pergunta Reece.

— São da mãe dela — digo. — É uma longa história.

Lake o encontraria com a maior facilidade caso eu escondesse num lugar tão óbvio. Afasto o cereal novamente e coloco o vaso logo atrás da tequila.

— Então essa garota é sua namorada?

Não sei como responder a essa pergunta. Não sei como rotular o que está acontecendo entre nós.

— É — digo.

Ele inclina a cabeça para mim.

— Parece que ela não gosta muito de você.

— Ela me ama. Só não está gostando muito de mim no momento.

Ele ri.

— Qual é o nome dela?

— Layken. Chamo-a de Lake — digo, enquanto pego algo para beber. Dessa vez algo não alcoólico.

Ele ri.

— Agora entendo as coisas sem sentido que você disse ontem à noite. — Ele coloca um pouco de massa nas nossas tigelas e sentamos à mesa para comer. — E o que foi que você fez para deixá-la tão furiosa?

Apoio os cotovelos na mesa e solto o garfo dentro da tigela. Acho que é um bom momento para contar para Reece sobre tudo o que rolou no ano passado. Ele é meu melhor amigo desde que tínhamos 10 anos, exceto pelos últimos dois, após ele entrar para o exército. Conto tudo para ele. A história inteira. O dia em que nos conhecemos, o primeiro dia de Lake no colégio, nossa briga sobre Vaughn; tudo, até a noite de ontem. Quando termino, ele já está na segunda tigela de massa, e eu nem toquei na minha.

— Então — diz ele, mexendo na comida. — Acha que realmente já esqueceu Vaughn?

De tudo que acabei de contar, é *nisso* que ele prestou mais atenção? Dou uma risada.

— Esqueci Vaughn completamente.

Ele se remexe na cadeira e olha para mim.

— Então me diz se você não achar isso legal, mas... se importaria se eu a convidasse para sair? Se você disser não, claro que não faço isso, cara. Juro.

Ele não mudou nem um pouco. Claro que foi *nisso* que ele prestou mais atenção. Na garota *solteira*.

— Reece? Não estou nem aí para o que você fizer com Vaughn. Mesmo. Só não a traga pra cá. É a única regra que não pode desobedecer. Ela está proibida de entrar nessa casa.

Ele sorri.

— Sem problemas.

Passo as próximas horas terminando o dever de casa e estudando as anotações que Vaughn deixou para mim. Copio o que ela escreveu e depois jogo fora. Odeio olhar para sua letra.

Já reduzi minha espionagem para uma vez a cada hora. Não quero que Reece pense que estou louco, então só olho pela janela quando ele sai da sala. Estou à mesa estudando, e ele está assistindo à televisão quando Kiersten entra na casa — sem bater na porta, claro.

— Quem diabos é você? — pergunta ela para Reece enquanto atravessa a sala de estar.

— E você ao menos tem idade pra falar assim? — pergunta ele.

Ela revira os olhos, vai até a cozinha e senta-se na minha frente. Coloca os cotovelos na mesa e apoia o queixo nas mãos, observando-me estudar.

— Viu Lake hoje? — pergunto sem levantar o olhar das anotações.

— Sim.

— E?

— Está vendo filmes. E comendo um monte de besteiras.

— Ela falou alguma coisa de mim?

Kiersten cruza os braços por cima da mesa e se aproxima.

— Sabe, Will, se vou trabalhar para você, acho que é um bom momento para negociarmos uma remuneração justa.

Olho para ela.

— Está concordando em me ajudar?

— Está concordando em me pagar?

— Acho que poderíamos fazer alguma espécie de acordo — digo. — Não com dinheiro. Mas talvez eu possa ajudá-la com seu portfólio.

Ela se recosta na cadeira e me olha curiosamente.

— Explique-se.

— Tenho muita experiência em fazer apresentações, sabe. Eu poderia mostrar minhas poesias pra você... ajudá-la a se preparar para uma competição de slam.

Vejo os pensamentos dela se acelerando dentro da cabeça.

— Leve-me para a competição. Todas as quintas-feiras, por pelo menos um mês. Quero participar de um show de talentos da escola daqui a algumas semanas, então preciso do máximo de publicidade possível.

— Um mês inteiro? De jeito nenhum. A reconciliação com Lake precisa acontecer antes desse tempo todo! Não vou aguentar ficar um mês inteiro assim.

— Você é mesmo um imbecil, não é? — Ela se levanta e empurra a cadeira para baixo da mesa. — Sem a minha ajuda, você vai ter sorte se ela o perdoar esse *ano*. — Ela se vira para ir embora.

— Tá bom! Eu topo. Levo você — digo.

Ela retorna e sorri para mim.

— Fez uma boa escolha — diz ela. — Agora... tem alguma coisa que você quer que eu vá colocando na cabeça dela por enquanto?

Fico pensando nisso por um instante. Qual é a melhor maneira possível de reconquistar Lake? O que eu poderia dizer que a faria perceber o quanto realmente a amo? O que posso pedir para Kiersten fazer? Dou um pulo quando a resposta surge na minha cabeça.

— Já sei! Kiersten, você precisa pedir a ela que a leve à competição de slam. Diga que eu não topei, que disse que nunca mais voltaria lá. Se precisar, implore. Se existe um jeito de eu fazê-la acreditar em mim, é justamente em cima daquele palco.

Ela sorri maliciosamente para mim.

— Que plano mais perverso. Adorei! — diz ela antes de sair da casa.

— Quem *é* ela? — diz Reece.

— *Ela* é minha nova melhor amiga.

* * *

Tirando a briga de hoje por causa das estrelas, deixei que Lake tivesse o máximo de tempo sozinha possível. Kiersten relatou que Lake concordou em levá-la na quinta-feira após ter implorado imensamente. Eu a recompensei com um dos meus poemas antigos.

Já passa das dez da noite agora. Sei que não deveria, mas parece que não vou conseguir dormir se não tentar falar com Lake pelo menos mais uma vez. Sou incapaz de decidir o que é melhor: deixá-la sozinha ou ficar em cima. Acho que está na hora de pegar mais uma estrela. Odeio o fato de as estarmos abrindo com tanta rapidez, mas considero essa situação uma emergência.

Quando chego na cozinha, fico chocado ao ver que Lake está bisbilhotando um dos armários. Está ficando mais sorrateira. Quando passo ao lado dela, Lake dá um pulo. Não digo nada enquanto coloco o braço dentro do armário e tiro o vaso. Ponho-o no balcão e tiro uma das estrelas. Ela olha para mim como se estivesse esperando que eu gritasse com ela novamente. Estendo o vaso para ela, que pega uma estrela para si. Ficamos encostados em cantos opostos do balcão enquanto abrimos os papéis e lemos silenciosamente.

Adote o ritmo da natureza: o segredo dela é a paciência.

— RALPH WALDO EMERSON

E é exatamente o que faço... foco na paciência. Não digo nada enquanto Lake lê sua estrela. Por mais que eu queira correr até ela, beijá-la e consertar tudo isso, decido ser paciente. Ela franze a testa enquanto lê o papel em sua mão. Então o dobra, joga-o no balcão e vai embora. E, mais uma vez, eu a deixo ir.

Quando tenho certeza de que ela foi embora, pego o pedaço de papel e o abro.

Então, se conseguir fazer com que seu coração
Dê a um homem uma segunda chance,
Prometo que as coisas não vão terminar do mesmo jeito.

— THE AVETT BROTHERS

Eu não teria me expressado melhor nem se tivesse escrito com minhas próprias palavras.

— Obrigado, Julia — sussurro.

9.

SEGUNDA, 23 DE JANEIRO

Não vou desistir
Você não vai ceder
Essa batalha vai virar uma guerra
Antes de eu deixá-la acabar.

Sei que Lake não está gostando de mim agora, mas também sei que não está me odiando. Fico me perguntando se devo mesmo dar o espaço que ela está pedindo. Uma parte de mim quer respeitar os motivos dela, mas outra parte teme que, se eu realmente me afastar, talvez ela conclua que gosta desse espaço. Estou apavorado com isso. Então talvez eu não deva dar o espaço que ela deseja. Adoraria saber onde fica o limite entre o desespero e o sufocamento.

Reece está na cozinha bebericando seu café. O fato de ele fazer café já é razão suficiente para deixá-lo ficar.

— Quais são seus planos para hoje? — pergunta ele.

— Em algum momento preciso ir a Detroit buscar os garotos. Quer ir comigo?

Ele balança a cabeça.

— Não posso. Tenho planos com... tenho planos hoje. — Ele desvia o olhar nervosamente enquanto lava a caneca.

Rio e pego minha própria caneca no armário.

— Você não tem de esconder isso de mim. Já disse que não tenho nenhum problema com isso.

Ele coloca a caneca de cabeça para baixo no secador de louças e se vira para mim.

— Mas ainda acho um pouco esquisito. Quero dizer, não quero que você pense que eu estava tentando ficar com ela enquanto estavam juntos. Não era nada assim.

— Pare de se preocupar com isso, Reece. Sério. Não acho nada constrangedor. O que eu acho um pouco estranho é que uns dias atrás ela estava dizendo que me amava e agora vai passar o dia com você. Não se incomoda nem um pouco com isso?

Ele sorri enquanto pega a carteira e as chaves no balcão.

— Vai por mim, Will, eu tenho meu charme. Quando Vaughn estiver comigo, a última coisa na qual vai pensar é em você.

Reece nunca foi muito modesto. Ele veste o casaco e sai. Assim que a porta da frente se fecha, meu telefone vibra. Tiro-o do bolso e sorrio. É uma mensagem de Lake.

Que horas Kel vai chegar em casa? Preciso buscar um livro que encomendei e vou demorar para voltar.

A mensagem parece impessoal demais. Leio-a algumas vezes, tentando ver se encontro alguma coisa com duplo sentido. Infelizmente, tenho certeza absoluta de que a mensagem diz exatamente o que Lake queria dizer. Respondo na esperança de convencê-la a ir buscar os garotos comigo.

Onde vai buscar os livros? Em Detroit?

Sei em qual livraria ela vai. Acho difícil, mas espero que assim eu consiga convencê-la a ir comigo em vez de no próprio carro. Ela responde quase imediatamente.

Sim. Que horas Kel chega em casa?

Ela está sendo bem firme. Odeio essas respostas curtas.

Vou para Detroit buscar os garotos mais tarde. Por que não vai comigo? Posso levá-la na livraria.

Ter o longo percurso para conversar me daria a chance de convencê-la de que as coisas precisam voltar a ser como eram.

Não acho uma boa ideia. Desculpe.

Ou não. Por que diabos ela tem de ser tão difícil? Jogo o telefone no sofá e não me dou ao trabalho de respondê-la. Vou até a janela e fico encarando sua casa pateticamente. Ela precisa mais de espaço do que precisa de mim, odeio isso. Preciso de todo jeito que ela vá comigo para Detroit.

NÃO ACREDITO QUE estou fazendo isso. Enquanto atravesso a rua, dou uma conferida para garantir que Lake não está espiando pela janela. Ela vai ficar tão furiosa se descobrir o que estou fazendo. Rapidamente, abro a porta do carro dela e aperto o botão para abrir o capô. Tenho de ser rápido. Concluo que a melhor maneira de fazer o jipe dela parar de funcionar é desligando a bateria. Provavelmente é a opção mais óbvia, mas ela nunca perceberia, pois não entende nada de carros. Assim que atinjo meu objetivo, olho para a janela dela mais uma vez e volto correndo para casa. Quando fecho a porta após entrar, quase me arrependo do que acabei de fazer. Quase.

* * *

À TARDE, ESPERO Lake sair antes de ir embora. Fico observando enquanto ela tenta ligar o carro. Ele não liga. Ela bate no volante e escancara a porta do veículo. É minha chance. Pego minhas coisas e saio de casa em direção ao meu carro, fingindo não perceber que ela está lá. Quando dou ré e chego na rua, ela está com o capô levantado. Paro na frente da casa dela e abaixo a janela.

— O que foi? Não está ligando?

Ela espia pela lateral do capô e balança negativamente a cabeça. Estaciono o carro e saio para dar uma olhada. Ela dá um passo para o lado e me deixa passar sem dizer nada. Mexo em alguns fios pelos cantos e finjo que estou tentando fazer o carro ligar umas duas vezes. Ela fica o tempo inteiro atrás de mim, em silêncio.

— Parece que sua bateria morreu — minto. — Se quiser, posso comprar uma nova enquanto estiver em Detroit. Ou... você pode vir comigo e eu levo você para buscar o livro. — Sorrio para ela, esperando que ceda.

Ela olha para sua casa e depois para mim. Parece dividida.

— Não, vou pedir para Eddie. Acho que ela não está ocupada hoje.

Não era o que eu queria que ela respondesse. Não está acontecendo o que planejei. *Fique frio, Will.*

— Só estou oferecendo uma carona. Nós dois precisamos ir a Detroit de qualquer jeito. É ridículo você envolver Eddie na história só porque não quer falar comigo. — Uso o tom autoritário que aperfeiçoei com ela. Normalmente funciona.

Ela hesita.

— Lake, pode passar a viagem inteira esculpindo abóboras. Faça o que precisar. Mas entre no carro — peço.

Ela franze a testa para mim, vira-se e tira a bolsa do jipe.

— Tá bom. Mas não pense que isso significa alguma coisa. — Ela atravessa a entrada da casa em direção ao meu carro.

Fico feliz por ela estar na minha frente, pois não consigo conter meu entusiasmo e dou socos no ar. Um dia juntos é exatamente do que precisamos.

Assim que começamos o trajeto, ela coloca The Avett Brothers para tocar, sua maneira de me dizer que ainda está esculpindo abóboras. Os primeiros quilômetros em direção a Detroit são constrangedores. Fico querendo trazer o assunto à tona, mas não sei como. Kel e Caulder estarão conosco no caminho de volta, então sei que, se eu quiser colocar tudo para fora, tem de ser agora.

Estendo o braço e diminuo o volume. Ela está com o pé apoiado no painel, olhando pela janela, numa óbvia tentativa de evitar qualquer espécie de confronto — ela sempre faz isso. Ao perceber que diminuí o volume, ela olha para mim, vê que a estou encarando e volta a atenção para a janela.

— Não, Will. Já disse... precisamos de tempo. Não quero falar sobre isso.

Droga, ela é tão *frustrante*. Suspiro e balanço a cabeça, sentindo mais uma rodada de derrota começando.

— Poderia pelo menos me dar uma estimativa de quanto tempo vai passar esculpindo abóboras? Seria bom saber quanto tempo vou precisar ficar sofrendo. — Não tento disfarçar meu aborrecimento.

Pela franzida de testa dela, percebo que mais uma vez eu disse a pior coisa possível.

— Sabia que isso era uma péssima ideia — murmura ela.

Seguro o volante com mais força ainda. Imaginaria-se que, após um ano, eu já teria descoberto algum modo de fazê-la me compreender ou de manipulá-la. Ela está quase impenetrável. Preciso me lembrar de que sua determinação indômita foi uma das razões pelas quais me apaixonei por ela em primeiro lugar.

Nenhum de nós fala durante o restante do trajeto. E o fato de ninguém ter aumentado o som novamente não ajuda em nada. A viagem inteira é incrivelmente constrangedora — tento ao máximo pensar na coisa certa para dizer, e ela tenta ao máximo fingir que não existo. Assim que chegamos na livraria em Detroit e eu estaciono, ela escancara a porta do carro e vai correndo lá para dentro. Eu adoraria pensar que ela está correndo por causa do frio, mas sei que é por minha causa. Por causa do confronto.

Enquanto ela está lá dentro, recebo uma mensagem do meu avô dizendo que minha avó está fazendo jantar para nós. A mensagem terminou com a palavra “assado”, precedida por uma hashtag.

— Ótimo — murmuro para mim mesmo. Sei que Lake não tem a mínima intenção de passar a noite com meus avós. Assim que respondo para meu avô dizendo que estamos quase chegando, Lake volta para o carro.

— Eles estão fazendo jantar pra gente. Não vamos demorar — digo.

Ela suspira.

— Que conveniente. Bem, me leva logo pra comprar uma bateria nova, assim já resolvemos isso.

Não respondo, e vou na direção da casa dos meus avós. Ela já esteve na casa deles algumas vezes, então, quando estamos um pouco mais perto, ela percebe que não tenho a mínima intenção de parar em loja alguma.

— Você já passou por umas três lojas que vendem baterias — diz ela. — Precisamos comprar uma agora caso fique tarde demais quando estivermos voltando.

— Você não precisa de uma bateria nova. Sua bateria está ótima — revelo. Evito olhar para Lake, mas vejo de soslaio que ela está me observando, esperando uma explicação. Não respondo imediatamente. Ligo a seta e viro na rua dos meus avós. Quando estaciono na entrada da casa, desligo o carro e conto a verdade. Que mal isso faria a essa altura do jogo?

— Eu desconectei o cabo da bateria antes de você sair hoje. — Não fico esperando a reação dela; saio do carro e bato a porta. Não sei por quê. Não sinto raiva dela, só estou frustrado. Frustrado por ela duvidar de mim depois de todo esse tempo.

— Você *o quê*? — berra ela. Ao sair do carro, ela também bate a porta com força.

Continuo andando, protegendo-me do vento e da neve com meu casaco até chegar à porta da casa. Ela vem correndo atrás de mim. Quase entro sem bater, mas lembro de como me sinto em relação a isso, então bato na porta.

— Eu disse que desconectei o cabo da bateria. Como é que ia convencer você a vir comigo se não fosse assim?

— Que coisa mais madura, Will. — Ela vem para mais perto da porta, se distanciando do vento. Escuto passos se aproximando, e ela se vira para mim, abrindo a boca como se quisesse dizer mais alguma coisa. Então revira os olhos e fica de frente para a casa mais uma vez. A porta é aberta, e minha avó dá um passo para o lado para que a gente possa entrar.

— Oi, Sara — diz Lake com um sorriso falso enquanto abraça minha avó. Esta retribui o abraço, e eu entro logo atrás.

— Vocês dois chegaram na hora certa. Kel e Caulder estão arrumando a mesa — diz vovó. — Will, pegue os casacos de vocês e coloque na secadora um pouco antes de irem embora.

Minha avó volta para a cozinha. Tiro o casaco e vou para a área de serviço sem me oferecer para pegar o casaco de Lake. Sorrio quando a ouço andando pesada e raivosamente atrás de mim. Ser bonzinho não me ajudou em nada até agora, então acho que vou começar a agir como um babaca. Jogo meu casaco na secadora e me afasto para ela fazer o mesmo. Após enfiar o casaco lá dentro, ela bate a porta da secadora com força e a liga. Então se vira para sair da área de serviço, porém bloqueio seu caminho. Ela lança um olhar zangado e tenta passar por mim, mas não me mexo. Ela dá um passo para trás e desvia o olhar. Vai ficar parada ali até eu sair do caminho. Eu vou ficar parado aqui até ela falar comigo. Então acho que vamos ficar aqui a noite inteira.

Ela aperta o rabo de cavalo e se encosta na secadora, cruzando um pé em cima do outro. Encosto na porta da área de serviço na mesma posição enquanto a encaro, esperando alguma coisa. Não sei o que quero ouvir dela agora; só quero que fale comigo.

Lake limpa a neve do ombro da camisa. Está usando a camisa dos Avett Brothers que comprei para ela no show ao qual fomos um mês atrás. Nos divertimos tanto naquela noite; eu nunca imaginaria que agora estaríamos nessa situação tão complicada.

Eu cedo e falo primeiro.

— Sabe de uma coisa? Você está me chamando de imaturo rapidamente demais para alguém que se recusa a falar comigo como se fosse uma menina de 5 anos.

Ela ergue as sobrancelhas para mim e dá uma risada.

— Sério? Você me encurralou numa área de serviço, Will! Quem está sendo imaturo aqui?

Lake tenta passar por mim novamente, mas continuo bloqueando o caminho. Ela vem para cima de mim, tentando se empurrar pateticamente contra meu peito. Estamos praticamente cara a cara quando ela finalmente para de me empurrar. Está a centímetros de distância, encarando o chão. Talvez duvide dos meus sentimentos por ela, mas é impossível que duvide da tensão sexual entre nós. Seguro o queixo dela e puxo seu rosto em direção ao meu.

— Lake — sussurro. — Não estou arrependido do que fiz com seu carro. Estou desesperado. A essa altura faço qualquer coisa só para ficar com você. Estou com saudades.

Ela desvia a vista, então levo a outra mão ao seu rosto e a obrigo a olhar nos meus olhos. Ela tenta afastar minhas mãos, mas eu me recuso a soltá-la. A tensão entre nós aumenta à medida que continuamos nos olhando. Vejo o quanto quer me odiar agora, mas ela me ama demais. Há uma disputa de emoções em seus olhos. Ela não consegue decidir se quer me esmurrar ou me beijar.

Aproveito-me de seu momento de fraqueza e me aproximo lentamente, encostando meus lábios nos dela. Lake pressiona as mãos no meu peito e tenta me afastar sem muita firmeza, mas não afasta a boca da minha. Em vez de honrar seu pedido por espaço, inclino-me ainda mais e entreabro os lábios dela com os meus. Sua pressão contra meu peito diminui à medida que sua teimosia finalmente se dissolve e ela me permite beijá-la.

Coloco a mão na parte de trás de sua cabeça e passo a movimentar os lábios lentamente, no mesmo ritmo dos dela. Dessa vez nosso beijo está diferente. Em vez de irmos até a hora do recuo, como temos feito, continuamos nos beijando lentamente, parando algumas vezes para nos olhar. É quase como se nenhum de nós acreditasse no que está acontecendo. Sinto como se esse beijo fosse minha última chance de tirar qualquer dúvida que exista em sua cabeça, então coloco nele todos os meus sentimentos. Agora que ela está nos meus braços, tenho medo de soltá-la. Dou um passo para a frente, e ela dá um passo para trás até encostarmos na secadora. As circunstâncias me lembram da última vez em que estivemos a sós numa área de serviço, mais de um ano atrás.

Foi um dia depois que ela e Javi se beijaram no Club N9NE. No instante em que dei a volta na caminhonete dele e vi sua boca na dela, imediatamente senti ciúmes e uma mágoa enorme, como nunca tinha sentido. Nunca havia brigado fisicamente com ninguém. Esqueci completamente que éramos professor e aluno no instante em que comecei a afastá-lo dela. Não sei o que teria acontecido se Gavin não tivesse chegado.

Quando escutei a versão de Lake dos acontecimentos, me senti o maior idiota por ter acreditado que ela o estava beijando espontaneamente. Era para eu ter percebido na hora o que se passava, e me odiei por ter presumido o pior. Por mais difícil que tenha sido fazer com que ela acreditasse que eu havia escolhido minha carreira em vez dela, eu sabia que era isso o que precisava fazer. Mas naquela noite na área de serviço, eu deixei que meus sentimentos controlassem minha consciência, e terminei quase estragando a melhor coisa que já me aconteceu na vida.

Afasto da mente o medo de perdê-la mais uma vez. Ela leva as mãos ao meu pescoço, fazendo meu corpo inteiro se arrepiar. A calma e a constância vão desaparecendo à medida que aceleramos o ritmo simultaneamente. Quando ela passa as mãos no meu cabelo, perco o controle completamente. Agarro-a pela cintura e a ergo, fazendo-a sentar na secadora. De todos os beijos que já demos, esse é de longe o melhor. Coloco as mãos na parte externa de suas coxas, puxo-a para a beirada da secadora, e ela põe as pernas ao meu redor. Assim que meus lábios encostam num canto logo abaixo de sua orelha, ela fica boquiaberta e me dá um empurrão no peito.

— Hum — diz minha avó, interrompendo rudemente um dos melhores momentos da minha vida.

Lake desce da secadora imediatamente, e eu me afasto. Minha avó está na porta, de braços cruzados, fulminando-nos com o olhar. Lake endireita a camisa e fica olhando para os próprios pés, envergonhada.

— Bem, fico feliz ver que fizeram as pazes — diz minha avó, olhando para mim com reprovação. — Quando estiverem com tempo de se juntar a nós na mesa, o jantar está pronto. — Ela dá meia-volta e vai embora.

Assim que ela sai, viro-me para Lake e a abraço novamente.

— Amor, senti tanto sua falta.

— Pare — diz, se afastando de mim. — Pode parar.

Sua hostilidade repentina é inesperada e me deixa confuso.

— Como assim, *pare*? Você também estava me beijando, Lake.

Ela olha para mim, agitada. Parece decepcionada consigo.

— Acho que tive um *momento de fraqueza* — diz ela num tom zombeteiro.

Reconheço a frase, e é bem provável que eu mereça essa reação.

— Lake, pare de fazer isso com você mesma. Eu sei que me ama.

Ela solta um suspiro como se estivesse tentando fazer com que uma criança entendesse alguma coisa.

— Will, não estou sem saber se amo ou não *você*. Estou em dúvida se você realmente *me* ama ou não. — Ela vai para a sala de jantar, me abandonando em mais uma área de serviço.

Dou um murro na parede, frustrado. Por um instante pensei que a tivesse feito enxergar a verdade. Não sei por quanto tempo vou aguentar isso. Ela está começando a me deixar furioso.

— O ASSADO está delicioso, Sara — diz Lake para minha avó. — Depois você precisa me passar a receita.

Tiro a tigela de batatas da mesa e fico fervendo de raiva ao ver a maneira como Lake conversa tão cordial e casualmente com minha avó. Estou sem nenhum apetite, mas como mesmo assim. Conheço minha avó: se eu não comer, ela vai se sentir ofendida. Coloco algumas batatas no meu prato e em seguida encho a colher exageradamente, servindo o prato de Lake, bem em cima de seu assado. Ela está sentada ao meu lado, fazendo o máximo para fingir que não há nada de errado ao ver a quantidade enorme de batatas. Não sei se finge estar contente por causa dos meus avós ou por causa de Kel e Caulder. Talvez seja por causa de todos eles.

— Layken, você sabia que o vô Paul era de uma banda? — pergunta Kel.

— Não, não sabia. E você o chamou de vô Paul? — diz Lake.

— Sim. É assim que eu chamo ele agora.

— Eu gostei — diz meu avô. — Posso chamá-lo de neto Kel?

Kel sorri e faz que sim com a cabeça.

— Você vai me chamar de neto Caulder? — pergunta Caulder.

— Claro, neto Caulder — diz ele.

— Qual era o nome da sua banda, vô Paul? — pergunta Lake.

É quase assustador como ela está se saindo bem nisso de fingir que tudo está normal. Anoto mentalmente esse detalhe sobre ela para referências futuras.

— Bem, na verdade eu participei de várias — responde ele. — Era um hobby meu quando era mais jovem. Eu tocava guitarra.

— Que legal — diz Lake. Ela dá uma garfada na comida e fala de boca cheia. — Sabe, Kel sempre quis aprender a tocar violão. Estava pensando em colocá-lo para ter aulas. — Ela limpa a boca e toma um gole de água.

— Por quê? Devia pedir para Will ensiná-lo — diz vô Paul.

Lake se vira e olha para mim.

— Não sabia que Will tocava violão — diz num tom um tanto acusatório.

Acho que nunca dividi isso com ela. Não é que eu estivesse querendo esconder; é só que não toco há alguns anos. Tenho certeza de que ela acha que é mais um segredo que eu estava escondendo.

— Nunca tocou para ela? — pergunta meu avô para mim.

Dou de ombros.

— Não tenho violão.

Lake ainda está me fulminando com o olhar.

— Que coisa mais interessante, Will — diz ela sarcasticamente. — Com certeza tem muitas coisas a seu respeito que não sei.

Olho para ela seriamente.

— Na verdade, querida... nem tem. Você sabe praticamente tudo sobre mim.

Ela balança a cabeça, coloca os cotovelos na mesa e me espia com olhos semicerrados, dando aquele sorriso falso que estou passando a odiar.

— Não, *querido*. Acho que não sei tudo sobre você. — Ela diz isso num tom que só eu identificaria como um falso entusiasmo. — Não sabia que você tocava violão. Também não sabia que ia passar a dividir a casa. Na verdade, esse tal de Reece parece ter sido bem importante na sua vida, e você nunca sequer o mencionou... assim como os outros "amigos antigos" que têm aparecido recentemente.

Coloco o garfo na mesa e limpo a boca com o guardanapo. Todos olham para mim, esperando que eu responda. Sorrio para minha avó, que parece não perceber o que está acontecendo. Ela devolve o sorriso, interessada na minha resposta. Decido intensificar a brincadeira, então coloco o braço ao redor de Lake e a puxo para perto, beijando-lhe a testa.

— Você tem razão, *Layken* — pronuncio o nome dela com o mesmo entusiasmo fingido. Sei o quanto ela odeia isso. — Não mencionei alguns amigos mais antigos. Acho então que vamos precisar passar bem mais tempo juntos, só assim podemos conhecer todos os detalhes da vida um do outro. — Belisco-lhe o queixo com o dedão e o indicador. Sorrio enquanto ela estreita os olhos para mim.

— Reece está de volta? Ele está morando conosco? — pergunta Caulder.

Faço que sim com a cabeça.

— Ele precisa de um lugar para ficar por mais ou menos um mês.

— Por que não vai ficar na casa da mãe? — pergunta minha avó.

— Ela se casou de novo enquanto ele estava no exterior. Reece não se dá muito bem com o novo padrasto, então está procurando um lugar para morar — digo.

Lake se inclina para a frente, tentando tirar meu braço de seu ombro discretamente. Aperto-a com mais força e arrasto minha cadeira para mais perto da dela.

— Lake deixou uma ótima primeira impressão em Reece — digo, me referindo ao chilique sem camisa que ela deu na minha sala. — Não foi, querida?

Ela pressiona o calcanhar da bota no topo do meu pé e sorri para mim.

— Foi, sim — diz ela. Então afasta a cadeira e se levanta. — Com licença. Preciso ir ao banheiro. — Ela joga o guardanapo na mesa e me lança um olhar furioso enquanto sai da sala.

Todos à mesa estão alheios à raiva dela.

— Vocês dois parecem ter superado o obstáculo da semana passada — comenta meu avô após ela desaparecer pelo corredor.

— Isso. Estamos muito bem — digo. Enfio uma colherada de batata na boca.

Lake fica no banheiro por um bom tempo. Ao retornar, não fala muita coisa. Kel, Caulder e vô Paul ficam falando de videogames enquanto Lake e eu terminamos de comer em silêncio.

— Will, pode vir me ajudar na cozinha? — pergunta minha avó.

Minha avó é a última pessoa do mundo que pediria ajuda na cozinha. Ou ela vai mandar eu trocar uma lâmpada ou estou prestes a receber uma bronca. Levanto-me, pego meu prato e o de Lake e a sigo pela porta da cozinha.

— O que foi isso? — diz ela, enquanto limpo o resto de comida do prato e jogo no lixo.

— O que foi isso o quê?

Ela limpa as mãos no pano de prato e se encosta no balcão.

— Ela não está muito contente com você, Will. Posso ser velha, mas sei reconhecer o desprezo de uma mulher quando o vejo. Quer conversar sobre isso?

Ela é mais observadora do que eu pensava.

— Acho que a essa altura não vai fazer mal — digo, encostando no balcão ao lado dela. — Lake está furiosa comigo. Toda aquela confusão com Vaughn na semana passada a fez duvidar de mim. Agora Lake acha que estou com ela só por sentir pena dela e de Kel.

— E por que você *está* com ela? — pergunta minha avó.

— Porque estou apaixonado — respondo.

— Sugiro que você comece a demonstrar isso — conclui. Ela pega o pano e começa a limpar o balcão.

— Já demonstrei. Não sei nem quantas vezes já disse isso para ela. Não consigo fazê-la enxergar. Agora ela quer que eu a deixe em paz para que possa pensar. Estou ficando tão frustrado; não sei mais o que fazer.

Minha avó revira os olhos ao perceber minha ignorância.

— Um homem pode *dizer* para a mulher que está apaixonado até ficar sem ar. Palavras não significam nada quando ela está cheia de dúvidas na cabeça. Você tem de *mostrar* a ela.

— Como? Eu mexi no carro dela para que não funcionasse e ela tivesse de vir para cá comigo hoje. Fora ficar bisbilhotando a vida dela, não sei o que mais posso fazer.

Minha confissão ridícula rende um olhar de desaprovação.

— É uma boa maneira de se meter na cadeia, não de reconquistar o coração da garota por quem se está apaixonado — diz ela.

— Eu sei. Foi burrice. Eu estava desesperado. Não tenho mais nenhuma ideia.

Ela vai até a geladeira e tira uma torta. Coloca-a no balcão ao meu lado e começa a cortá-la em pedaços.

— Acho que o primeiro passo é você se perguntar por que está apaixonado por ela, depois descobrir um jeito de transmitir isso. No meio tempo, dê a ela o espaço de que precisa. Estou surpresa por você não ter recebido um murro por causa do seu showzinho no jantar.

— A noite é uma criança.

Ela dá uma risada, coloca um pedaço de torta num prato, se vira e o entrega para mim.

— Eu gosto dela, Will. É melhor não estragar isso. Ela é boa para Caulder.

O comentário da minha avó me surpreende.

— É mesmo? Achei que você não gostasse muito dela.

Minha avó continua fatiando a torta.

— Sei que acha isso, mas gosto dela. O que não gosto é da maneira como vocês estão sempre se agarrando quando estão juntos. Algumas coisas devem ficar entre quatro paredes. E paredes de um quarto, não de uma área de serviço. — Ela franze a testa para mim.

Não tinha percebido o quanto eu demonstrava publicamente meu afeto por Lake. Agora que tanto minha avó quanto Lake mencionaram o assunto, acho isso um pouco constrangedor. Imagino que o incidente na área de serviço não tenha cooperado para que Lake deixasse de achar que minha avó não gosta dela.

— Vovó? — pergunto. Ela não me deu um garfo, então pego um pedaço da crosta e coloco na boca.

— Hum? — Ela põe a mão na gaveta, tira um garfo e o coloca no meu prato.

— Ela ainda é virgem, sabia?

Minha avó arregala os olhos e se vira para cortar mais um pedaço.

— Will, isso não é da minha conta.

— Eu sei — digo. — Só queria que soubesse disso. Não quero que você tenha uma impressão errada de Lake.

Ela me entrega mais dois pratos de sobremesa, pega mais dois e meneia a cabeça para a porta da cozinha.

— Você tem um bom coração, Will. Ela vai mudar de ideia. Você só precisa dar um pouco de tempo a ela.

Lake está sentada no banco de trás com Kel a caminho de casa, e Caulder está na frente comigo. Os três passam o trajeto inteiro conversando. Kel e Caulder estão relatando monotonamente para Lake tudo que fizeram com vô Paul. Não dou um pio. Deixo de prestar atenção e dirijo em silêncio.

Após estacionar na entrada da minha casa e todos sairmos do carro, sigo Lake e Kel até o outro lado da rua. Ela entra sem dizer nada. Abro o capô de seu jipe, religo a bateria e volto para minha casa.

Não são nem dez horas. Não me sinto nada cansado. Caulder está dormindo, e Reece provavelmente está com Vaughn. Estou sentado no sofá assistindo à TV quando alguém bate à porta.

Quem viria aqui tão tarde? Quem bateria antes de entrar? Abro a porta e sinto um frio no estômago quando vejo Lake tremendo na varanda. Ela não parece com raiva, o que é um bom sinal. Está puxando o casaco para o pescoço e usando as botas de neve por cima da calça de pijama. Está ridícula... e linda.

— Oi — digo, com um pouco de empolgação além da conta. — Veio pegar mais uma estrela? — Dou um passo para o lado, e ela entra. — Por que bateu? — pergunto, fechando a porta após ela entrar. Odeio o fato de ela ter batido antes de entrar. Ela nunca bate. Esse pequeno gesto simboliza alguma espécie de mudança em todo o nosso relacionamento, não sei exatamente qual, só que não gosto disso.

Ela só faz dar de ombros.

— Posso conversar com você?

— Eu quero que você *converse* comigo — digo. Vamos até o sofá. Normalmente ela se aconchegaria ao meu lado e sentaria em cima dos pés. Dessa vez, ela faz questão de deixar bastante espaço entre nós enquanto senta do lado oposto do sofá. Se aprendi alguma coisa essa semana, foi que odeio espaço. Espaço é péssimo.

Ela olha para mim e consegue dar um sorriso, mas há algo de estranho nele. Parece mais que está tentando não ficar com pena de mim.

— Primeiro prometa que vai escutar o que tenho a dizer sem discutir — diz. — Gostaria de ter uma conversa madura com você.

— Lake, você não pode sentar aqui e dizer que eu não a escuto. É impossível escutá-la quando está esculpindo abóboras o tempo inteiro, caramba!

— Está vendo só? Exatamente isso. Não faça isso — diz ela.

Agarro a almofada ao meu lado e cubro o rosto para abafar um gemido. Ela é impossível. Abaixo a almofada novamente e apoio meu cotovelo nela enquanto me preparo para o sermão.

— Estou prestando atenção — digo.

— Acho que você não está compreendendo meus motivos. Você não faz ideia de por que estou com tantas dúvidas, faz?

Ela tem razão.

— Explique — digo.

Ela tira o casaco, joga-o por cima do encosto do sofá e fica mais à vontade. Eu estava errado, ela não está aqui para me dar um sermão; dá para perceber pela maneira como fala. Ela está aqui para ter uma conversa séria, então decido prestar atenção respeitosamente.

— Sei que você me ama, Will. Foi um erro dizer aquilo mais cedo. Sei que você me ama. Eu também amo você.

Está na cara que essa confissão não passa de um mero prefácio para outra coisa. Algo que *não* vou querer escutar.

— Mas depois que eu soube das coisas que Vaughn disse a você, comecei a enxergar nosso namoro de um jeito diferente. — Ela está sentada com as pernas cruzadas em cima do sofá, virada para mim. — Pense só no seguinte. Comecei a me lembrar daquela noite na competição de slam no ano passado quando finalmente lhe contei o que eu sentia. E se você não tivesse ido lá naquela noite? E se eu não tivesse ido até você e dito o quanto eu o amava? Você nunca teria lido seu poema para mim. Você teria aceitado o emprego na escola, e nós provavelmente nem estaríamos juntos. Então dá para você ver de onde vêm minhas dúvidas, não é? Parece que você queria ficar parado, deixando as coisas acontecerem sem interferir. Você não lutou por mim. Ia simplesmente me deixar sair de sua vida. Você *deixou* eu sair de sua vida.

É verdade, mas não pelas razões que ela está listando para si. E ela sabe disso. Por que agora está duvidando? Faço meu máximo para manter a paciência enquanto respondo, mas todos os meus sentimentos se embaralham. Estou frustrado, estou furioso, estou feliz por ela estar aqui. Isso é exaustivo. Odeio brigar.

— Você *sabe* por que eu fiz isso, Lake. No ano passado havia coisas maiores acontecendo, coisas maiores que nós dois. Sua mãe precisava de você. Ela não sabia quanto tempo teria. O que sentíamos um pelo outro interferiria no tempo que você ainda tinha com ela, e depois você terminaria se odiando por isso. É só por isso que desisti, e você *sabe* disso.

Ela balança a cabeça, discordando.

— É mais do que isso, Will. Nós dois passamos por mais luto nos últimos dois anos do que a maioria das pessoas passa na vida inteira. Pense no efeito que isso teve na gente. Quando finalmente nos conhecemos, sentimos uma ligação por causa do luto. Depois descobrimos que não podíamos ficar juntos, o que piorou mais ainda a situação. Especialmente porque Caulder e Kel já haviam se tornado melhores amigos. A gente era obrigado a interagir constantemente, fazendo com que ficasse mais difícil superar nossos sentimentos. E ainda por cima minha mãe terminou desenvolvendo um câncer, e eu estava prestes a me tornar uma guardiã, assim como você. Foi por causa disso que nos identificamos um com o outro. Todas essas influências externas estavam presentes. Era quase como se a vida estivesse nos forçando a ficar juntos.

Deixo que continue falando sem interromper, conforme ela pediu, mas quero gritar de tanta frustração. Não sei aonde ela quer chegar, mas, para mim, parece que está analisando tudo exageradamente.

— Remova todos os fatores externos por um instante — diz ela. — Imagine se as coisas fossem assim: seus pais estão vivos. Minha mãe está viva. Kel e Caulder não são melhores amigos. Nós dois não somos guardiões com responsabilidades enormes. Não sentimos nenhuma necessidade de ajudar um ao outro. Você nunca foi meu professor, então nunca tivemos de passar por aqueles meses de tortura emocional. Somos apenas um casal jovem sem nenhuma responsabilidade nem experiências de vida que nos conectem. E agora me diga o seguinte: se essa fosse nossa realidade atual, o que é que você amaria a *meu* respeito? Por que ia querer ficar comigo?

— Isso é ridículo — murmuro. — Essa *não* é nossa realidade, Lake. Talvez algumas dessas coisas até sejam razões pelas quais estamos apaixonados. Mas o que há de errado nisso? Por que isso importa? O amor é o amor.

Ela se aproxima de mim no sofá e segura minhas mãos, olhando-me nos olhos.

— Mas importa, Will. Importa porque daqui a cinco ou dez anos esses fatores externos não estarão mais presentes no nosso relacionamento. Seremos apenas você e eu. Meu maior medo é que você acorde um dia e perceba que todas as razões que o fizeram se apaixonar por mim desapareceram. Kel e Caulder não estarão mais aqui para depender de nós. Nossos pais serão uma lembrança. Nós dois teremos carreiras que nos sustentarão individualmente. Se são essas as razões pelas quais você me ama, então a única coisa que o prende a mim é sua consciência. E, como eu o conheço, você viveria assim sem problemas, pois é uma pessoa boa demais e não seria capaz de partir meu coração. Não quero que fique com arrependimentos por minha causa.

Ela fica de pé e veste o casaco. Começo a protestar, mas assim que abro a boca, ela me interrompe.

— Não — diz, com uma expressão séria. — Quero que você pense antes de argumentar. Não me importo se vai precisar de dias, semanas ou meses. Quero que fale comigo novamente só quando puder ser completamente honesto, e, enquanto estiver decidindo, não leve em conta o que sinto. Você me deve isso, Will. Você me deve o seguinte: garantir que não estamos prestes a ter uma vida da qual vai acabar se arrependendo um dia.

Ela sai da casa e fecha a porta calmamente.

Meses? Ela acabou de dizer que não se importa se eu demorar *meses*?

Sim. Ela disse meses.

Meu Deus, tudo que ela disse faz sentido. Está completamente errada, mas faz sentido. Eu compreendo. Entendo por que está questionando tudo. Entendo por que está duvidando de mim.

Meia hora se passa antes que eu mexa um único músculo. Estou completamente perdido nos meus pensamentos. Quando finalmente saio do transe, chego a uma conclusão: minha avó tem razão. Lake precisa que eu demonstre a ela por que a amo.

Decido ir atrás de inspiração no vaso. Desdobro a estrela e a leio.

A vida é difícil. E é ainda mais difícil quando você é um imbecil.

— JOHN WAYNE.

Suspiro. Sinto falta do senso de humor de Julia.

10.

TERÇA-FEIRA, 24 DE JANEIRO

O coração de um homem
não é um coração
Se seu coração não for amado por uma mulher.
O coração de uma mulher
não é um coração
Se seu coração não estiver amando um homem.
Mas o coração de um homem e de uma mulher apaixonados
Pode ser pior do que não ter um coração
Pois ao menos se você não tiver um coração
Ele não morre quando partir aos pedaços.

É TERÇA-FEIRA, E ATÉ AGORA PASSEI A MAIOR PARTE DO dia estudando. Passei apenas um tempinho paranoico. Paranoico achando que alguém vai me ver entrando escondido na casa de Lake. Após entrar, procuro as coisas de que vou precisar e saio rapidamente antes que todo mundo volte da aula. Jogo a bolsa por cima do ombro e me abaixo para esconder a chave de Lake debaixo do vaso.

— O que está fazendo?

Dou um pulo para trás e quase tropeço no nível mais alto de concreto da varanda. Recupero o equilíbrio segurando na viga mestra e olho para cima. Sherry está parada na entrada da casa de Lake, com as mãos nos quadris.

— Eu... eu estava só...

— Estou brincando. — Sherry dá uma risada, vindo em minha direção.

Lanço um olhar zangado, pois ela quase me causou um ataque cardíaco. Viro-me para colocar o vaso em sua posição normal.

— Precisava tirar algumas coisas da casa — digo, sem dar mais detalhes. — O que há de novo?

— Não muita coisa — responde ela. Está com uma pá na mão, e, ao olhar atrás dela, vejo que uma parte da calçada de Lake está limpa. — Só matando tempo... esperando meu marido chegar. Precisamos resolver algumas coisas.

Inclino a cabeça para ela.

— Você tem marido? — Não queria parecer surpreso, mas estou mesmo surpreso. Nunca o vi.

Ela ri da minha pergunta.

— Não, Will Meus filhos surgiram de uma imaculada concepção.

Eu rio. O senso de humor dela me lembra o de minha mãe. *E* o de Julia. *E* o de Lake. Como dei a sorte de estar sempre cercado por mulheres tão incríveis?

— Desculpe — digo. — É que nunca o vi.

— Ele trabalha muito. A maior parte do tempo fora do estado... viagens de negócio e tal. Ele vai passar duas semanas em casa. Adoraria que você o conhecesse.

Não gosto do fato de estarmos na frente da casa de Lake. Em breve ela estará de volta. Começo a me afastar da casa e respondo:

— Bem, se Kel e Kiersten se casarem um dia, tecnicamente seremos parentes, então acho que eu devia conhecê-lo, sim.

— Presumindo que você e Lake tenham um relacionamento diferente daqui até lá — diz ela. — Está planejando pedi-la em casamento? — Ela começa a me acompanhar até minha casa. Acho que percebeu que quero sair da propriedade de Lake antes que eles retornem.

— Eu tinha planejado sim — falo. — Mas agora não sei mais qual seria a resposta dela.

Sherry inclina a cabeça e suspira. Ela está com pena de mim mais uma vez.

— Entre aqui um instante. Quero mostrar uma coisa pra você.

Sigo-a para dentro da casa dela.

— Sente-se no sofá — diz ela. — Tem alguns minutos?

— Mais do que isso.

Ela volta após um instante com um DVD. Depois de colocá-lo no DVD player, senta-se no sofá ao meu lado e liga a televisão com o controle remoto.

— O que é isso? — pergunto.

— Uma filmagem detalhada do meu parto de Kiersten.

Dou um pulo em protesto, e ela revira os olhos e ri.

— Sente-se, Will. Estou brincando.

Relutantemente, sento mais uma vez.

— Não foi engraçado.

Ela aperta o play, e na tela aparece uma Sherry bem mais jovem. Parece ter uns 19 ou 20 anos. Está sentada num balanço de varanda, rindo, escondendo o rosto com as mãos. A pessoa que segura a câmera também ri. Presumo que seja o marido dela. Após subir os degraus da varanda, ele gira a câmera e senta-se ao lado dela, focando a lente nos dois. Sherry tira as mãos do rosto, apoia a cabeça na dele e sorri.

— Por que está filmando a gente, Jim? — diz Sherry para a câmera.

— Porque sim. Quero que você lembre desse momento para sempre — revela ele.

A câmera muda de posição mais uma vez e fica parada, provavelmente em cima de uma mesa. Está posicionada bem diante deles, e ele se ajoelha na frente dela. Está na cara que está prestes a pedi-la em casamento, mas dá para ver que Sherry tenta conter o entusiasmo, caso essa não seja a intenção dele. Quando ele tira uma caixinha do bolso, ela fica boquiaberta e começa a chorar. Ele leva a mão até o rosto dela e enxuga suas lágrimas. Inclina-se brevemente e a beija.

Após voltar a ficar de joelhos, ele enxuga uma lágrima de seus próprios olhos.

— Sherry, antes de conhecê-la eu não sabia o que era viver. Eu não sabia que nem mesmo estava vivo. É como se você tivesse chegado e despertado minha alma. — Ele está olhando diretamente para ela enquanto fala. Não parece nada nervoso; é como se estivesse determinado a mostrar para ela o quanto está falando sério. Ele respira fundo e continua. — Nunca serei capaz de lhe dar tudo que você merece, mas com certeza vou passar o restante da vida tentando. — Ele tira o anel da caixa e o coloca no dedo dela. — Não estou pedindo você em casamento, Sherry. Estou *dizendo* para você se casar comigo, pois não consigo viver sem você.

Sherry coloca os braços ao redor do pescoço dele, os dois se abraçam e choram.

— Pronto — diz ela. Quando eles começam a se beijar, ele estende o braço e desliga a câmera.

A tela fica preta.

Sherry aperta o controle para desligar a televisão e fica em silêncio por um instante. Noto que o vídeo a fez relembrar várias emoções.

— Isso que você viu no vídeo? — diz ela. — A ligação que Jim e eu temos? Isso é amor verdadeiro, Will. Já vi você e Layken juntos, e ela o ama assim também. Ama mesmo.

A porta da frente da casa de Sherry se escancara, e um homem entra, tirando a neve do cabelo. Sherry parece nervosa enquanto pula do sofá e tira o DVD, guardando-o na caixa.

— Oi, querido — diz ela, e gesticula para que eu me levante, o que faço. — Esse é Will — diz ela. — Ele é o irmão mais velho de Caulder, que mora do outro lado da rua.

O homem atravessa a sala de estar, e eu estendo a mão para ele. Assim que ficamos frente a frente, eu entendo a agitação de Sherry. Esse não é Jim. É um homem totalmente diferente de quem quer que eu tenha acabado de ver no DVD pedindo Sherry em casamento.

— Meu nome é David. Prazer. Ouvi falar muito de você.

— Idem — digo. Estou mentindo.

— Estava dando conselhos amorosos para Will — revela Sherry.

— Ah, é? — diz ele, e sorri para mim. — Espero que não leve tudo ao pé da letra, Will. Sherry se acha a maior guru. — Ele se inclina e a beija na bochecha.

— Bem, ela é muito inteligente — digo.

— Isso ela é — concorda, enquanto se senta no sofá. — Mas vá por mim... nunca aceite os remedinhos dela. Vai terminar se arrependendo.

Tarde demais.

— É melhor eu ir — digo. — Foi um prazer conhecê-lo, David.

— Eu acompanho você — fala Sherry.

O sorriso de Sherry se esvaece após ela fechar a porta.

— Will, você precisa saber que amo meu marido. Mas pouquíssimas pessoas nesse mundo têm a sorte de sentir um amor desse nível. O que senti no passado... o que você e Layken têm. Não vou detalhar as razões da minha situação não ter dado certo, mas, vindo de alguém que já teve isso antes... não deixe escapar. Lute por ela.

Sherry volta para dentro e fecha a porta.

— É o que estou tentando fazer — sussurro.

— PODEMOS JANTAR pizza hoje? — pergunta Caulder assim que entra pela porta da casa. — Hoje é terça-feira. Gavin pode comprar para gente o especial de terça que vem com a pizza doce.

— Pode ser. Não estou a fim de cozinhar mesmo. — Envio uma mensagem para Gavin e me ofereço para comprar uma pizza se ele a trouxer ao sair do trabalho.

Lá pelas oito da noite, a casa já está cheia. Kiersten e Kel chegaram em algum momento. Gavin e Eddie aparecem com a pizza, e todos nós sentamos à mesa para comer. A única pessoa que falta é Lake.

— Não seria bom você chamar Lake? — pergunto para Eddie enquanto jogo uma pilha de pratos descartáveis na mesa.

Eddie olha para mim e balança a cabeça.

— Acabei de mandar um torpedo. Ela disse que não está com fome.

Sento, pego um dos pratos e jogo uma fatia em cima dele. Dou uma mordida e coloco a pizza de volta no prato. De repente também fiquei sem fome.

— Valeu por trazer uma pizza de queijo, Gavin — diz Kiersten. — Pelo menos alguém aqui respeita o fato de eu não comer carne.

Não tenho nada para jogar nela, mas se tivesse teria jogado. Lanço um olhar zangado.

— Qual é seu plano de ataque para quinta? — pergunta Kiersten para mim.

Desvio o olhar para Eddie, que está me encarando.

— O que vai acontecer na quinta? — pergunta ela.

— Nada — respondo. Não quero que Eddie arruíne isso. Tenho medo de que ela vá contar para Lake.

— Will, se acha que vou contar para ela o que quer que você estiver planejando, está enganado. Ninguém deseja que vocês dois reatem mais que eu, acredite. — Ela dá uma mordida na pizza. Parece estar falando genuinamente sério, mas não sei por quê.

— Ele vai fazer um poema para ela na competição de slam — desembucha Kiersten.

Eddie olha para mim de novo.

— Sério? Como? Você não vai conseguir convencê-la a ir até lá.

— Ele não precisou fazer isso — disse Kiersten. — Eu a convenci.

Eddie ri para ela.

— Você é toda sagaz, hein? E como vai fazê-la ficar lá? — Ela olha para mim. — Assim que ela vir você no palco, vai ficar furiosa e vai embora.

— Não se eu roubar a bolsa e as chaves dela — diz Kel.

— Boa ideia, Kel! — exclamo. Assim que falo isso, percebo a realidade do momento. Estou aqui elogiando crianças de 11 anos por roubarem minha namorada e mentirem para ela. Que espécie de exemplo estou dando?

— E podemos ficar na mesma cabine onde sentamos da última vez — diz Caulder. — Vamos fazer Lake sentar primeiro, assim ela vai ficar presa. Quando você começar a apresentar a poesia, ela não vai conseguir se levantar. Vai ter de ficar assistindo.

— Ótima ideia — concordo. Talvez eu não seja um bom exemplo, mas pelo menos os garotos que estou criando são inteligentes.

— Eu quero ir — diz Eddie. Ela se vira para Gavin. — Podemos ir? Você não está de folga na quinta? Quero ver Will e Layken fazendo as pazes.

— Sim, podemos ir. Mas como todos nós vamos chegar lá se ela não sabe que você vai, Will? Não vai caber todo mundo no carro de Layken, e não quero ir dirigindo até Detroit no meu, com tantas entregas que tenho feito.

— Pode ir comigo — digo. — Eddie pode dizer a Lake que você está trabalhando, ou algo assim. O restante vai com Lake.

Todos nós parecemos concordar em relação aos planos. O fato de todo mundo estar determinado a me ajudar a reconquistá-la me deixa esperançoso. Se todos aqui enxergam o quanto nós dois precisamos ficar juntos, claro que Lake também vai enxergar.

Jogo mais três pedaços de pizza em outro prato e levo para a cozinha. Olho por cima do ombro para me assegurar de que ninguém está prestando atenção. Abro o armário, tiro uma estrela e a coloco embaixo de um dos pedaços de pizza antes de cobrir o prato.

— Eddie, você pode levar isso para Lake? Para ela pelo menos comer alguma coisa?

Eddie pega o prato, sorri para mim e vai.

— Meninos, limpem a mesa. Coloquem a pizza na geladeira — digo.

Gavin e eu vamos para a sala de estar. Ele deita no sofá, belisca a testa e fecha os olhos.

— Dor de cabeça? — pergunto.

Ele balança a cabeça.

— Estresse.

— Vocês decidiram alguma coisa?

Ele fica em silêncio. Inspira lenta e profundamente, e exala mais devagar ainda.

— Eu disse a ela que estou nervoso com isso de termos o bebê. Que precisamos analisar as opções. Ela ficou muito chateada — diz Gavin. Ele se senta e apoia os cotovelos nos joelhos. — Me acusou de achar que ela seria uma péssima mãe. Não penso isso de maneira alguma, Will. Acho que ela seria uma mãe maravilhosa. Mas acho que seria uma mãe melhor ainda se esperássemos mais até estarmos prontos. Agora ela está furiosa comigo. Não mencionamos o assunto desde então. Estamos fingindo que está tudo normal. É estranho.

— Então vocês dois estão esculpindo abóboras? — digo.

Gavin olha para mim.

— Ainda não entendo essa analogia.

Imagino que não. Queria ter algum conselho melhor para dar.

Kiersten vem para a sala e senta ao lado de Gavin.

— Sabe o que acho? — diz ela.

Gavin olha para ela, nervoso.

— Você nem sabe sobre o que estamos conversando, Kiersten. Vá procurar seus brinquedos.

Ela o fulmina com o olhar.

— Vou ignorar o insulto, pois sei que você está de mau humor. Mas, para referência futura, saiba que não *brinco*. — Ela o encara para garantir que ele não vai responder, então prossegue. — Enfim, acho que você devia parar de ficar com pena de si mesmo. Está se comportando como uma menininha reclamona. Nem é você que está grávido, Gavin. Como acha que Eddie está se sentindo? Desculpe, mas por mais que o cara goste de achar que ele está de igual para igual com a mulher nessas situações, isso não é verdade. Você fez besteira ao engravidá-la. Agora você precisa calar a boca e apoiá-la. Seja qual for a decisão dela. — Kiersten se levanta e vai até a porta da casa. — E, Gavin? Às vezes acontecem algumas coisas na vida que não foram planejadas. Tudo que você pode fazer agora é aceitar a situação e começar a elaborar um novo plano.

Ela fecha a porta ao sair, deixando a mim e a Gavin mudos.

— Você contou para ela que Eddie estava grávida? — pergunto finalmente.

Ele balança a cabeça.

— Não. — Ele continua olhando para a porta, compenetrado. — Droga! — grita ele. — Sou o maior idiota! Idiota e egoísta! — Ele salta do sofá e veste o casaco. — Ligo para você na quinta, Will. Preciso bolar um jeito de consertar essa situação.

— Boa sorte — digo. Assim que Gavin abre a porta da frente, Reece entra.

— Oi-Reece-tchau-Reece — fala Gavin.

Reece se vira e vê Gavin atravessar a rua correndo.

— Seus amigos são bizarros — comenta ele.

Não discuto.

— Tem pizza na geladeira se você quiser.

— Que nada, só vim aqui pegar algumas roupas. Já comi — diz, enquanto vai para o corredor.

Hoje é terça-feira. Tenho certeza de que ele e Vaughn saíram pela primeira vez ontem. Claro que isso não me incomoda de maneira alguma, mas parece que as coisas estão progredindo um pouco depressa. Reece passa pela sala de novo, indo rumo à porta.

— Já se resolveu com Layken? — Ele está colocando outra calça na bolsa.

— Quase — digo, olhando para a bolsa. — Você e Vaughn parecem estar se dando bem.

Ele sorri e vai dando passos para trás até a porta.

— Já disse, eu tenho meu charme.

Sento-me no sofá e fico pensando na minha situação. Meu antigo melhor amigo está saindo com a garota com quem passei dois anos da minha vida. Meu novo melhor amigo está surtando com a ideia de se tornar pai. Minha namorada não fala comigo. Amanhã vou ter aula com a razão pela qual minha namorada não fala comigo. Minha vizinha de 11 anos dá conselhos melhores do que eu. Estou me sentindo um pouco frustrado. Deito no sofá e tento pensar em algo que esteja dando *certo* na minha vida. Qualquer coisa.

Kel e Caulder aparecem e sentam no outro sofá.

— Você com errado de tem que o? — diz Kel, de trás para a frente.

— Comigo errado de tem *não* que o? — suspiro.

— Estou cansado demais para falar de trás para a frente — diz Caulder. — Vou falar normal. Will... você pode almoçar comigo na escola na quinta-feira? É dia de levar os pais, mas papai morreu, então sobrou você.

Fecho os olhos. Odeio o fato de ele falar tão normalmente sobre o fato de não ter um pai. Ou talvez isso seja bom. De qualquer maneira, eu odeio isso por ele.

— Claro. É só me dizer o horário.

— Às 11 — diz ele, enquanto se levanta. — Agora vou dormir. Até depois, Kel.

Caulder vai para o quarto. Kel segue em direção à porta da casa, parecendo tão arrasado quanto eu. Quando a porta se fecha, dou um tapa na testa. Como você é idiota, Will!

Salto do sofá e vou atrás de Kel lá fora.

— Kel! — grito ao abrir a porta. Ele volta para perto de mim. Nos encontramos no meu jardim. — E você? Posso almoçar com você também?

Kel tenta conter o sorriso, assim como a irmã. Ele dá de ombros.

— Se quiser — diz ele.

Passo a mão no cabelo dele.

— Seria uma honra.

— Valeu, Will. — Ele se vira e volta para casa. Assim que o vejo fechar a porta, percebo que se as coisas não derem certo entre mim e Lake, não é só *ela* que vou perder.

Não sei como vai ser o dia de hoje. Após chegar à minha primeira aula, tudo o que posso fazer é esperar. Torço para que ela não se sente ao meu lado. Ela sabe que seria chato fazer isso. A maioria dos alunos chega, o professor entra e distribui as provas. Já se passaram dez minutos após o início da aula e Vaughn ainda não chegou. Suspiro, aliviado, e quando começo a me concentrar na prova, ela entra apressadamente. Nunca foi uma pessoa muito sutil. Após pegar a prova, ela sobe a escada e senta ao meu lado. Claro.

— Oi — sussurra ela. Está sorrindo. Parece feliz. Espero que seja só por causa de Reece e que não tenha nada a ver comigo. Ela revira os olhos. — Não se preocupe. É o último dia que vou sentar do seu lado — explica. Acho que ela viu o quanto fiquei desapontado quando ela veio em minha direção. — Só queria pedir desculpas pela semana passada. E também queria agradecer por você estar sendo tão legal com essa história de eu e Reece começarmos a sair de novo. — Ela ergue a bolsa da mesa e começa a procurar uma caneta.

— De novo? — sussurro.

— É. Quero dizer, achei que você fosse ficar furioso quando eu e ele começamos a sair após nós dois terminarmos. Antes de ele ir para o exército? Na verdade, eu fiquei meio chateada por você não ter ficado com raiva — conta ela, com uma expressão estranha nos olhos. — Enfim, decidimos tentar de novo. Mas é só isso que eu queria falar. — Ela se concentra na prova diante de si.

De novo? Quero pedir para ela repetir tudo que acabou de dizer, mas ela acharia que estou puxando papo, então não faço isso. Mas *de novo*? E eu poderia jurar que ela acabou de falar que eles ficaram juntos antes de ele ir para o exército. Reece foi embora para o exército dois meses após meus pais morrerem. Se ele e Vaughn estavam juntos antes disso... significa uma coisa... ele estava saindo com ela logo após ela partir meu coração. Ele estava *saindo com ela*? Toda aquela época em que eu estava desabafando com ele sobre ela, Reece estava *saindo com ela*? Que *babaca*. Espero que ele e Vaughn tenham ficado muito próximos nestes últimos três dias em que "voltaram" a sair — pois ele vai precisar de um novo lugar para morar.

Fico esperando para confrontar Reece sobre o assunto ao chegar em casa, mas ele não está. A noite inteira é relativamente silenciosa. Kel e Caulder passam a maior parte do tempo na casa de Lake. Kiersten também, eu acho. Fico sozinho com meus pensamentos. Aproveito o restante da noite para aperfeiçoar minha apresentação do dia seguinte.

É quinta-feira de manhã, o dia em que Lake vai me perdoar. Assim espero. Caulder e Kel já saíram com Lake. Escuto Reece na cozinha fazendo café e concluo que seria uma boa hora para conversar com ele. Para agradecê-lo por ter sido um amigo tão bom durante todos esses anos. Babaca.

Quando entro na cozinha, pronto para confrontá-lo, não é Reece que está fazendo café. E também não é Lake.

Vaughn está no meio da minha cozinha, de costas para mim. E está só de *sutiã*. Fazendo café na *minha* cozinha. Usando *minha* cafeteira. Na *minha* casa. De *sutiã*.

Por que diabos isso está acontecendo na minha vida?

— O que diabos está fazendo aqui, Vaughn?

Com um sobressalto, ela se vira.

— Eu... não sabia que você estava aqui — gagueja ela. — Reece disse que você não estava em casa ontem à noite.

— Argh! — grito, frustrado. Viro-me de costas para ela e esfrego o rosto, tentando pensar em uma maldita forma de resolver essa situação. Quando estou prestes a expulsar Vaughn da minha casa, Reece aparece na cozinha. — O que diabos é isso, Reece? Eu disse para você não trazê-la pra cá!

— Relaxa, Will. Qual é o problema? Você estava dormindo. Nem sabia que ela estava aqui.

Ele se aproxima casualmente do armário e pega uma caneca de café. Ele está de cueca boxer. E ela de sutiã. Não quero nem pensar no que Lake acharia se entrasse aqui e encontrasse Vaughn de sutiã na minha cozinha. Falta *bem pouco* para Lake me perdoar. Isso estragaria todo o meu plano.

— Saiam! Vocês dois, saiam! — berro.

Nenhum dos dois se move. Vaughn olha para Reece, esperando que ele diga ou faça alguma coisa. Reece olha para mim e revira os olhos.

— Deixa eu te dar um conselho, Will. Não vale a pena ficar com uma garota que deixa você tão arrasado assim. Está sendo um imbecil. Você precisa largá-la para lá. E partir para outra.

Esse breve conselho, vindo de um homem incapaz de se importar com alguém além de si próprio, me faz perder a cabeça. Não sei o que se passou na minha mente. Não sei se foi o comentário sobre não valer a pena ficar com Lake ou o fato de agora eu saber que ele passou meses mentindo para mim. Seja como for, lanço-me para a frente e dou um murro nele. Assim que meu punho encosta em seu rosto, sinto uma dor intensa. Vaughn começa a gritar comigo enquanto me afasto dele, segurando meu punho com a outra mão.

Minha Nossa! Nos filmes, sempre fica parecendo que quem sente dor é apenas quem foi golpeado. Eles nunca mostram os danos causados à mão que *dá* o golpe.

— Que diabos foi isso? — grita Reece, segurando o queixo. Fico esperando que ele vá tentar me esmurrar também, mas ele não faz nada. Talvez lá no fundo saiba que estava merecendo.

— Não venha me dizer que ela não vale a pena — falo, indo até a geladeira. Tiro dois sacos de gelo. Jogo um para Reece e coloco o outro no punho. — E valeu, Reece... por ser um *ótimo* amigo. Depois que meus pais morreram, e ela terminou comigo... — Aponto para Vaughn. — Você foi a única pessoa que ficou ao meu lado e me ajudou. Pena que eu não sabia que você também a estava ajudando.

Reece olha para Vaughn.

— Você contou para ele? — diz ele.

Vaughn parece ficar confusa.

— Achei que ele soubesse — comenta ela, se defendendo.

Reece fica atordoado.

— Will, desculpe. Não foi minha intenção. Aconteceu.

Balanço a cabeça.

— Coisas como essa não acontecem, Reece. Somos melhores amigos desde que tínhamos *10 anos*! O mundo inteiro desmoronou ao meu redor, caramba. Você passou um mês fingindo que estava me ajudando a reconquistá-la, quando na verdade estava *transando* com ela! — Nenhum dos dois consegue me olhar nos olhos. — Sei que eu disse que você podia ficar aqui, mas agora as coisas mudaram. — Jogo o saco de gelo no balcão e vou para o corredor. — Quero que vocês dois vão embora. Agora.

Bato a porta do quarto e me jogo na cama. Provavelmente dá para contar quantos amigos eu tenho em apenas uma das mãos. Na verdade, dá pra contar num dedo só. Fico deitado por mais um tempo, imaginando como eu não tinha enxergado ainda o egoísmo dele. Escuto Reece ir para o quarto extra e depois para o banheiro, juntando suas coisas. Quando ouço seu carro ir embora, saio para a cozinha e me sirvo de um pouco de café. Pelo jeito, vou ter de voltar a fazer meu próprio café.

Não é um jeito muito bom de começar o dia. Abro o armário, tiro uma estrela do vaso e a desdobro.

Quero ter amigos em quem possa confiar, que me amem pelo homem que me tornei... não pelo homem que eu era.

— THE AVETT BROTHERS

Assim que leio, olho por cima do ombro, meio que esperando ver Julia parada, sorrindo. É bizarro como essas frases têm sido tão adequadas às situações. É quase como se ela as estivesse escrevendo à medida que a vida acontece.

11.

QUINTA-FEIRA, 26 DE JANEIRO

Só espero que, da próxima vez que eu escrever nesse diário, depois da minha apresentação de hoje à noite, eu diga algo assim:

Agora que tenho você de novo, nunca mais vou deixá-la sair da minha vida. É uma promessa. Não vou deixá-la ir embora de novo.

GAVIN CHEGA POR PERTO DAS 19H. É A PRIMEIRA VEZ QUE ele entra sem bater. Deve ser contagioso.

Assim que me vê, percebe que estou nervosíssimo.

— O pessoal acabou de sair. É melhor esperarmos para eles irem um pouco mais na frente — diz ele.

— Boa ideia — concordo.

Dou mais uma olhada na casa, tentando encontrar algo a mais para colocar na minha bolsa. Tenho certeza de que já peguei tudo. Damos a Lake e Eddie uns 15 minutos de vantagem. Aviso a Gavin que não estou muito a fim de conversar no caminho até Detroit. Ele compreende, ainda bem. Ele sempre compreende. Acho que é isso que os melhores amigos fazem.

Durante o trajeto, recito várias vezes na cabeça tudo que preciso dizer. Decorei o poema. Já falei com o pessoal do Club N9NE, então tudo lá está arrumado. Infelizmente, eu só tenho uma chance com ela. Então preciso aproveitá-la ao máximo.

Ao chegarmos, Gavin entra primeiro. Um minuto depois, ele manda uma mensagem dizendo que o plano está correndo bem. Paro à entrada, com a bolsa no ombro, e espero minha deixa para entrar no clube. Não quero que Lake me veja. Se me vir antes da hora certa, vai ficar com raiva e ir embora.

Os segundos se transformam em minutos, e os minutos se transformam numa eternidade. Odeio isso. Nunca me senti tão nervoso por causa de uma apresentação. Normalmente, quando me apresento, não há nada em jogo. Mas essa apresentação pode muito bem determinar o rumo que minha vida vai tomar. Respiro fundo e tento acalmar os nervos. Então o mestre de cerimônias pega o microfone.

— Hoje a apresentação aberta ao público vai ter algo especial. Então, sem mais delongas... — Ele sai do palco.

Chegou a hora. É agora ou nunca.

Toda a plateia está com os olhos colados no palco, então ninguém percebe que estou andando ao longo da parede da direita até a frente. Um segundo antes de subir no palco, olho para a cabine onde todos estão sentados. Lake está bem no meio, encurralada. Ela olha para o telefone. Não faz ideia do que vai acontecer. Já me preparei para a reação dela... vai ficar furiosa. Só preciso que me escute por tempo suficiente para me entender. Ela é teimosa, mas também é sensata.

A luz do holofote diminui e foca no banquinho do palco, exatamente como pedi ao iluminador. Não gosto de luzes fortes atrapalhando a visão que tenho da plateia, então pedi para que todas fossem desligadas. Quero ver o rosto de Lake o tempo inteiro. Preciso ser capaz de olhá-la nos olhos, assim ela vai saber o quanto estou falando sério.

Antes de subir os degraus, alongo o pescoço e os braços para amenizar a tensão que só faz crescer dentro de mim. Exalo algumas vezes e entro.

Sento no banquinho e coloco a bolsa no chão. Tiro o microfone do suporte e olho diretamente para Lake, que tira os olhos do celular e olha para o palco. Assim que me vê, ela franze a testa e balança a cabeça. Está furiosa. Ela diz algo para Caulder, que está sentado na beirada da cabine, e aponta para a porta. Ele balança a cabeça e não se mexe. Fico vendo-a mexer as mãos ao redor do corpo, procurando a bolsa. Não encontra. Ela aponta para Kiersten, sentada na outra beirada da cabine, que também balança a cabeça. Lake olha para Gavin e Eddie, em seguida para Kiersten mais uma vez, e percebe que todos estão colaborando. Após aceitar que eles não vão deixá-la sair da cabine, ela cruza os braços e volta a olhar para o palco. Para mim.

— Já terminou de tentar fugir? — digo ao microfone. — Pois tenho algumas coisas que quero dizer pra você.

A plateia toda se vira, procurando a pessoa com quem estou falando. Quando Lake percebe que todos olham para ela, esconde o rosto nas mãos.

Faço a plateia voltar a prestar atenção em mim.

— Hoje vou desobedecer as regras — digo. — Sei que as apresentações não podem incluir acessórios, mas preciso usar alguns. É uma *emergência*.

Eu pego a bolsa, me levanto e a coloco no banquinho. Ponho o microfone de volta no suporte e o ajusto para minha altura.

— Lake? Sei que você falou para eu pensar em tudo que você disse na outra noite. E sei que só se passaram dois dias, mas, sinceramente, eu não precisei nem de dois segundos. Então em vez de passar os últimos dois dias pensando em algo cuja resposta eu já sabia, decidi fazer isso. Não é uma apresentação de slam tradicional, mas tenho a impressão de que você não é tão exigente quanto a isso. Meu poema de hoje se chama "Por Causa de Você".

Exalo e sorrio para ela antes de começar.

— Em todo relacionamento, existem certos momentos que definem quando as pessoas começam a se apaixonar uma pela outra.

"Um primeiro ***olhar***
Um primeiro ***sorriso***
Um primeiro ***beijo***
Uma primeira ***queda***."

Tiro as pantufas do Darth Vader da bolsa e olho para elas.

"Você estava usando isso num desses momentos.
Um dos momentos em que comecei a me apaixonar por você.
A maneira como você me fez sentir naquela manhã
não teve ***nada*** a ver com ***nenhuma outra pessoa***,
e teve ***tudo*** a ver com ***você***.
Estava me apaixonando por você naquela manhã
por causa de você."

Tiro o próximo objeto da bolsa. Quando olho para cima, ela leva as mãos à boca, chocada.

"Esse ***gnomo*** feioso,
com seu ***sorriso*** presunçoso.
Foi por causa dele que eu tive uma desculpa para convidar você
para entrar
na minha casa.
E na minha vida.
Você descontou muita agressividade nele
nos meses seguintes.
Eu ficava vendo da minha janela — você o chutava
toda vez que passava por ele.
Coitadinho.
Você foi tão ***persistente.***
Esse seu lado ***briguento, agressivo, determinado...***
esse seu lado que se ***negou*** a aturar as asneiras desse
gnomo de concreto?
Seu lado que se negou a aturar ***minhas*** asneiras?
Eu me apaixonei por esse seu lado
por causa de você."

Coloco o gnomo no palco e pego o CD.

"Esse é seu CD preferido.
'Merdas de Layken'
Apesar de agora eu saber que esse "merdas" tem mais um
sentido
possessivo
do que ***descritivo.***
O banjo começou a tocar no som

do seu carro
e imediatamente reconheci minha banda preferida.
E quando percebi que ela ***também*** era ***sua*** banda preferida?
O fato de as ***mesmas letras*** inspirarem nós ***dois***?
Eu me apaixonei também por isso.
E não teve ***nada*** a ver com ***nenhuma outra pessoa***.
Eu me apaixonei por isso
por causa de você."

Tiro um pedaço de papel da bolsa e o ergo. Ao olhar para a mesa deles, vejo que Eddie está entregando um guardanapo para Lake. Não dá para ver daqui, mas isso só pode significar que ela está chorando.

"Isso aqui é uma nota fiscal que guardei.
Só guardei porque o que comprei naquela noite
beirava o ***ridículo***.
Leite achocolatado com gelo? ***Quem é que pede isso?***
Você era ***diferente***, e não se ***importava*** com isso.
Estava sendo ***você*** mesma.
Parte de mim se apaixonou por você naquele momento,
por causa de você."

— Isso aqui? — Ergo outro pedaço de papel.

"***Disso*** eu não gostei tanto.
Foi o poema que você escreveu sobre mim.
Ao qual você deu o título 'Malvado'?
Acho que nunca contei a você...
mas tirou um ***zero***.

E eu ***guardei***
para me lembrar de todas as coisas que eu
nunca queria ser para você."

Tiro a blusa dela da bolsa. Ao erguê-la no meio da luz, suspiro no microfone.

"Essa é aquela blusa horrorosa que você costuma usar.
Não tem nada a ver com as razões pelas quais me apaixonei por você.
Foi só que a vi na sua casa e pensei em roubar."

Tiro o penúltimo objeto da bolsa. A fivela roxa. Uma vez ela me contou o quanto isso era importante para ela e porque sempre a guardou.

"Essa fivela roxa?
Ela ***é*** mesmo mágica...
Assim como seu pai disse que era.
Ela é mágica porque não importa quantas vezes ela te decepcione, você continua tendo ***esperança*** nela.
Você continua ***confiando*** nela.
Não importa quantas vezes ela te ***decepcione***.
Você nunca desaponta a ***ela***.
Assim como você nunca ***me*** decepciona.
Amo isso a seu respeito,
por causa de você."

Coloco-a no chão, tiro um pedaço de papel e o desdobro.

"Sua mãe."

Suspiro.

"Sua mãe era uma mulher incrível, Lake.
Foi uma benção eu poder conhecê-la,
E ela ter participado da minha vida também.
Passei a amá-la como amava minha ***própria*** mãe...
assim como ela passou a amar a mim e a Caulder como se
fôssemos filhos ***dela***.
Não amei sua mãe por causa de ***você***, Lake.
Amei sua mãe por causa ***dela***.
Então obrigado por tê-la compartilhado com a gente.
Ela possuía mais conselhos sobre
a ***vida*** e o ***amor*** e a ***felicidade*** e a ***mágoa***
do que ***qualquer outra pessoa*** que já conheci.
Mas sabe qual foi o ***melhor*** conselho que ela já me deu?
O melhor conselho que ela deu pra nós ***dois***?"

Leio a citação que está nas minhas mãos.

— Às vezes duas pessoas precisam se distanciar para perceber o quanto precisam ficar perto uma da outra.

Agora ela está mesmo chorando. Guardo o papel na bolsa e vou para a beirada do palco, olhando nos olhos dela.

"O último objeto não caberia aqui,
porque na verdade você está sentada nele.
Essa baia.
Você está sentada exatamente no mesmo lugar
onde sentou quando viu sua primeira apresentação
nesse palco.
A maneira como você olhava para esse palco, com aquela paixão
nos olhos... ***nunca*** vou me esquecer daquele momento.

Foi quando eu soube que era tarde demais.
Já era.
Eu estava ***apaixonado*** por você.
Estava apaixonado por você por causa de ***você***."

Dou um passo para trás e me sento no banquinho, ainda olhando-a nos olhos.

"Eu poderia continuar com isso a noite inteira, Lake.
Eu poderia continuar ***falando e falando e falando*** sobre
todas as razões pelas quais estou apaixonado por você.
E sabe de uma coisa?
Algumas delas ***são*** sim coisas que a vida
colocou no nosso caminho.
Amo você ***sim*** por ser a única pessoa que conheço
que compreende minha situação.
Amo você ***sim*** por nós dois sabermos o que é perder
nossa mãe ***e*** nosso pai.
Amo você ***sim*** por você cuidar do seu irmão mais novo,
assim como eu.
Amo você pelo que passou com sua ***mãe***.
Amo você pelo que nós dois passamos com sua mãe.
Amo o jeito como você ama ***Kel***.
Amo o jeito como você ama ***Caulder***.
E amo o jeito como ***eu*** amo Kel.
Então não vou pedir desculpas por amar todas essas coisas
a seu respeito, ***independentemente*** das razões ou
circunstâncias que estão por trás delas.
E não, eu não preciso de ***dias***, nem de ***semanas***, nem de ***meses***
para descobrir ***por que*** amo você.
Para mim, essa resposta é fácil.

Amo você por causa de ***você***.
Por causa de
todas as
mínimas
coisas
que ***você*** é."

Dou um passo para longe do microfone quando termino. Continuo olhando-a nos olhos, e não tenho certeza, pois ela está bem longe, mas acho que ela murmura um "eu te amo" mudo com a boca. As luzes do palco se acendem, e fico sem enxergar nada. Não consigo mais vê-la.

Pego os objetos e a bolsa e pulo para fora do palco. Vou imediatamente para o fundo do clube. Quando chego lá, ela já foi embora. Kel e Caulder estão em pé. Eles a deixaram sair. Eles a deixaram ir embora! Eddie vê que estou confuso, então ergue a bolsa de Lake e a balança.

— Não se preocupe, Will. Ainda estou com as chaves dela. Lake só quis ir lá fora um instante, estava precisando de ar fresco.

Vou em direção à saída e empurro a porta. Ela está no estacionamento, ao lado do meu carro, de costas para mim e olhando para o céu. Está deixando a neve cair em seu rosto enquanto fica parada. Fico observando-a por um momento, imaginando o que ela deve estar pensando. Meu maior medo é que eu tenha interpretado erroneamente a reação dela lá do palco e que tudo o que eu disse não tenha significado nada. Deslizo as mãos para dentro dos bolsos do casaco e vou para perto dela. Ao escutar a neve sendo esmagada, ela se vira. A expressão em seus olhos já diz tudo que preciso saber. Antes que eu dê outro passo, ela corre até mim e joga os braços ao redor do meu pescoço, quase me derrubando para trás.

— Desculpe, Will, desculpe mesmo. — Ela me beija a bochecha, o pescoço, os lábios, o nariz, o queixo. Fica pedindo desculpas sem parar entre os beijos. Coloco os braços ao redor dela e a ergo, dando-lhe o maior abraço que já dei. Quando seus pés encostam no chão de novo, ela segura meu rosto e encara meus olhos. Não estou vendo mais... a mágoa. Ela não está mais de coração partido. Sinto como se o peso do mundo inteiro tivesse sido tirado dos meus ombros, como se finalmente pudesse respirar de novo.

— Não acredito que você guardou aquele maldito gnomo — sussurra ela.

— Não acredito que você o jogou fora — digo.

Continuamos olhando um para o outro, nenhum de nós realmente acreditando que esse momento está acontecendo. Ou que ele vai durar.

— Lake? — Acaricio o cabelo dela e depois a lateral do rosto. — Desculpe por ter demorado tanto tempo para entender tudo isso. Foi culpa minha você ter ficado com suas dúvidas. Prometo que vou demonstrar todos os dias o quanto você é importante para mim.

Uma lágrima lhe escorre pelo rosto.

— Eu também — diz.

Meu coração dispara no peito. Não por eu estar nervoso. Nem porque nunca a desejei tanto. Ele está em disparada porque nunca tive tanta certeza de como vai ser o restante da minha vida. Essa garota é o restante da minha vida. Inclino-me e a beijo. Nenhum de nós fecha os olhos; acho que não queremos deixar de aproveitar nem um segundo desse momento.

Estamos a meio metro do meu carro, então andamos para trás até ela encostar nele.

— Amo você — murmuro de algum modo, enquanto meus lábios estão grudados aos dela. — Amo você tanto — digo de novo. — Nossa, como amo você.

Ela se afasta e sorri. Seus polegares vão até as minhas bochechas e enxugam as lágrimas que eu nem tinha percebido estarem escorrendo pelo meu rosto.

— Eu amo *você* — diz ela. — Agora que já confessamos isso, você pode simplesmente ficar quieto e me beijar?

É o que faço.

Após vários minutos compensando todos os beijos que perdemos na última semana, a temperatura começa a nos afetar. O lábio inferior de Lake começa a tremer.

— Você está com frio — digo. — Quer entrar no meu carro e ficar se agarrando ou prefere que a gente entre de volta na boate? — Espero que ela escolha o carro.

Ela sorri.

— O carro.

Dou um passo em direção à porta do carro quando percebo que deixei a bolsa na mesa onde o pessoal está.

— Droga — digo, enquanto volto para perto de Lake e a abraço. — Minhas chaves estão lá dentro. — O corpo inteiro dela treme contra o meu por causa do frio.

— Então quebra a borboleta da janela e destranca a porta — diz ela.

— Com a janela quebrada, você sentiria frio do mesmo jeito — comento. Faço o máximo esforço para aquecê-la, pressionando meu rosto em seu pescoço.

— Acho então que você vai ter de pensar em outras maneiras de me aquecer.

A sugestão dela faz com que eu me sinta tentado a quebrar a maldita janela. Em vez disso, seguro a mão dela e a levo em direção à entrada do clube. Assim que entramos, antes de chegarmos à área principal, eu me viro para beijá-la mais uma vez antes de voltarmos para nossa mesa. Eu ia apenas dar um beijo rápido, mas ela me puxa para perto e o faz demorar mais.

— Obrigada — diz ela ao se afastar. — Pelo que você fez essa noite. E por ter me encurralado na mesa para que eu não fosse embora. Você me conhece bem demais.

— Obrigado por ter escutado.

Voltamos para a mesa de mãos dadas. Quando Kiersten nos vê chegando juntos, começa a bater palmas.

— Deu certo! — berra ela. Todos vão mais para o meio para que eu e Lake possamos nos acomodar também. — Will, então você está me devendo mais poemas — diz Kiersten.

Lake olha para mim e depois para Kiersten.

— Pera aí. Então vocês dois estavam conspirando o tempo inteiro? — questiona ela. — Kiersten, então foi por causa dele que você me implorou para vir aqui hoje?

Kiersten lança um olhar para mim, e nós dois rimos.

— E no fim de semana passado! — diz Lake. — Você bateu na minha porta só para que ele pudesse entrar?

Kiersten não responde, e olha para mim.

— Você está me devendo uma taxa por eu ter completado o serviço tão rapidamente — diz ela. — Acho que vinte paus resolvem. — Ela estende a palma da mão.

— Se eu me lembro bem, não combinamos nenhuma compensação monetária — falo, tirando uma nota de vinte dólares da carteira. — Mas eu teria pagado o triplo.

Ela pega o dinheiro e o coloca no bolso com uma expressão de satisfação.

— Eu teria feito de graça.

— Estou me sentindo usada — diz Lake.

Coloco o braço ao redor de Lake e a beijo no topo da cabeça.

— Pois é, peço desculpas por isso. É muito difícil manipular você. Precisei de mais ajuda.

Ela olha para mim, e aproveito a oportunidade para beijá-la brevemente. Não consigo me conter. Toda vez que seus lábios chegam a certa distância dos meus, fica impossível não beijá-los.

— Eu gostava mais quando vocês dois não estavam se falando — diz Caulder.

— Eu também — concorda Kel. — Esqueci o quanto isso era nojento.

— Acho que vou vomitar — diz Eddie.

Eu rio por achar que Eddie está fazendo uma piada sobre nossas demonstrações de afeto. Mas não é o caso. Ela cobre a boca com a mão e arregala os olhos. Lake me empurra, e eu saio da mesa, assim como Lake e Kiersten. Eddie sai da cabine com a mão ainda cobrindo a boca e vai direto para o banheiro. Lake corre atrás dela.

— O que há de errado com ela? — pergunta Kiersten. — Está ficando enjoada?

— Sim — diz Gavin. — O tempo inteiro.

— Bem, você não parece muito preocupado — comenta Kiersten.

Gavin revira os olhos e não responde. Estamos sentados em silêncio, vendo mais uma apresentação, quando percebo que Gavin está olhando para o corredor, preocupado.

— Will, deixa eu sair. Preciso ver como ela está — diz ele.

Kiersten e eu nos levantamos, e Gavin sai da baia. Pego minha bolsa e a de Lake, então todos nós o seguimos.

— Kiersten, vá lá dentro e veja se ela precisa de mim.

Kiersten abre a porta do banheiro feminino. Um minuto depois, ela volta.

— Ela disse que vai ficar bem. Layken falou para vocês todos irem para casa que nós três também vamos daqui a pouco. Mas Layken vai precisar da bolsa dela.

Entrego a bolsa para Kiersten. Estou um pouco triste por Lake não voltar comigo, mas ela veio com o carro dela. Estou ansioso para voltar para Ypsilanti. Para nossas casas. Claro que vou entrar escondido no quarto dela essa noite.

Vamos para meu carro. Ligo o motor e limpo a neve das janelas, em seguida vou até o carro de Lake e limpo a neve das janelas dela também. Quando volto para meu carro, as três já estão saindo.

— Você está bem? — pergunto para Eddie. Ela faz que sim com a cabeça.

Vou até Lake e lhe dou um beijo breve na bochecha enquanto ela destranca a porta do carro.

— Vamos atrás de vocês caso ela enjoe de novo e tenham de parar.

— Obrigada, amor — diz ela, destrancando as outras portas. Ela se vira e me abraça antes de entrar no carro.

— Os garotos vão dormir na minha casa hoje — sussurro na orelha dela. — Depois que eles adormecerem, vou para sua casa. Coloque sua blusa horrorosa, combinado?

Ela sorri.

— Não dá. Você a roubou, não lembra?

— Ah, é — sussurro. — Então... é melhor não vestir nenhuma. — Dou uma piscada para ela e volto para meu carro.

— Ela está bem? — pergunta Gavin quando entro no carro.

— Acho que sim — digo. — Não quer ir com elas?

Gavin balança a cabeça e suspira.

— Ela não quer que eu vá. Ainda está com raiva de mim.

Fico com pena. Odeio o fato de Lake e eu termos feito as pazes bem na frente deles.

— Ela vai se acalmar — digo, enquanto saímos do estacionamento.

— Por que vocês dois se dão o trabalho de ficar com garotas, hein? — pergunta Kel. — Vocês estão tristes há dias. É ridículo.

— Um dia você vai entender, Kel — diz Gavin. — Você vai entender.

Ele tem razão. Fazer as pazes com Lake mais tarde vai compensar todos os segundos infernais dessa semana inteira. No fundo, sei que vai acontecer hoje. Nós dois já passamos da hora de recuar há muito tempo. De repente fico nervoso por perceber isso.

— Kel, quer dormir na minha casa hoje? — Tento agir normalmente para que ninguém perceba o plano e para que os garotos fiquem lá em casa. Sinto como se Kel tivesse sacado tudo, apesar de eu saber que isso não é verdade.

— Claro — diz ele. — Mas amanhã tem aula e é Lake que leva a gente para a escola na sexta. Por que Caulder não dorme na minha casa, então?

Não tinha pensado nisso. Acho que Lake pode vir escondida para minha casa após eles pegarem no sono na casa dela.

— Tanto faz — digo. — Não importa a casa.

Gavin ri.

— Já saquei o que você está fazendo — sussurra ele.

Eu simplesmente sorrio.

Estamos na metade do trajeto quando a neve começa a engrossar. Ainda bem que Lake é uma motorista bem cuidadosa. Sigo o carro dela, apesar de normalmente eu dirigir a uma velocidade cerca de 15 quilômetros por hora mais alta. Que bom que Eddie não está dirigindo; assim todos estaríamos em apuros.

— Gavin, está acordado? — Ele está olhando pela janela e não disse muita coisa desde que saímos de Detroit. Não sei se está perdido em seus pensamentos ou se cochilou.

Ele dá um grunhido como resposta para informar que ainda está acordado.

— Você e Eddie conversaram depois que você foi embora da minha casa na outra noite?

Ele se espreguiça e boceja, em seguida coloca as mãos atrás da cabeça e se recosta.

— Ainda não. Ontem trabalhei dois turnos. Hoje tivemos aula o dia inteiro e só nos vimos agora à noite. Eu a puxei para o lado um instante e disse que mais tarde queria conversar. Tenho a impressão de que ela acha que é algo ruim. Ela não falou muito comigo depois que eu falei isso.

— Bem, ela vai...

— Will! — grita Gavin. Meu primeiro instinto é pisar no freio, mas não sei por que estou pisando no freio. Olho para Gavin, que está com os olhos grudados nos carros que estão vindo pelas faixas à nossa esquerda. Viro a cabeça e olho bem no instante em que um caminhão atravessa o canteiro central e bate no carro na nossa frente.

No carro de Lake.

parte dois

12.

QUINTA-FEIRA, 26 DE JANEIRO

ABRO OS OLHOS, MAS NO INÍCIO NÃO ESCUTO NADA. ESTÁ frio. Consigo sentir o vento. E o vidro. Tem vidro em cima da minha camisa. Então escuto Caulder.

— Will! — grita ele.

Eu me viro. Caulder e Kel parecem bem, mas estão em pânico, tentando tirar os cintos de segurança. Kel parece apavorado. Ele está chorando e batendo na porta do carro.

— Kel, não saia do carro. Fique aí no banco de trás. — Minha mão vem até meu olho. Afasto os dedos e vejo que há sangue neles.

Não sei o que acabou de acontecer. Alguém deve ter batido na gente. Ou derrapamos para fora da pista. A janela de trás está quebrada, e tem vidro espalhado pelo carro inteiro. Os garotos não parecem ter se ferido. Gavin abre sua porta. Ele tenta saltar do carro, mas está preso por causa do cinto. Ele está frenético, tentando se soltar. Eu estendo o braço e aperto o botão, libertando-o. Ele tropeça ao se lançar para fora do carro, mas se apoia, ergue-se e sai correndo. Do que ele está correndo? Meu olhar o acompanha enquanto ele dá a volta no carro que está ao nosso lado. Ele desaparece. Não consigo mais vê-lo. Recosto a cabeça no banco e fecho os olhos. *O que diabos acabou de acontecer?*

E é então que percebo uma coisa.

— Lake! — grito. Escancaro a porta do carro e fico preso por causa do cinto, assim como Gavin. Eu me solto e saio correndo. Não sei para onde estou correndo. Está escuro, neva e há carros por todo lado. Faróis por todo lado.

— Senhor, você está bem? Precisa se sentar, está machucado. — Um homem agarra meu braço e tenta me puxar para o lado, mas eu me desvencilho e continuo correndo. Há pedaços de vidro e metal por toda a autoestrada. Meus olhos vão de um lado a outro, mas não consigo distinguir nada. Olho de volta para meu carro e para o espaço na frente dele, onde o carro de Lake deveria estar. Meus olhos seguem o vidro quebrado até o canteiro central à direita da autoestrada. Achei. O carro dela.

Gavin está no lado do passageiro. Ele está tirando Eddie do carro, então corro para ajudá-lo. Os olhos dela estão fechados, mas ela se contorce quando eu puxo o braço dela. Está bem. Olho para dentro do carro, mas Lake não está lá. A porta dela está escancarada. Uma sensação de alívio toma conta de mim quando percebo que ela deve estar bem se conseguiu sair do carro. Meus olhos vão diretamente para o banco de trás, e vejo Kiersten. Assim que Eddie está no chão, em segurança, vou até o banco de trás e sacudo Kiersten.

— Kiersten — digo. Ela não reage. Há sangue no corpo dela, mas não sei de onde vem. — Kiersten! — grito. Ela continua sem reagir. Pego o pulso dela e o seguro entre os dedos. Gavin também vem para o banco de trás e vê que estou conferindo a pulsação da menina. Ele vira para mim com terror nos olhos. — Senti a pulsação dela — digo. — Ajude-me a tirá-la daqui.

Ele desafivela o cinto da garota enquanto coloco as mãos debaixo dos braços dela e a levo para o banco da frente. Gavin sai do carro, segura as pernas dela e me ajuda a tirá-la do carro. Nós a colocamos ao lado de Eddie. Ao lado de uma multidão cada vez maior de pessoas preocupadas. Dou uma olhada em todas elas, mas não encontro Lake.

— Para onde diabos ela foi? — Levanto-me e olho ao redor. — Fique com elas — digo para Gavin. — Preciso encontrar Lake. Ela provavelmente está procurando Kel. — Gavin acena com a cabeça.

Dou a volta em vários veículos e passo pelo caminhão que bateu neles. Ou o que sobrou do caminhão. Tem várias pessoas ao redor dele, conversando com o motorista, dizendo para ele esperar a ajuda chegar antes de sair do veículo. Estou no meio da autoestrada, gritando o nome de Lake. Para onde ela foi? Volto correndo para meu carro. Kel e Caulder ainda estão lá dentro.

— Ela está bem? — pergunta Kel. — Layken está bem? — Ele está chorando.

— Sim, acho que sim. Ela saiu do carro... não consigo encontrá-la. Não saiam daqui, já volto.

Finalmente escuto sirenes quando estou voltando para o carro de Lake. Quando os veículos de emergência se aproximam, suas luzes iluminam todo o caos, praticamente intensificando-o. Olho para Gavin. Ele está perto de Kiersten, conferindo a pulsação dela mais uma vez. As sirenes esvaecem enquanto vejo todas as pessoas ao meu redor se movimentando em câmera lenta.

Tudo que consigo escutar é o barulho da minha própria respiração.

Uma ambulância para ao meu lado, e suas luzes giram lentamente, como se o papel delas fosse delimitar o perímetro da área atingida. Meus olhos acompanham uma das luzes vermelhas, que ilumina lentamente meu carro e em seguida o carro ao lado do meu e, depois, o topo do carro de Lake, depois o topo do caminhão que bateu neles, depois Lake deitada na neve. *Lake!* Assim que a luz vermelha se afasta, tudo fica escuro e não consigo mais vê-la. Começo a correr.

Tento gritar o nome dela, mas não sai nada. Apesar de haver pessoas no meu caminho, eu as empurro. Continuo correndo e correndo, mas parece que a distância entre nós só aumenta.

— Will! — grita Gavin. Ele está correndo atrás de mim.

Quando finalmente a alcanço, vejo que está deitada na neve de olhos fechados. Tem tanto sangue na cabeça dela. Tanto sangue. Tiro o casaco, jogo-o na neve e tiro a camisa. Começo a limpar o sangue do seu rosto com o tecido, tentando desesperadamente encontrar os ferimentos.

— Lake! Não, não, não. Lake, não. — Encosto no rosto dela, tentando obter alguma espécie de reação. O rosto está frio. Ela está tão fria. Assim que ponho as mãos debaixo de seus ombros para colocá-la no meu colo, alguém me puxa para trás. Paramédicos a cercam completamente. Não consigo mais vê-la. Não consigo vê-la.

— Will! — grita Gavin. Ele está bem perto de mim. Está me sacudindo. — Will! A gente precisa ir para o hospital. Eles vão levá-la para lá. Temos de ir.

Ele está tentando me afastar dela. Não consigo falar, então balanço a cabeça e o empurro. Começo a correr de volta para perto deles. Para perto dela. Gavin me puxa de novo.

— Will, não! Deixe eles a ajudarem.

Eu me viro, o empurro e volto correndo para Lake. Eles a estão colocando na maca quando derrapo até parar ao lado dela, no meio da neve.

— Lake!

Um dos paramédicos me empurra enquanto os outros a carregam para a ambulância.

— Preciso entrar aí! — grito. — Deixe eu entrar! — O paramédico não me deixa passar. Eles fecham as portas e dão um tapinha no vidro. A ambulância se afasta. Assim que suas luzes ficam mais distantes, eu caio de joelhos.

Não consigo respirar.

Não consigo respirar.

Ainda não consigo respirar.

13.

QUINTA-FEIRA, 26 DE JANEIRO DE 2012

Ao ABRIR OS OLHOS, TENHO DE FECHÁ-LOS IMEDIATAMENTE. Está tudo tão claro. Estou tremendo. Meu corpo inteiro treme. Na verdade, não é meu corpo que treme. O que treme é onde estou deitado.

— Will? Você está bem?

Escuto a voz de Caulder. Abro os olhos e vejo que ele está sentado ao meu lado. Estamos numa ambulância. Ele está chorando. Tento me sentar para abraçá-lo, mas alguém me empurra de volta para baixo.

— Fique parado, senhor. Estou cuidando da enorme ferida que você tem aqui.

Olho para a pessoa que está falando comigo. É o paramédico que estava me segurando.

— Ela está bem? — Sinto-me tomado pelo pânico novamente. — Onde ela está? Está bem?

Ele põe a mão no meu ombro para que eu fique parado e coloca gaze por cima do meu olho.

— Queria poder dizer algo, mas não sei de nada. Lamento. Tudo que sei é que preciso fechar essa sua ferida aqui. Vamos ter mais informações quando chegarmos lá.

Dou uma olhada na ambulância, mas não vejo Kel.

— Onde está Kel?

— Ele e Gavin foram na outra ambulância para serem examinados. Eles disseram que a gente os encontraria no hospital — diz Caulder.

Encosto a cabeça, fecho os olhos e rezo.

Assim que as portas da ambulância se abrem e eles me tiram, eu me desamarro e pulo da maca.

— Senhor, volte aqui! Você precisa levar pontos!

Continuo correndo. Olho para trás para me assegurar de que Caulder está me seguindo. Ele está, então continuo correndo. Ao chegar lá dentro, avisto Gavin e Kel parados no posto de enfermagem.

— Kel! — grito. Kel corre até mim e me abraça. Eu o ergo, e ele põe os braços ao redor do meu pescoço.

— Onde estão elas? — pergunto para Gavin. — Para onde elas foram levadas?

— Não consigo encontrar ninguém — diz Gavin. Ele parece tão desesperado quanto eu. Ele avista uma enfermeira e vai correndo até ela. — Estamos procurando três garotas que acabaram de ser trazidas para cá?

Ela olha para nós quatro e vai para a escrivaninha onde está seu computador.

— Vocês são familiares delas?

Gavin olha para mim e depois para a enfermeira.

— Sim — mente ele.

Ela olha para Gavin e ergue o telefone.

— A família está aqui... Sim, senhor. — Ela desliga o telefone. — Venham comigo. — Nós a seguimos e entramos num cômodo. — O médico vai vir falar com vocês assim que possível.

Coloco Kel numa cadeira ao lado de Caulder. Gavin tira o casaco e o entrega para mim. Olho para baixo e, pela primeira vez desde que o tirei, percebo que estou sem camisa. Gavin e eu ficamos andando de um lado para o outro. Vários minutos se passam sem nenhuma notícia. Não estou mais aguentando.

— Tenho de encontrá-la — digo.

Começo a sair do quarto, mas Gavin me puxa.

— Só espere mais um instante, Will. E se eles precisarem de você, e não estiver aqui? Espere mais um instante.

Volto a andar de um lado a outro; é tudo que posso fazer. Kel ainda está chorando, então eu me abaixo e o abraço novamente. Ele não disse nada. Não disse uma única palavra.

Ela tem de estar bem. *Tem* de estar bem.

Dou uma olhada no corredor e avisto um banheiro. Vou até lá e, assim que fecho a porta, passo mal. Inclino-me por cima do vaso e vomito. Quando acho que terminei, lavo minhas mãos e a boca na pia. Seguro nas beiradas da pia e respiro fundo, tentando me acalmar. Preciso ficar calmo por causa de Kel. Ele não precisa me ver desse jeito.

Ao olhar no espelho, nem me reconheço. Há sangue seco em todo o meu rosto. O curativo que o paramédico colocou acima do meu olho já está encharcado. Pego um lenço de papel e tento limpar um pouco do sangue. Enquanto limpo, fico pensando em como adoraria tomar um pouco do remédio de Sherry.

Sherry.

— Sherry! — grito. Escancaro a porta do banheiro. — Gavin! Precisamos ligar para Sherry. Onde está seu telefone?

Gavin apalpa os bolsos.

— Acho que está no meu casaco — diz ele. — Preciso ligar para Joel.

Coloco a mão no bolso do casaco dele e tiro o telefone.

— Merda! Não sei o número dela, está no meu telefone.

— Me dá o celular, eu disco — diz Kel. Ele enxuga os olhos e estende o braço, então entrego o telefone para ele. Após Kel pressionar os números e depois devolvê-lo, sinto uma náusea repentina mais uma vez.

Sherry atende o telefone após tocar duas vezes.

— Alô?

Não consigo dizer nada. O que devo dizer?

— Alô? — diz ela novamente.

— Sherry — falo. Minha voz está trêmula.

— Will? — diz ela. — Will? O que aconteceu?

— Sherry — falo novamente. — Estamos no hospital... elas...

— Will! Ela está bem? Kiersten está bem?

Não consigo responder. Gavin toma o telefone da minha mão e eu volto correndo para o banheiro.

Alguém bate na porta do banheiro uns minutos depois. Estou sentado no chão, de olhos fechados, encostado na parede. Quando a porta se abre, olho para cima. É o paramédico.

— Ainda precisamos dar pontos em você — diz ele. — Seu corte foi bem feio. — Ele estende a mão. Eu a seguro, e ele me ergue. Vou com ele pelo corredor, e entramos numa sala de exames, onde ele pede para que eu me deite na mesa. — Seu amigo disse que você está sentindo enjoos. É mais do que provável que tenha tido uma concussão. Fique aqui, a enfermeira já vem.

Após eu ter levado os pontos e recebido instruções de como cuidar da concussão, pedem para que eu vá preencher a papelada no posto de enfermagem. Ao chegar lá, a enfermeira pega uma prancheta e a entrega para mim.

— Qual das pacientes é sua esposa? — pergunta ela.

Fico apenas encarando-a.

— Minha esposa? — Então lembro que Gavin disse que éramos família. Acho que é melhor pensarem isso. Assim terei mais informações. — Layken Cohen... Cooper. Layken Cohen Cooper.

— Preencha esses formulários e me devolva. E, se não for muito incômodo, por favor leve a prancheta para o outro cavalheiro que está com você. E a garotinha? Ela é sua parente?

Balanço a cabeça negativamente.

— Ela é minha vizinha. A mãe está a caminho.

Pego os formulários e volto para a sala de espera.

— Alguma notícia? — pergunto, entregando a prancheta para Gavin. Ele só balança a cabeça. — Faz quase uma hora que estamos aqui! Onde está todo mundo? — Jogo minha prancheta na cadeira e me sento. Assim que me acomodo, um homem de jaleco branco se aproxima, e, atrás dele, aparece Sherry, frenética. Levanto-me com um pulo.

— Will! — grita Sherry. Ela está chorando. — Onde está ela? Está machucada?

Eu a abraço e olho para o médico em busca de respostas, pois não tenho nenhuma.

— Está procurando a garotinha? — pergunta o médico. Sherry assente. — Ela vai ficar bem. Quebrou o braço e recebeu uma pancada bem forte na cabeça. Ainda estamos esperando alguns resultados de exames, mas pode ir vê-la. Acabei de deixá-la no quarto 212. Se for até o posto de enfermagem, elas mostrarão onde é.

— Ai, graças a Deus — digo. Sherry me solta e vai embora rapidamente.

— Qual de vocês está com a outra jovem? — pergunta ele.

Gavin e eu olhamos um para o outro. A referência do médico a uma única jovem faz meu coração parar.

— São duas! — Estou frenético. — São duas jovens!

Ele parece confuso, sem entender por que estou gritando.

— Desculpe — diz ele. — Só trouxeram até mim a garotinha e uma jovem. Às vezes, dependendo do tipo de ferimento, as pessoas passam primeiramente por outros médicos. Só tenho notícias da jovem de cabelos louros.

— Eddie! Ela está bem? — pergunta Gavin.

— Está estável. Estão fazendo mais exames, então você ainda não pode vê-la.

— E o bebê? O bebê está bem?

— É por isso que estão fazendo exames, senhor. Assim que souber de mais alguma coisa, eu volto. — Ele começa a se afastar, então vou atrás dele no corredor.

— Espera! — digo. — E Lake? Não soube de nada ainda. Ela está bem? Está sendo operada?

Ele olha para mim com uma expressão de pena. Fico com vontade de esmurrá-lo.

— Lamento, senhor. Só tratei as outras duas pacientes. Vou fazer meu melhor para descobrir mais notícias e volto assim que puder. — Ele se afasta rapidamente.

Não estão me contando nada! Não estão me contando absolutamente nada! Recosto-me na parede e deslizo até o chão. Dobro os joelhos, apoio os cotovelos neles e afundo o rosto nas mãos.

— Will?

Olho para cima. Kel está olhando para mim.

— Por que eles não querem contar para a gente se ela está bem ou não?

Seguro a mão dele e o puxo para perto de mim no chão. Coloco o braço ao seu redor, e ele me abraça. Faço um carinho em seu cabelo e dou um beijo no topo de sua cabeça, pois sei que é o que Lake faria.

— Não sei, Kel. Não sei.

Ficamos abraçados enquanto ele chora. Por mais que eu queira gritar, por mais que eu queira chorar, por mais que meu mundo esteja desmoronando ao meu redor, não posso demonstrar nada disso por causa desse garotinho. Não consigo nem imaginar o que ele está sentindo. O quanto deve estar assustado. Lake é a única pessoa que ele tem no mundo. Abraço-o e beijo sua cabeça até ele pegar no sono de tanto chorar.

— Will?

Olho para cima e vejo Sherry. Começo a me levantar, mas ela balança a cabeça e aponta para Kel, que dormiu no meu colo. Ela se senta ao meu lado no chão.

— Como está Kiersten? — pergunto.

— Ela vai ficar bem. Está dormindo. Talvez até possa passar a noite em casa. — Ela estende o braço e alisa o cabelo de Kel. — Gavin disse que vocês não tiveram nenhuma notícia de Layken ainda?

Balanço a cabeça.

— Já se passou mais de uma hora, Sherry. Por que não me contam nada? Eles não me disseram nem se ela está... — Não consigo terminar a frase. Respiro fundo, tentando manter a compostura.

— Will... se fosse esse o caso, eles já teriam lhe contado. Deve significar que estão fazendo tudo que podem.

Sei que está tentando ajudar, mas a afirmação dela me afeta bastante. Ergo Kel e o levo de volta para a sala de espera, onde o acomodo numa cadeira ao lado de Gavin. Ele acorda e olha para mim.

— Já volto — digo. Vou correndo pelo corredor até o posto de enfermagem, mas não tem ninguém nele. As portas que levam às salas de emergência estão trancadas. Olho ao redor, procurando alguém. Algumas pessoas na área de espera estão me encarando, mas ninguém se oferece para ajudar. Vou para dentro do posto de enfermagem e dou uma olhada ao redor até encontrar o botão que abre as portas da emergência. Pressiono o botão, pulo por cima da mesa e atravesso as portas correndo no instante em que elas se abrem.

— Posso ajudá-lo? — pergunta uma enfermeira, quando passo por ela no corredor. Viro e vejo uma placa indicando os quartos dos pacientes à direita e as salas de cirurgia à esquerda. Viro à esquerda. Assim que vejo as portas duplas das salas de operação, aperto o botão na parede para abri-las. Antes mesmo de elas abrirem o suficiente, tento me espremer para passar, mas um homem me segura.

— Você não pode ficar aqui dentro — diz ele.

— Não! Preciso ficar aqui! — Tento empurrá-lo para trás.

Ele é bem mais forte do que eu. Me empurra contra a parede e ergue a perna, chutando o botão com o pé. A porta se fecha atrás dele.

— Você não tem permissão para ficar lá dentro — explica calmamente. — Agora me diga, quem você está procurando? — Ele solta meus braços e se afasta.

— Minha namorada — digo. Estou ofegante. Curvo-me para a frente e apoio as mãos nos joelhos. — Preciso saber se ela está bem.

— Tem uma jovem aqui que foi ferida num acidente de carro. É ela que está procurando?

Concordo com a cabeça.

— Ela está bem?

Ele se encosta na parede ao meu lado. Desliza as mãos para os bolsos do jaleco e ergue um dos joelhos, colocando o pé contra a parede.

— Está machucada. Tem um hematoma epidural e precisa ser operada por causa disso.

— O que é isso? O que significa? Ela vai ficar bem?

— Ela teve traumatismos sérios na cabeça, que causaram sangramentos no cérebro. É cedo demais para lhe informar algo além disso. Até ela entrar na cirurgia, não saberemos a gravidade das lesões. Eu estava indo falar com a família exatamente agora. Quer que eu passe essa informação aos pais dela?

Balanço a cabeça.

— Ela não tem mais pais. Ela não tem ninguém. Eu sou tudo que ela tem.

Ele endireita a postura, volta para as portas e aperta o botão. Se vira no instante em que elas se abrem.

— Qual é o seu nome? — pergunta ele.

— Will.

Ele me olha nos olhos.

— Sou o Dr. Bradshaw — diz ele. — Vou fazer tudo que posso por ela, Will. Enquanto isso, volte para a sala de espera. Vou até você assim que tiver notícias. — As portas se fecham atrás dele.

Deslizo até o chão, tentando me recompor.

Ela está viva.

Quando volto para a sala de espera, somente Kel e Caulder estão lá.

— Onde está Gavin? — pergunto.

— Joel ligou. Gavin foi lá fora se encontrar com ele — diz Caulder.

— Descobriu alguma coisa? — pergunta Kel.

Meneio a cabeça, dizendo que sim.

— Ela está sendo operada.

— Então ela está viva? Ela está viva? — Ele pula da cadeira e joga os braços ao meu redor. Eu retribuo o abraço.

— Ela está viva — sussurro. Sento-me e o guio de volta para a cadeira delicadamente.

— Kel, ela está bem machucada. É cedo demais para sabermos de alguma coisa, mas eles vão nos informando, tá bom? — Pego um lenço de papel de uma das várias caixas espalhadas pela sala e o entrego para Kel. Ele limpa o nariz.

Todos nós ficamos sentados em silêncio. Fecho os olhos e fico pensando na conversa que acabei de ter com o médico. Será que não havia nenhum sinal na expressão dele? Na voz dele? Sei que ele sabe mais do que me disse, e isso me deixa apavorado. E se acontecer alguma coisa com ela? Não consigo nem pensar nisso. Não penso nisso. Ela vai ficar bem. Ela tem de ficar bem.

— Alguma novidade? — pergunta Gavin, enquanto ele e Joel entram na sala de espera. — Pedi para Joel trazer uma camisa pra você — diz ele, entregando-a para mim.

— Valeu. — Devolvo o casaco de Gavin e visto a camisa. — Lake está sendo operada. Ela teve um traumatismo na cabeça. Ainda não sabem de nada. É tudo que sei. E Eddie? — pergunto. — Você soube de mais alguma coisa? O bebê está bem?

Gavin olha para mim de olhos arregalados.

Joel sobressalta-se.

— Bebê? — grita. — De que diabos ele está falando, Gavin?

Ele se levanta.

— A gente ia contar pra você, Joel. Ainda é tão recente... Nós... nós ainda não tivemos a oportunidade de fazer isso.

Joel sai em disparada da sala, e Gavin vai atrás dele. Sou o maior imbecil.

— Podemos ver Kiersten? — pergunta Kel.

Faço que sim com a cabeça.

— Não demorem muito. Ela precisa descansar.

Kel e Caulder vão embora.

Fico sozinho. Fecho os olhos e encosto a cabeça na parede. Respiro fundo várias vezes, mas a pressão no meu peito só faz aumentar cada vez mais. Tento manter a calma. Tento me segurar, assim como Lake faz. Não consigo. Levo as mãos para o rosto e perco o controle de vez. Eu não faço apenas chorar; eu *soluço*. Eu *resmungo*. Eu *grito*.

14.

QUINTA OU SEXTA-FEIRA, 26 OU 27 DE JANEIRO,
PERTO DE MEIA-NOITE...

Agora que tenho você de novo, nunca mais vou deixá-la sair da minha vida. É uma promessa. Não vou deixá-la ir embora de novo.

ESTOU NO BANHEIRO JOGANDO ÁGUA NO ROSTO QUANDO escuto alguém falando do outro lado da porta. Abro-a para ver se é o médico, mas são Gavin e Joel. Começo a fechar a porta novamente, mas Gavin estende o braço e me impede.

— Will, seus avós estão aqui. Eles estão procurando você.

— Meus avós? Quem ligou para eles?

— Eu — responde. — Achei que talvez eles pudessem tomar conta de Kel e Caulder para você.

Saio do banheiro.

— Onde eles estão?

— É só virar ali — diz ele.

Vejo meus avós parados no corredor. Meu avô está com o casaco dobrado por cima das mãos. Ele está dizendo algo para minha avó quando me avista.

— Will! — Os dois vêm correndo em minha direção.

— Você está bem? — pergunta minha avó, passando os dedos nos curativos da minha testa.

Afasto-me dela.

— Estou — digo.

Ela me abraça.

— Já soube de mais alguma coisa?

Balanço a cabeça. Estou ficando bem cansado de ouvir essa pergunta.

— Onde estão os garotos?

— Os dois estão no quarto de Kiersten — digo.

— Kiersten? Ela também estava lá?

Assinto.

— Will, a enfermeira está pedindo os formulários. Estão precisando deles. Você já terminou de preencher? — pergunta meu avô.

— Ainda nem comecei. Não estou a fim de preencher formulários agora. — Começo a retornar para a sala de espera. Preciso me sentar.

Gavin e Joel estão sentados na sala de espera. Gavin está acabado. Não tinha percebido antes, mas o braço dele está numa tipoia.

— Você está bem? — pergunto, apontando com a cabeça em direção à tipoia.

— Sim.

Sento-me e apoio as pernas na mesa em minha frente. Encosto a cabeça no espaldar da cadeira. Meus avós sentam na minha frente. Todos estão me encarando. Sinto como se estivessem esperando eu fazer alguma coisa. Chorar, talvez? Gritar? Bater em alguma coisa?

— *O que foi!?* — grito com todos. Minha avó se encolhe. Imediatamente fico me sentindo culpado, mas não peço desculpas. Fecho os olhos e inspiro, tentando relembrar a ordem dos acontecimentos. Lembro-me de Gavin falando sobre Eddie e depois gritando. Até me lembro de pisar nos freios, mas não me lembro da razão pela qual fiz isso. Não me lembro de nada depois disso... só de abrir os olhos dentro do carro.

Tiro as pernas da mesa e me viro para Gavin.

— O que aconteceu, Gavin? Eu não lembro.

Ele faz uma cara de quem está cansado de explicar isso. Mas o faz mesmo assim.

— Um caminhão atravessou o canteiro lateral e bateu no carro delas. Você pisou no freio, então não nos envolvemos na batida. Mas quando você freou, fomos atingidos por trás e terminamos caindo na valeta. Assim que saí do carro, corri até o carro de Layken. Eu a vi saindo dele e achei que estivesse bem... então fui ver como Eddie estava.

— Então você a viu? Ela saiu do carro sozinha? Ela não foi arremessada para fora do carro?

Ele balança a cabeça.

— Não, acho que ela estava confusa. Deve ter desmaiado. Mas eu a vi andando.

Não sei se o fato de ela ter saído do carro sozinha faz alguma diferença, porém minha mente fica um pouco mais tranquila.

Meu avô se inclina na cadeira e olha para mim.

— Will. Sei que você não quer lidar com isso agora, mas eles precisam do máximo de informações que você puder passar. Eles não sabem nem o nome dela. Precisam saber se ela tem alergia a alguma coisa. Ela tem plano de saúde? Se você der a eles o número do seguro social de Lake, talvez descubram muitas dessas coisas.

Suspiro.

— Não sei. Não sei se ela tem plano de saúde. Não sei o número do seguro social dela. Não sei se tem alergias. Ela só tem a mim no mundo, e eu não sei porcaria nenhuma! — Apoio a cabeça nas mãos, envergonhado por Lake e eu nunca termos discutido nada disso antes. Será que não aprendemos nada? Com as mortes de nossos pais? Com a morte de Julia? Cá estou eu, possivelmente enfrentando meu passado mais uma vez... me sentindo *despreparado* e *sobrecarregado*.

Meu avô vem até mim e põe os braços ao meu redor.

— Desculpe, Will. Vamos dar um jeito.

Mais uma hora se passa sem nenhuma notícia. Nem sobre Eddie. Joel vai com meus avós, Kel e Caulder comer alguma coisa na lanchonete do hospital. Gavin fica comigo. Acho que ele cansou de ficar sentado nas cadeiras, pois se levanta e deita no chão. Parece uma boa ideia, então faço o mesmo. Ponho as mãos debaixo da cabeça e apoio os pés em cima da cadeira.

— Estou tentando evitar pensar nisso, Will. Mas se o bebê não estiver bem... Eddie...

Consigo escutar o medo na voz dele.

— Gavin... pare. Pare de pensar nisso. Vamos pensar em alguma outra coisa por um instante. Vamos enlouquecer se não fizermos isso.

— Pois é... — diz ele.

Ficamos em silêncio, então percebo que ainda estamos pensando em toda essa situação. Tento pensar em alguma outra coisa.

— Expulsei Reece lá de casa hoje de manhã — digo, fazendo o máximo esforço para afastar nossas mentes da realidade.

— Por quê? Achei que vocês eram melhores amigos — comenta ele, parecendo aliviado por falar de outra coisa.

— A gente era. Mas as coisas mudam. As pessoas mudam. E arranjam melhores amigos novos — digo.

— Com certeza.

Ficamos em silêncio novamente por um tempo. Minha mente começa a voltar para Lake, então faço mais um esforço.

— Eu dei um murro nele — digo. — Bem no queixo. Foi uma beleza. Queria que você tivesse visto.

Gavin dá uma risada.

— Ótimo. Nunca fui com a cara dele.

— Acho que eu também não — digo. — Acho que é aquele tipo de situação em que você se sente preso à amizade, eu acho.

— Esse é o pior tipo de amizade — fala ele.

De vez em quando, um de nós levanta a cabeça quando escutamos alguém passar pela sala. Após um tempo, terminamos ficando cansados demais até para fazer isso. Tinha começado a cochilar quando sou sugado de volta para a realidade.

— Senhor? — diz alguém da porta. Gavin e eu pulamos para nos levantar. — Ela já está num quarto — diz a enfermeira para Gavin. — Pode ir vê-la. Quarto 207.

— Ela está bem? O bebê está bem?

A enfermeira faz que sim com a cabeça e sorri.

Gavin vai embora. Simplesmente desaparece.

A enfermeira se vira para mim.

— O Dr. Bradshaw pediu para eu lhe avisar que eles ainda estão em cirurgia. Ele não tem nenhuma novidade, mas avisaremos assim que tivermos mais notícias.

— Obrigado — digo.

Após um tempo, meus avós voltam com Kel e Caulder. Meu avô e Kel estão tentando preencher o formulário de Lake. Não há nenhuma pergunta que eu saiba responder que Kel não saiba. Eles deixam a maioria das perguntas em branco. Meu avô leva os formulários para o posto de enfermagem e volta com uma caixa.

— São alguns dos objetos pessoais encontrados nos veículos — diz ele para mim.

Inclino-me e olho dentro da caixa. Minha bolsa está no topo, então eu a removo. A bolsa de Lake também está lá dentro. Assim como meu telefone e meu casaco. Não estou vendo o celular dela. Conhecendo Lake, ela provavelmente o perdeu *antes* da batida. Abro a bolsa dela, tiro a carteira e a entrego para o meu avô.

— Dê uma olhada aí dentro. Talvez tenha uma carteirinha de plano de saúde ou algo assim.

Ele tira a carteira das minhas mãos e a abre. O pessoal já deve ter entregado as coisas de Eddie para Gavin, pois não há mais nada na caixa.

— Está tarde — diz minha avó. — Vamos levar os garotos conosco para eles darem uma descansada. Vocês precisam de alguma coisa antes que a gente vá embora?

— Não quero ir embora — fala Kel.

— Kel, querido. Você precisa descansar. Aqui não tem nenhum lugar para você dormir — diz ela.

Kel olha para mim e implora silenciosamente.

— Ele pode ficar comigo — digo.

Minha avó pega a bolsa e o casaco. Vou com eles para fora da sala, e andamos pelo corredor juntos. Ao chegarmos no fim dele, paro e abraço Caulder.

— Ligo assim que eu souber de alguma coisa — digo para ele. Meus avós se despedem com um abraço e vão embora. Minha família inteira vai embora.

Estou quase dormindo quando sinto alguém sacudindo meu ombro. Levanto-me assustado e olho ao redor, esperando que seja alguém com notícias. Mas é apenas Kel.

— Estou com sede — diz ele.

Olho para meu relógio. É mais de uma da manhã. Por que ninguém ainda me disse nada? Coloco a mão no bolso e tiro a carteira.

— Tome — digo, entregando dinheiro para ele. — Traga um café pra mim. — Kel pega o dinheiro e sai da sala no instante em que Gavin reaparece. Ele olha para mim, querendo alguma novidade, mas eu balanço a cabeça. Ele se senta na cadeira ao meu lado.

— Então Eddie está bem? — pergunto.

— Sim. Machucada, mas bem — diz ele.

Estou cansado demais para puxar papo. Gavin preenche o vazio do silêncio.

— Ela está com mais tempo de gravidez do que a gente imaginava — diz ele. — Cerca de 16 semanas. Eles deixaram a gente ver o bebê no monitor. E disseram que com certeza é uma menina.

— Ah, é? — digo. Não sei o que Gavin acha disso tudo, então prefiro não parabenizá-lo. Além disso, agora não parece ser o momento certo para dar parabéns.

— Vi o coração dela batendo — continua ele.

— De quem? De Eddie?

Ele balança a cabeça e sorri para mim.

— Não. Da minha filhinha. — Ele fica com lágrimas nos olhos e desvia o olhar.

Agora sim é o momento certo. Eu sorrio.

— Parabéns.

Kel aparece com dois cafés. Ele me entrega um, afunda na cadeira e bebe um gole do outro.

— Está tomando café? — pergunto para ele.

Ele assente.

— E nem tente pegar. Eu saio correndo.

Eu rio.

— Tudo bem então. — Levo o café até a boca, mas, antes de dar um gole, o Dr. Bradshaw entra na sala. Eu me levanto com um pulo, e o café respinga na minha camisa. Ou melhor, na camisa de Joel. Ou de Gavin. Seja lá de quem for a camisa que estou vestindo, agora ela está coberta de café.

— Will? Pode vir dar uma volta comigo? — O Dr. Bradshaw inclina a cabeça em direção ao corredor.

— Fique esperando aqui, Kel, já volto. — Coloco o café na mesa.

Ele começa a falar quando chegamos ao fim do corredor. No instante em que ele começa, preciso me apoiar na parede. Sinto como se estivesse prestes a desmaiar.

— Ela aguentou a cirurgia, mas ainda não está a salvo. Teve muitos sangramentos. Um pouco de inchaço. Fiz o que pude sem remover nenhuma parte do parietal. Agora tudo que podemos fazer é esperar e observar.

Meu coração martela o peito. É difícil prestar atenção quando estou com um milhão de perguntas na ponta da língua.

— E estamos esperando o quê? Se ela sobreviveu até aqui, quais são os riscos?

Ele se apoia na parede ao meu lado. Ficamos olhando para nossos pés, como se ele estivesse evitando me olhar nos olhos. Deve odiar essa parte do trabalho dele. Eu odeio essa parte do trabalho dele *por* ele. É por isso que não olho para ele — fico achando que assim talvez a pressão seja menor.

— O cérebro é o órgão mais delicado do corpo humano. Infelizmente, não somos capazes de identificar os ferimentos de uma pessoa só olhando para as ressonâncias. É mais como um jogo de espera, então por enquanto ela vai ficar sob o efeito da anestesia. Se tudo der certo, de manhã teremos uma noção melhor.

— Posso vê-la?

Ele suspira.

— Ainda não. Ela vai passar a noite na área de recuperação. Eu aviso assim que ela for levada para a UTI. — Ele endireita a postura e coloca as mãos nos bolsos do jaleco. — Você tem mais alguma pergunta, Will?

Agora eu o olho nos olhos.

— Tenho um milhão de perguntas — respondo.

Ele entende minha resposta como algo meramente retórico, o que de fato era minha intenção, e vai embora.

* * *

Quando volto para a sala de espera, Gavin ainda está sentado com Kel, que dá um pulo ao me ver e vem correndo.

— Ela está bem?

— Já saiu da cirurgia — digo. — Mas eles só vão saber mais amanhã.

— Saber mais sobre o quê? — pergunta Kel.

Sento e gesticulo para que ele sente ao meu lado. Faço uma pausa para poder encontrar as palavras mais adequadas. Quero explicar de uma forma que ele compreenda.

— Quando ela levou a pancada na cabeça, ela machucou o cérebro, Kel. Só saberemos o quanto ela está machucada, quando ela vai acordar e se houve algum dano, quando a tirarem da anestesia.

— Vou contar para Eddie. Ela está desesperada — diz Gavin, e sai da sala.

Estava esperando que um peso fosse sair dos meus ombros após falar com o médico, mas não aconteceu nada disso. Na verdade, me sinto pior. Muito pior. Tudo que queria era vê-la.

— Will? — pergunta Kel.

— Sim? — respondo. Estou cansado demais para olhar para ele. Não consigo nem ficar de olhos abertos.

— O que vai acontecer comigo? Se... ela não puder cuidar de mim? Para onde eu vou?

Consigo abrir as pálpebras. Assim que nossos olhos se encontram, ele começa a chorar. Coloco os braços ao redor dele e puxo sua cabeça contra meu peito.

— Você não vai a lugar algum, Kel. Estamos juntos nessa. Nós dois. — Afasto-me e o encaro. — De verdade. Não importa o que aconteça.

15.

SEXTA-FEIRA, 27 DE JANEIRO

Kel,

Não sei o que está prestes a acontecer nas nossas vidas. Adoraria saber. Nossa, como adoraria.

Tive a sorte de ter 19 anos quando perdi meus pais; você tinha apenas 9 anos quando isso aconteceu. É muito amadurecimento que fica faltando para um garotinho sem um pai.

Mas independentemente do que acontecer... qualquer que seja nosso caminho quando sairmos desse hospital... nós o percorreremos juntos.

Vou fazer o possível para ajudá-lo a crescer tendo o mais próximo de um pai que você puder. Vou fazer meu máximo mesmo.

Não sei o que está prestes a acontecer nas nossas vidas. Adoraria saber. Nossa, como adoraria.

Mas o que quer que aconteça, vou amar você. Isso eu prometo.

— WILL.

Tento abrir os olhos, mas apenas um obedece. Estou deitado no chão novamente. Fecho o olho mais uma vez antes que minha cabeça inteira exploda.

— Will, acorde.

Sento-me e passo as mãos nas cadeiras ao meu lado, me apoiando no braço de uma delas e me erguendo. Ainda estou sem conseguir abrir o outro olho. Protejo a visão das luzes florescentes e me viro em direção à voz.

— Will, você precisa me escutar.

Finalmente reconheço a voz: é Sherry.

— Estou escutando — sussurro. Sinto que falar mais alto seria doloroso demais. Minha cabeça inteira dói. Levo a mão até o curativo e depois até o olho. Ele está inchado. Por isso não consigo abri-lo.

— Pedi à enfermeira para trazer remédio pra você. E precisa comer alguma coisa. Kiersten já vai ser liberada, então vamos para casa em breve. Volto para acordar Kel após colocar Kiersten no carro. Durante o dia eu o trago de volta pra cá, mas acho que ele está precisando descansar um pouco. Precisa de algo da sua casa? Além de roupas limpas?

Balanço a cabeça; dói menos do que falar.

— Tudo bem. Ligue se lembrar de alguma coisa.

— Sherry — digo antes que ela saia. Então percebo que não saiu nada audível da minha boca. — Sherry! — digo mais alto e me contorço. Por que minha cabeça dói tanto?

Ela volta.

— Tem um vaso no meu armário. Em cima da geladeira. Estou precisando dele.

Ela assente e sai da sala.

— Kel — digo, sacudindo-o para que acorde. — Vou pegar algo para beber. Quer alguma coisa?

Ele faz que sim.

— Café.

Ele não deve gostar muito das manhãs; é igual à irmã. Quando passo pelo posto de enfermagem, uma delas chama meu nome. Dou um passo para trás, e ela estende a mão.

— Tome isso para sua cabeça — diz ela. — Sua mãe disse que você estava precisando.

Dou uma risada. Minha mãe. Coloco as pílulas na boca, engulo e vou atrás do café. As portas duplas da entrada se abrem quando passo por elas, fazendo uma rajada de vento frio me cercar. Paro, olho lá para fora e concluo que um pouco de ar fresco vai me fazer bem. Sento-me num banco debaixo do toldo. Tudo está tão branco. Fico imaginando quantos metros de neve estarão cobrindo a entrada das nossas casas quando eu e Lake voltarmos.

Não sei como aconteceu, como o pensamento surgiu tão sorrateiramente na minha cabeça, mas por um instante fico imaginando o que aconteceria com tudo que tem na casa de Lake caso ela morresse. Ela não tem família para resolver as coisas. Para lidar com os bancos, com as contas, o seguro, as posses. Ela e eu não somos parentes, e Kel só tem 11 anos. Será que eles sequer deixariam que eu fizesse essas coisas? Será que eu teria permissão legal para cuidar de Kel? Assim que os pensamentos aparecem, faço com que desapareçam. Não adianta pensar nessas coisas, pois nada disso vai acontecer. Fico furioso comigo mesmo por ter deixado minha mente ter ido tão longe, então volto para dentro e vou atrás do café.

Quando chego na sala de espera, o Dr. Bradshaw está lá sentado com Kel. Não percebem quando chego. Ele está contando uma história, e Kel ri, então não interrompo. É bom ouvir Kel rindo. Fico do lado de fora da porta, escutando.

— Daí quando minha mãe disse para eu pegar a caixa para enterrar o gato, eu disse que não precisava. Eu já tinha ressuscitado ele — diz o Dr. Bradshaw. — Foi naquele momento, depois que ressuscitei o gatinho, que eu soube que queria ser médico quando crescesse.

— Então você salvou o gatinho? — pergunta Kel para ele.

O Dr. Bradshaw ri.

— Não. Ele morreu de novo uns minutos depois. Mas eu já tinha me decidido quando isso aconteceu — diz ele.

Kel também ri.

— Pelo menos você não quis ser veterinário.

— Não, está na cara que não sou muito bom com animais.

— Alguma notícia? — Entro na sala e entrego o café para Kel.

O Dr. Bradshaw se levanta.

— Ela ainda está sob efeito dos anestésicos. Conseguimos fazer alguns exames. Estou esperando os resultados, mas pode vê-la por alguns minutos.

— Agora? Podemos vê-la? Agora? — Pego minhas coisas enquanto respondo.

— Will... não posso deixar mais ninguém entrar lá — diz. Olha para Kel e depois para mim. — Ela ainda nem saiu da área de recuperação... não era nem para eu deixar você entrar. Mas vou dar uma olhada em alguns pacientes e pensei que você poderia me acompanhar.

Quero implorar para o Dr. Bradshaw deixar Kel ir conosco, mas sei que ele já está me fazendo um enorme favor.

— Kel, se eu não voltar antes de você ir embora com Sherry, ligo para você.

Ele meneia a cabeça. Fico esperando que vá reclamar, mas acho que ele compreende. O fato de ele estar sendo tão sensato me deixa orgulhoso. Eu me abaixo, o abraço e o beijo no topo da cabeça.

— Eu ligo pra você. Assim que souber de alguma coisa, ligo. — Ele assente mais uma vez. Estendo o braço, pego a fivela dela na minha bolsa e em seguida me viro em direção à porta.

Sigo o Dr. Bradshaw e passamos pelo posto de enfermagem, pelas portas e pelo corredor até chegarmos às portas duplas que levam à área da cirurgia. Antes de prosseguirmos, ele me leva para um cômodo onde nós dois lavamos as mãos. Quando chegamos à porta, mal consigo respirar. Estou tão nervoso. Meu coração parece prestes a explodir para fora do peito.

— Will, primeiramente você precisa saber de algumas coisas. Ela está entubada para poder respirar melhor, mas só porque nós a colocamos em coma induzido. Não tem nenhuma possibilidade de ela acordar agora com a quantidade de remédios que estamos dando. Boa parte da cabeça dela está enfaixada. Ela parece pior do que está se sentindo; nós a estamos deixando confortável. Vou deixar você ficar alguns minutos, mas nesse momento é tudo que posso oferecer. Entendeu?

Indico que sim com a cabeça.

Ele empurra a porta e me deixa entrar.

Assim que a vejo, tenho dificuldade de respirar. A realidade do momento tira todo o ar dos meus pulmões. O respirador suga o ar e o solta. Cada vez que o barulho da máquina se repete, é como se a esperança estivesse sendo arrancada de mim.

Vou até a cama e seguro a mão dela. Está fria. Beijo-lhe a testa. Beijo um milhão de vezes. Tudo que quero é me deitar ao lado dela, abraçá-la. São muitos fios e tubos e cordas por todo canto. Coloco uma cadeira ao lado da cama e entrelaço os dedos aos dela. Está ficando difícil enxergá-la com tantas lágrimas, então enxugo os olhos na camisa. Ela parece tão em paz... é como se estivesse apenas cochilando.

— Amo você, Lake — sussurro. Beijo a mão dela. — Amo você — sussurro novamente. — Amo você.

As cobertas estão bem firmes ao redor de seu corpo, e ela está vestindo uma bata de hospital. A cabeça está enfaixada, mas a maior parte do cabelo está ao redor do pescoço. Fico aliviado por não terem cortado todo o cabelo. Ela ficaria furiosa. O tubo do respirador está colado na boca com esparadrapo, então beijo a testa dela novamente e depois a bochecha. Sei que ela não consegue me escutar, mas falo mesmo assim:

— Lake, você precisa se recuperar. Você *precisa* se recuperar. — Acaricio a mão dela. — Não consigo viver sem você. — Viro a mão dela e beijo a palma, em seguida a pressiono contra meu rosto. Sentir a pele dela contra a minha é surreal. Estava sem saber se jamais sentiria isso de novo. Fecho os olhos e beijo a palma da mão dela várias e várias vezes. Fico sentado, chorando e beijando as únicas partes de seu corpo que posso beijar.

— Will — diz o Dr. Bradshaw. — Precisamos ir agora.

Levanto-me e beijo-lhe a testa. Dou alguns passos em direção à porta, então retorno e beijo sua mão. Começo a ir embora, daí recuo de volta e lhe beijo a bochecha.

O Dr. Bradshaw segura meu braço.

— Will, temos de ir.

Volto a caminhar alguns passos em direção à porta.

— Espere — digo. Coloco a mão no bolso e tiro a fivela roxa. Abro a mão dela, coloco-a na palma e fecho seus dedos por cima da fivela. Beijo-a novamente na testa antes de irmos embora.

O RESTANTE DA manhã passa bem lentamente. Kel foi embora com Sherry. Eddie foi liberada. Ela queria ficar comigo, mas Gavin e Joel não deixaram. Tudo que posso fazer agora é esperar. Esperar e pensar. Pensar e esperar. É tudo que posso fazer. É tudo que faço.

Fico perambulando pelos corredores por um tempo. Não aguento ficar mais sentado naquela sala de espera. Já passei tempo demais lá dentro e nesse hospital. Passei seis dias inteiros aqui após meus pais morrerem, quando fiquei com Caulder. Não lembro de muita coisa a respeito daqueles dias. Caulder e eu estávamos aéreos, sem realmente acreditar no que estava acontecendo. Caulder levou uma pancada na cabeça e quebrou o braço na batida. Não sei se as lesões dele foram graves a ponto de ele ter de passar seis dias no hospital, mas parecia que os funcionários não estavam se sentindo muito à vontade com a ideia de deixar a gente ir embora. Dois órfãos, sozinhos no mundo selvagem.

Caulder tinha 7 anos naquela época, então a parte mais difícil foram todas as perguntas que ele fez. Eu não conseguia fazê-lo entender que não veríamos mais nossos pais. Acho que é por causa daqueles seis dias no hospital que odeio tanto a pena. Todas as pessoas que falavam comigo sentiam pena de mim, dava para ver nos olhos delas. Dava para escutar nas vozes delas.

Passei dois meses acompanhando Lake até aqui quando Julia estava doente. Enquanto Kel e Caulder ficavam na casa dos meus avós, Lake e eu ficávamos no hospital com Julia. Lake dormiu aqui a maioria das noites. Quando Kel não estava comigo, ele estava aqui com elas. Após a primeira semana de internação de Julia, Lake e eu acabamos trazendo um colchão inflável. Os móveis de hospitais são péssimos. Eles pediram algumas vezes para que retirássemos o colchão do quarto. Em vez disso, nós o esvaziávamos todas as manhãs e o enchíamos de novo todas as noites. Percebemos que eles demoravam mais para pedir quando estávamos dormindo nele.

Apesar de todas as noites que passei aqui, dessa vez é diferente. Dessa vez é pior. Talvez seja a ausência de uma conclusão, a falta de conhecimento. Pelo menos depois que meus pais morreram e Caulder ficou aqui, eu não questionei nada. Eu sabia que eles estavam mortos. Sabia que Caulder estava bem. E com Julia nós sabíamos que a morte era inevitável. Não tínhamos nenhuma pergunta na cabeça enquanto aguardávamos; nós sabíamos o que estava acontecendo. Mas dessa vez... dessa vez é bem mais difícil. É tão difícil não saber das coisas.

Assim que começo a pegar no sono, o Dr. Bradshaw aparece. Endireito a postura na cadeira, e ele senta ao meu lado.

— Nós a colocamos num quarto da UTI. Daqui a uma hora você vai poder vê-la, durante o horário de visita. O resultado das ressonâncias são bons. Vamos tentar diminuir a anestesia com o tempo e ver o que acontece. Ainda é uma situação bem delicada, Will. Qualquer coisa pode acontecer. Fazê-la reagir é nossa prioridade.

Um alívio toma conta de mim, mas logo uma nova sensação de preocupação surge com a mesma rapidez.

— Ela... — Quando tento falar, parece que minha garganta foi espremida. Pego a garrafa de água na minha frente e dou um gole, em seguida tento falar mais uma vez: — Ela tem chance? De se recuperar completamente?

Ele suspira.

— Não posso responder isso. No momento as ressonâncias mostraram atividades normais, mas talvez isso não signifique nada quando formos tentar acordá-la. Contudo, ao mesmo tempo, pode significar que ela vai ficar perfeitamente bem. Até lá, não temos como saber. — Ele se levanta. — Ela está no quarto 5 da UTI. Espere até uma da tarde para ir lá.

Meneio a cabeça, obediente.

— Obrigado.

Assim que o ouço dar a volta no corredor, pego minhas coisas e saio correndo o mais depressa possível na direção oposta, para a UTI. A enfermeira não me faz nenhuma pergunta quando entro. Comporto-me como se soubesse exatamente o que estou fazendo e vou diretamente para o quarto 5.

A quantidade de fios diminuiu, mas ela ainda está entubada e com soro no punho esquerdo. Vou para o lado direito da cama e abaixo a grade. Deito ao lado dela, coloco o braço ao redor de seu corpo e minha perna por cima das pernas dela. Seguro a mão dela e fecho os olhos...

— Will — diz Sherry. Abro os olhos bruscamente e vejo que ela está do outro lado da cama de Lake.

Espreguiço os braços acima da cabeça.

— Oi — sussurro.

— Trouxe algumas roupas pra você. E seu vaso. Kel ainda estava dormindo, então deixei que ficasse lá em casa. Espero que não tenha nenhum problema. Eu o trago de volta para cá quando ele acordar.

— Sim, não tem problema. Que horas são?

Ela olha para o relógio.

— Quase cinco da tarde — diz ela. — A enfermeira disse que você está dormindo há umas duas horas.

Apoio o cotovelo na cama e me ergo. Meu braço está dormente. Deslizo para fora, levanto e me espreguiço novamente.

— Você sabia que os visitantes só podem passar 15 minutos aqui? — diz ela. — O pessoal deve mesmo gostar de você.

Dou uma risada.

— Adoraria vê-los tentando me expulsar — digo. Vou até a cadeira e me sento. A pior coisa dos hospitais é a mobília. As camas são pequenas demais para duas pessoas. As cadeiras são duras demais para qualquer pessoa. E nunca tem nenhuma cadeira reclinável. Se eles ao menos tivessem cadeiras reclináveis, eu não acharia os móveis tão ruins.

— Você comeu alguma coisa hoje? — pergunta ela.

Balanço a cabeça.

— Vamos lá embaixo comigo. Eu compro alguma coisa para você.

— Não posso. Não quero sair de perto dela — digo. — Eles estão diminuindo os remédios. Ela pode acordar.

— Bem, você precisa comer. Vou pegar alguma coisa e trazer para cá.

— Obrigado — digo.

— Devia pelo menos tomar um banho. Está com sangue seco no corpo inteiro. É nojento. — Ela sorri para mim e começa a sair.

— Sherry. Só não me traga um hambúrguer, tá bom?

Ela ri.

Após ela ir embora, eu me levanto, tiro uma estrela e volto para a cama com Lake.

— Essa aqui é para você, amor. — Desdobro a estrela e leio.

Nunca, sob nenhuma circunstância,
tome um remédio para dormir
e um laxante na mesma noite.

Reviro os olhos.

— Nossa, Julia! Agora não é hora de piada!

Estendo o braço e pego outra estrela, em seguida me deito novamente.

— Vamos tentar de novo, amor.

Força não é algo que vem da condição física,
e sim de uma determinação indômita.

— MAHATMA GANDHI

Inclino-me e sussurro ao ouvido dela.

— Está vendo só, Lake? Determinação indômita. É uma das coisas que eu amo em você.

Devo ter pegado no sono novamente. A enfermeira me sacode para eu acordar.

— O senhor pode vir aqui fora um instante?

O Dr. Bradshaw entra no quarto.

— Ela está bem? — pergunto.

— Vamos desentubá-la agora. A anestesia está passando, então ela vai ser medicada somente pelo soro. — Ele ergue a grade da cama. — Fique aqui fora só alguns minutos. Prometo que a gente deixa você voltar. — Ele sorri.

Ele está sorrindo. *Isso é bom*. Eles vão desentubá-la. *Isso é bom*. Ele está me olhando nos olhos. *Isso é bom*. Saio do quarto e espero impacientemente.

Fico andando de um lado para o outro do corredor por 15 minutos, até ele sair do quarto.

— Os sinais vitais dela parecem bons. Ela está respirando sozinha. Agora vamos esperar — diz. Então me dá um tapinha no ombro e se vira para ir embora.

Volto para o quarto e me deito ao lado dela. Coloco o ouvido perto de sua boca e fico escutando sua respiração. É o barulho mais lindo do mundo. Dou um beijo nela. Claro que dou. Dou um milhão de beijos nela.

Sherry me obrigou a tomar um banho após voltar com nossa comida. Gavin e Eddie apareceram perto das seis da tarde e passaram uma hora aqui. Eddie chorou o tempo inteiro, então Gavin ficou preocupado e a obrigou a ir embora. Sherry voltou com Kel antes que o horário de visitas terminasse. Ele não chorou, mas acho que ficou chateado por vê-la assim, então eles não demoraram. Tenho ligado para minha avó de hora em hora, apesar de nada ter mudado.

Agora é perto de meia-noite, e eu estou sentado aqui, parado. Esperando. Pensando. Esperando e pensando. Fico imaginando o dedão do pé dela se movendo. Ou o dedo da mão. Estou enlouquecendo com isso, então paro de olhar. Começo a pensar em tudo que aconteceu naquela quinta à noite. Nossos carros. Onde *estão* nossos carros? Eu provavelmente devia ligar para a empresa do seguro. E as aulas? Eu perdi aulas hoje. Ou será que foi ontem? Não sei se já é sábado. Provavelmente também não devo ir às aulas da semana que vem. Eu devia descobrir quem são os professores de Lake e avisá-los que ela não irá às aulas. E seria bom avisar isso aos meus professores também. E à escola dos garotos. O que digo a eles? Não sei quando os garotos vão voltar. Se Lake ainda estiver no hospital semana que vem, sei que Kel não vai querer ir para a escola. Mas ele acabou de perder uma semana inteira de aulas. Não pode perder mais tantas assim. E Caulder? Onde Kel e Caulder vão ficar enquanto Lake e eu estamos aqui? Não vou sair desse hospital sem Lake. Talvez eu nem saia *com* Lake se não descobrir o que fazer a respeito do carro. Meu carro. Onde *está* meu carro?

— Will.

Olho para a porta. Não tem ninguém. Agora estou ouvindo coisas. Minha cabeça está agitada demais. Será que

Sherry deixou um pouco do remédio dela para mim? Aposto que sim. Ela provavelmente colocou escondido na minha bolsa.

— Will.

Sobressalto-me e olho para Lake. Os olhos dela estão fechados. Ela não se mexe. Sei que ouvi meu nome. Tenho certeza! Vou correndo até ela e encosto em seu rosto.

— Lake?

Ela se contorce. Ela se contorce!

— Lake!

Seus lábios se abrem e ela fala novamente.

— Will?

Ela aperta as pálpebras. Está tentando abrir os olhos. Desligo a luz e puxo a corda da lâmpada em cima da cama para desligá-la. Sei o quanto essas luzes florescentes doem na vista.

— Lake — sussurro. Abaixo a grade e deito ao lado dela. Beijo-lhe os lábios, a bochecha, a testa. — Não tente falar se for doloroso. Você está bem. Estou bem aqui. Você está bem. — Ela mexe a mão, então eu a seguro. — Consegue sentir minha mão?

Ela que faz sim com a cabeça. É um sim bem sutil, mas não deixa de ser um sim.

— Você está bem — digo. Continuo dizendo isso várias e várias vezes até começar a chorar. — Você está bem.

A porta do quarto se abre, e uma enfermeira entra.

— Ela disse meu nome!

Ela olha para mim, sai correndo do quarto e volta com o Dr. Bradshaw.

— Levante-se, Will — diz ele. — Deixe a gente examiná-la. Daqui a pouco deixamos você voltar.

— Ela disse meu nome — fala, enquanto saio da cama. — Ela disse meu nome!

Ele sorri para mim.

— Vá lá para fora.

Obedeço. Por meia hora. Ninguém saiu do quarto, ninguém entrou, e já se passaram 30 malditos minutos. Bato na porta, e a enfermeira a abre um pouco. Tento enxergar alguma coisa lá dentro, mas ela não abre o suficiente.

— Só mais alguns minutos — diz ela.

Penso em ligar para todo mundo, mas não faço isso. Antes preciso ter certeza de que eu não estava ouvindo coisas, embora eu saiba que ela me ouviu. Ela falou comigo. Ela se mexeu.

O Dr. Bradshaw abre a porta e sai do quarto. As enfermeiras o seguem.

— Eu a escutei, não foi? Ela disse meu nome!

— Acalme-se, Will. Você precisa se acalmar. O pessoal não vai deixar você ficar aqui se continuar surtando desse jeito.

Preciso me acalmar? Ele não tem ideia do quanto estou calmo!

— Ela está reagindo — diz ele. — As respostas físicas foram todas boas. Ela não se lembra do que aconteceu. Talvez não se lembre de muita coisa agora. Ela precisa descansar, Will. Vou deixar você voltar lá para dentro, mas você precisa deixá-la descansar.

— Tudo bem, vou deixar. Prometo. Juro.

— Eu sei. Agora pode ir — diz ele.

Quando abro a porta, Lake está virada para mim. Ela dá um sorriso ridículo, sofrido.

— Oi — sussurro.

— Oi — sussurra ela de volta.

— Oi. — Vou até a cama e acaricio sua bochecha.

— Oi — diz ela novamente.

— Oi.

— Pare com isto — diz Lake. Ela tenta rir, mas dói. Ela fecha os olhos.

Seguro sua mão, enterro o rosto no espaço entre seu ombro e seu pescoço e começo a chorar.

Nas horas seguintes, ela fica dormindo e acordando, tal como o Dr. Bradshaw previu. Toda vez que acorda, diz meu nome. Toda vez que diz meu nome, eu falo para ela fechar os olhos e descansar. Toda vez que digo para ela fechar os olhos e descansar, ela obedece.

O Dr. Bradshaw vem ao quarto algumas vezes para conferir como ela está. Eles diminuem novamente a dose no soro para que ela possa ficar acordada por períodos mais longos. Decido não ligar para ninguém. Ainda é cedo demais, e não quero muita gente em cima dela. Só quero que ela descanse.

São quase sete da manhã, e estou saindo do banheiro quando Lake finalmente fala alguma coisa além do meu nome.

— O que aconteceu? — pergunta ela.

Aproximo a cadeira da cama dela. Lake está virada para o lado esquerdo, então apoio o queixo na grade da cama e aliso seu braço.

— Estivemos num acidente de carro.

Ela parece confusa, em seguida o pavor toma conta de seu rosto.

— As crianças...

— Todo mundo está bem — asseguro. — Todo mundo está bem.

Ela suspira, aliviada.

— Quando? Que dia foi isso? Que dia *é* hoje?

— Hoje é sábado. O acidente foi na quinta-feira à noite. Qual é a última coisa da qual você se lembra?

Ela fecha os olhos. Estendo o braço e puxo o fio do abajur acima da cama dela, que se apaga. Não sei por que eles ficam ligando isso. Que paciente de hospital vai querer uma lâmpada fluorescente a 1 metro da cabeça?

— Lembro-me de ir para a competição de slam — diz ela. — Lembro do seu poema... só isso. É tudo que lembro. — Ela abre os olhos novamente e olha para mim. — Eu perdoei você?

Eu rio.

— Sim, você me perdoou. E você me ama. Muito.

Ela sorri.

— Ótimo.

— Você se feriu. Eles tiveram de operá-la.

— Eu sei. O médico me contou isso.

Acaricio a bochecha dela com o dorso da mão.

— Depois eu conto tudo que aconteceu, tá? Agora você precisa descansar. Vou lá fora ligar para todo mundo. Kel está louco de preocupação. Eddie também. Já volto, OK?

Ela acena com a cabeça e fecha os olhos de novo. Eu me abaixo e a beijo na testa.

— Amo você, Lake. — Pego o telefone na mesa e me levanto.

— De novo — sussurra ela.

— Amo você.

O HORÁRIO DE visitas fica bem rigoroso quando todo mundo começa a chegar. Eles me obrigam a aguardar na sala de espera como uma pessoa qualquer. Só um visitante por vez pode entrar no quarto. Eddie e Gavin chegaram primeiro. Kel aparece com Sherry praticamente na mesma hora em que meus avós aparecem com Caulder.

— Posso vê-la? — pergunta Kel.

— Com certeza. Ela não para de perguntar por você. Eddie está com ela agora. E é a UTI, então Lake só pode receber visitas por 15 minutos, mas você é o próximo.

— Então ela está falando? Ela está bem? Ela se lembra de mim?

— Sim. Ela está perfeita — digo.

Vô Paul vai até Kel e põe a mão no ombro dele.

— Vamos, neto Kel, vamos tomar café da manhã antes de você ir vê-la.

Meus avós levam Kel e Caulder para a lanchonete. Peço que tragam algo para eu comer. Meu apetite finalmente voltou.

— Quer que Eddie e eu cuidemos dos garotos por alguns dias? — pergunta Gavin.

— Não. Pelo menos não agora. Meus avós vão ficar com eles por uns dois dias. Mas não quero que eles percam muitas aulas.

— Kiersten vai voltar para a escola na quarta — diz Sherry. — Se seus avós os levarem de volta para casa na terça, eles podem ficar comigo até Layken ser liberada.

— Obrigado, pessoal — digo para os dois.

Eddie aparece. Ela está enxugando os olhos e fungando. Me endireito na cadeira. Gavin segura o braço de Eddie e a leva para sentar. Ela revira os olhos para ele.

— Gavin, estou grávida. Pare de me tratar como se eu fosse uma inválida.

Gavin senta-se ao lado dela.

— Desculpe, amor. É que fico preocupado com você. — Ele beija a barriga dela. — Com vocês duas.

Eddie sorri e o beija na bochecha.

É bom ver que ele aceitou o fato de que vai ser pai. Sei que eles têm vários obstáculos, mas tenho fé de que tudo vai dar certo. Acho que Lake e eu poderíamos começar a reciclar nossas estrelas para eles, caso precisem.

— Como Lake está se sentindo? — pergunto.

Eddie dá de ombros.

— Muito mal — diz ela. — Mas cortaram a cabeça dela, então dá pra entender. Contei tudo sobre a batida. Ela ficou se sentindo meio mal quando soube que era ela que estava dirigindo. Eu disse que não foi culpa dela, mas ela falou que seria melhor se você estivesse dirigindo. Assim poderia culpar você pelos ferimentos.

Rio.

— Se isso a fizer se sentir melhor, ela pode me culpar sim.

— A gente volta à tarde — diz Eddie. — Ela está mesmo precisando de um pouco de carinho e maquiagem. Pode ser às duas da tarde? Alguém já marcou esse horário?

Balanço a cabeça.

— Vejo vocês às duas horas.

Antes de eles irem embora, Eddie se aproxima e me abraça. Um abraço bem mais longo que o normal.

Depois que ela e Gavin vão embora, olho para meu relógio. Kel vai ser o próximo a vê-la, depois Sherry. Talvez minha avó queira vê-la. Acho que vou ter de esperar até depois do almoço para conseguir voltar.

— Seus amigos são ótimos — diz Sherry.

Ergo as sobrancelhas para ela.

— Você não acha que eles são estranhos? A maioria das pessoas acha meus amigos estranhos.

— Sim, acho. É por isso que eles são ótimos — diz.

Sorrio e me acomodo na cadeira até minha cabeça encostar no apoio. Fecho os olhos.

— Você também é bem estranha, Sherry.

Ela ri.

— Você também.

Não consigo achar uma posição confortável na cadeira, então recorro ao chão mais uma vez. Deito, estendo os braços acima da cabeça e suspiro. Até que estou confortável no chão. Agora que sei que Lake vai ficar bem, meu ódio pelo hospital começa a diminuir.

— Will? — diz Sherry.

Abro os olhos. Ela não está olhando para mim. Está com as pernas cruzadas, mexendo na costura da calça.

— Oi? — respondo.

Ela olha para mim e sorri.

— Você se saiu muito bem — fala, baixinho. — Sei que foi difícil para você me telefonar para contar sobre Kiersten. E cuidar dos garotos durante toda essa situação. A maneira como você lidou com todo o quadro de Lake. Você é jovem demais para ter tantas responsabilidades, mas está se saindo muito bem. Espero que saiba disso. Sua mãe e seu pai ficariam muito orgulhosos.

Fecho os olhos e inspiro. Não sabia o quanto estava precisando ouvir isso até esse instante. Às vezes é bom sentir todos os seus maiores medos diminuindo por causa de um único elogio.

— Obrigado.

Ela se levanta da cadeira e deita ao meu lado no chão. Está de olhos fechados, mas pelo rosto dela dá pra ver que tenta não chorar. Desvio o olhar. Às vezes as mulheres precisam chorar.

Ficamos em silêncio por um tempo. Ela expira profundamente.

— Ele morreu um ano depois. Um ano depois de me pedir em casamento. Num acidente de carro — diz ela.

Percebo que ela está me contando a história de Jim. Rolo para o lado em que ela está e apoio a cabeça no cotovelo. Não sei o que dizer, então não digo nada.

— Estou bem — diz Sherry. Ela sorri para mim. Dessa vez parece que está tentando não sentir pena de si mesma. — Já faz muito tempo. Amo minha família e não a trocaria por nada nesse mundo. Mas às vezes ainda é difícil. Em momentos como esse... — Ela se levanta e senta com as pernas cruzadas. Começa a mexer na costura da calça novamente. — Senti tanto medo por você, Will. Medo de ela não sobreviver. Ver você passar por isso trouxe à tona muitas lembranças. É por isso que não vim visitar tanto.

Compreendo a expressão em seus olhos e a mágoa em sua voz. Compreendo tudo e odeio isso por ela.

— Tudo bem — digo. — Não estava esperando que você fosse ficar. Você precisava cuidar de Kiersten.

— Sei que não estava esperando. Eu não teria sido capaz de ajudar em nada. Mas me preocupo com você. Com todos vocês. Kel, Caulder, você, Layken. Agora até dos seus amigos estranhos eu gosto, e vou ter de me preocupar com eles também. — Ela ri.

Sorrio para ela.

— É bom ter alguém que se preocupa conosco, Sherry. Obrigado.

16.

DOMINGO, 29 DE JANEIRO

Aprendi uma coisa sobre meu coração.
Ele pode ser partido.
Pode ser dilacerado.
Pode endurecer e congelar.
Pode parar.
De vez.
Pode se quebrar em um milhão de pedacinhos.
Pode explodir.
Pode morrer.
A única coisa capaz de fazê-lo voltar a bater?
O instante em que você abriu os olhos.

As visitas deixam Lake exausta, e ela passa a maior parte da tarde dormindo. Ela estava dormindo quando Eddie veio visitar de novo, o que provavelmente foi bom. Duvido que Lake estivesse a fim de ser arrumada. A enfermeira trouxe sopa para o jantar, e ela tomou quase tudo. Foi a primeira coisa que comeu desde quinta-feira.

Ela fez mais perguntas sobre a noite do acidente. Queria saber tudo sobre ter me perdoado e nós fazermos as pazes. Contei tudo que aconteceu após minha apresentação. Em grande parte fui sincero, mas talvez eu tenha incluído uma cena mais empolgante de a gente se agarrando só para enfatizar.

É DOMINGO, E O fato de ela estar no hospital não a impede de ter sua rotina. Entro no quarto dela e coloco uma sacola com filmes e lanches na cadeira. Lake está sentada na cama, e a enfermeira está cuidando do soro.

— Ah, que bom. Chegou na hora certa — diz a enfermeira. — Ela não quer tomar banho de leito, quer um banho normal. Estava prestes a levá-la para o banheiro, mas se você preferir fazer isso, pode fazer. — Ela tira o soro e o fecha, em seguida cola a beirada na mão de Lake.

Lake e eu olhamos um para o outro. Não é como se eu nunca a tivesse visto sem roupa antes — mas nunca por um período muito longo. Nem com as luzes *acesas*.

— Eu... não sei — murmuro. — Você quer que eu a ajude?

Lake dá de ombros.

— Não seria a primeira vez que você me coloca debaixo do chuveiro. Mas espero que dessa vez me ajude a *tirar* as roupas primeiro. — Ela ri da própria piada. Mas se arrepende. Leva a mão à cabeça e faz uma careta.

A enfermeira percebe o constrangimento que há entre nós dois.

— Peço desculpas. Achei que fossem casados. A ficha dizia que era marido dela.

— Pois é... a respeito disso — digo. — Ainda não sou marido dela.

— Tudo bem — fala a enfermeira. — Se preferir voltar para a sala de espera, eu aviso quando terminarmos.

— Não — diz Lake. — Ele vai me ajudar. Você vai me ajudar. — Faço que sim com a cabeça para a enfermeira, que tira alguns objetos da bandeja ao lado da cama e sai do quarto.

— Você andou mais um pouco hoje? — Seguro o braço de Lake e a ajudo a se levantar.

Ela assente.

— Sim. Eles me fizeram andar pelo corredor quando não havia nenhuma visita. Estou melhor que ontem, só me sinto tonta.

A enfermeira retorna com uma toalha.

— Só não deixe que molhe a cabeça. Tem um chuveiro de mão, mas ela pode preferir a banheira. Talvez seja melhor, assim ela fica deitada. — A enfermeira deixa a toalha na cadeira e vai embora novamente.

Lake se levanta lentamente, e eu a ajudo a entrar no banheiro. Após entrarmos, fecho a porta.

— Que vergonha — diz ela.

— Lake, você pediu para eu ficar. Se preferir, posso chamar a enfermeira.

— Não. É só porque preciso fazer xixi.

— Ah. Espera. — Dou a volta ao redor do corpo dela e seguro o outro braço enquanto ela se ajeita.

Ela segura na barra de metal presa à parede e para.

— Vire-se — diz ela.

Giro para a direção oposta.

— Amor, se já está querendo que eu não olhe, vai ficar difícil ajudá-la a tomar banho. Você ainda nem tirou a roupa.

— É diferente. Só não quero que você me veja fazendo xixi.

Eu rio. E fico esperando. E espero mais um pouco. Não acontece nada.

— Talvez seja melhor você sair do banheiro um instante — diz ela.

Balanço a cabeça e saio.

— Não tente se levantar sem minha ajuda. — Deixo a porta aberta alguns centímetros para que eu possa escutá-la caso precise de mim. Quando ela termina, volto para dentro e a ajudo a se levantar. — Prefere chuveiro ou banheira? — pergunto.

— Banheira. Acho que não consigo ficar de pé por tempo suficiente para o chuveiro.

Certifico-me de que ela esteja segurando a barra antes de soltar seu braço. Ajusto a torneira da banheira até a água ficar morna. Pego a toalha de rosto e a molho, em seguida a coloco na lateral da banheira. É uma banheira grande, com dois degraus para que fique mais fácil de entrar e sair. Seguro o braço de Lake e a levo até a banheira. Fico atrás dela, ponho seu cabelo por cima do ombro e desamarro o topo da camisola de hospital. Quando a parte superior se dobra, fico boquiaberto. Ela está com machucados nas costas inteiras. Tem mais um laço na roupa, então puxo o fio até ele desatar.

Ela desliza a bata pelos braços. Passo os dedos pela água para conferir a temperatura e, em seguida, a ajudo a subir os degraus e entrar na banheira. Após sentar, ela dobra os joelhos junto ao peito, abraça-os e apoia a cabeça neles.

— Obrigada — fala. — Por não tentar me agarrar agora.

Sorrio para ela.

— Não me agradeça ainda. Acabamos de começar. — Molho a toalha de rosto na água e me ajoelho ao lado da banheira. Os degraus são bem compridos, então fica difícil alcançá-la sem me colocar numa posição mais alta.

Ela tira a toalha da minha mão e começa a lavar o braço.

— É estranho, agora preciso de tanta energia para fazer tudo. É como se cada um dos meus braços pesasse uns 50 quilos.

Abro o sabonete e o entrego para ela, mas ele escorrega. Ela apalpa no meio da água até encontrá-lo e o esfrega na toalha.

— Sabe quanto tempo vai demorar para que eu seja liberada? — pergunta ela.

— Se tudo der certo, na quarta-feira. O médico disse que a recuperação pode demorar de alguns dias a duas semanas, dependendo de como a lesão for cicatrizando. Você parece estar se recuperando muito bem.

Ela franze a testa.

— Não sinto que estou bem.

— Você está ótima — digo.

Ela sorri, coloca a toalha de volta na lateral da banheira e põe os braços ao redor dos joelhos novamente.

— Preciso descansar — diz. — Daqui a um minutinho lavo o outro braço. — Ela fecha os olhos. Parece tão cansada.

Estendo o braço e desligo a água. Em seguida, me levanto e tiro os sapatos e a camisa, mas fico de calça.

— Vá mais para a frente — falo para ela.

Ela o faz, eu entro atrás dela na banheira e me acomodo na água atrás dela. Coloco uma perna em cada lado de seu corpo e apoio as costas dela no meu peito delicadamente.

Pego a toalha e a passo pelo braço que ela estava cansada demais para limpar.

— Você é maluco — diz ela baixinho.

Beijo-a no topo da cabeça.

— Você também.

Ficamos em silêncio enquanto eu a limpo. Ela fica encostada no meu peito até eu pedir que fosse mais para a frente a fim de lavar suas costas. Passo mais sabonete na toalha e a encosto delicadamente na pele dela. Lake está tão machucada que fico com medo de causar alguma dor.

— Você se machucou feio. Suas costas estão doendo?

— Tudo está doendo.

Lavo as costas com o máximo de delicadeza possível. Não quero que ela sinta mais dor ainda. Após ter limpado suas costas, inclino-me para a frente e a beijo bem em cima do machucado. Beijo seu outro machucado e o outro machucado e o outro machucado. Beijo cada pontinho ferido de suas costas. Quando ela se recosta novamente no meu peito, ergo seu braço e beijo os machucados que estão nele também. Faço o mesmo com o outro braço. Quando termino de beijar todos os ferimentos que encontrei, pouso o braço dela na água novamente.

— Pronto. Novinha em folha — digo. Eu a abraço e beijo sua bochecha. Ela fecha os olhos, e nós ficamos parados por um instante.

— Não foi assim que imaginei nosso primeiro banho juntos — conta ela.

Eu rio.

— Sério? Pois foi exatamente como imaginei. De calça e tudo.

Ela respira fundo e exala. Em seguida, inclina a cabeça para trás para poder me olhar nos olhos.

— Amo você, Will.

Beijo-a na testa.

— Diz de novo.

— Amo você, Will.

— Mais uma vez.

— Amo você.

Lake será liberada hoje, após cinco dias no hospital. Ainda bem que ontem foi segunda-feira, pois assim consegui terminar os relatórios com as companhias de seguro. O jipe de Lake teve perda total. Os danos no meu carro não foram tão graves, então me deram um carro alugado até o meu ser consertado.

O Dr. Bradshaw está bem satisfeito com o progresso de Lake. Ela precisa voltar em duas semanas para vê-lo novamente. Até lá, deve ficar de cama. Ela ficou animada, pois isso significa que ela vai dormir na minha cama confortável todas as noites. E eu fiquei animado, pois isso significa que vou passar duas semanas inteiras com ela na minha casa.

Terminei cancelando todas as matérias dela do semestre. Ela ficou chateada, mas não é bom que se estresse com estudos agora. Eu disse que precisa se concentrar em melhorar. Vou tirar folga pelo restante da semana, mas planejo voltar às aulas na segunda-feira, dependendo de como Lake estiver se sentindo. Mas, na próxima semana, não faremos nada além de assistir a filmes e comer besteiras.

* * *

Kel e Caulder trazem seus pratos para a mesa de centro da sala de estar e os colocam ao lado do meu. Lake está deitada no sofá, então vamos comer na sala e não na mesa.

— Hora do chato-e-legal — diz Caulder. Ele cruza as pernas e vai mais para o lado oposto da mesa, assim ficamos sentados num semicírculo que inclui Lake. — Pra mim o chato é ter de voltar para a escola amanhã. O legal é que Layken finalmente voltou pra casa.

Ela sorri.

— Ohnn, obrigada, Caulder. Isso *é* mesmo legal — diz ela.

— Minha vez — fala Kel. — O meu chato é ter de voltar para a escola amanhã. O legal é que Layken finalmente voltou pra casa.

Ela enruga o nariz para Kel.

— Imitão.

Eu rio.

— Bem, o meu chato é que minha namorada me fez alugar seis filmes diferentes do Johnny Depp. O meu legal está sendo agora. — Inclino-me e beijo a cabeça dela. Kel e Caulder não reclamam do meu legal. Acho que eles já estão se acostumando ou, talvez, seja só o fato de eles estarem contentes por ela ter voltado para casa.

— O meu chato é bem óbvio. Tem grampos na minha cabeça — diz Lake. Ela olha para mim e sorri, em seguida seus olhos vão até Kel e Caulder, e ela fica observando os dois comerem.

— Qual é o seu legal? — diz Caulder, com a boca cheia.

Lake fica olhando para ele por um instante.

— Vocês — diz ela. — Vocês três.

Ficamos em silêncio, então Kel pega uma batata frita e joga nela.

— Deixa de ser brega — implica ele. Lake pega a batata frita e joga de volta para ele.

— Oi — diz Kiersten, quando entra na casa. — Desculpem meu atraso. — Ela vai em direção à cozinha. Nem sabia que ela vinha jantar conosco. Pelo jeito, ela vai ter de comer pão novamente.

— Precisa de ajuda? — pergunto para ela. Kiersten só está podendo usar um braço, mas parece estar se adaptando bem.

— Não. Eu consigo levar. — Ela traz o prato para a sala de estar e se senta no chão. Ela dá a maior mordida numa tira de frango empanado, e nós todos a encaramos. — Meu Deus, que delíiiicia — diz, enfiando o resto na boca.

— Kiersten, isso é carne. Você está comendo carne — digo.

Ela assente.

— Eu sei. É superestranho. Estava louca para vir pra cá depois que vocês chegaram para poder comer um pouco disso. — Ela dá outra mordida. — É o *paraíso* — diz, com a boca cheia. Ela se levanta e vai até a cozinha. — Fica bom com catchup? — Ela traz o frasco de volta e espreme um pouco no prato.

— Por que mudou de opinião? — pergunta Lake. Kiersten engole.

— Quando o caminhão estava prestes a bater na gente... tudo que consegui pensar foi no fato de que eu ia morrer e nunca tinha provado carne. Foi o único arrependimento que senti na vida.

Todos nós rimos. Ela tira o frango do meu prato e coloca no próprio.

— Will, você ainda vai para o Dia do Pai na quinta? — pergunta Caulder.

Lake olha para mim.

— Dia do Pai?

— Não sei, Caulder. Não sei se vou ficar muito tranquilo deixando Lake sozinha em casa — explico.

— Dia do Pai? O que é o Dia do Pai? — pergunta Lake novamente.

— É o Dia de Gratidão ao Pai na nossa escola — diz Kiersten. — Eles vão fazer um almoço. As crianças vão almoçar com os pais no ginásio. O Dia da Mãe é só no mês que vem.

— Mas e as crianças que não têm pais? O que elas vão fazer? Não é muito justo.

— Crianças que não têm pais vão com Will — diz Kel.

Lake olha para mim novamente. Ela não gosta de ficar por fora do assunto.

— Perguntei a Kel se eu poderia almoçar com ele também — digo.

— Você pode almoçar comigo também? — pergunta Kiersten. — Meu pai só volta no sábado.

Concordo com a cabeça.

— Se eu for. Não sei se devo.

— Vá — diz Lake. — Vou ficar bem. Pare de ficar me tratando como um bebê.

Inclino-me e a beijo.

— Mas você *é* meu bebê — digo.

Não sei de que direção sou atacado, talvez das três, mas sou atingido na cabeça por batatas fritas.

* * *

Ajudo Lake a se deitar e coloco as cobertas por cima dela.

— Quer beber alguma coisa?

— Estou bem — diz ela.

Apago a luz, vou para o outro lado da cama e me deito. Aproximo-me dela, descanso a cabeça em seu travesseiro e a abraço. Ela vai desenfaixar a cabeça na próxima visita ao médico. Está bem preocupada, querendo saber quanto cabelo tiveram de cortar. Fico dizendo para ela não se preocupar. Sei que eles não cortaram muito, e a incisão foi na parte de trás da cabeça, então não vai ser tão perceptível.

Como precisa ficar deitada de lado para não sentir dores, ela está virada para mim. Os lábios dela estão bem perto dos meus, então preciso beijá-los. Encosto a cabeça de novo em seu travesseiro e ponho seu cabelo atrás da orelha com os dedos.

Essa última semana foi um inferno. Mental *e* físico. Especialmente mental. Estive tão perto de perdê-la. Tão *perto*. Às vezes, quando estou em silêncio, começo a pensar no fato de que eu poderia tê-la perdido e no que eu teria feito. Obrigo esses pensamentos a desaparecerem e fico me dizendo que ela está bem. Que todo mundo está bem.

Não achava que fosse possível, mas depois de tudo isso pelo que Lake e eu passamos no último mês, eu a amo mais ainda. Não consigo nem começar a imaginar como seria minha vida sem ela. Lembro-me do vídeo que Sherry me mostrou e do que Jim disse a ela: "É como se você tivesse chegado e despertado minha alma."

É exatamente o que Lake fez comigo. Ela despertou minha alma.

Inclino-me e a beijo novamente, dessa vez por mais tempo. Porém não por tempo demais. Sinto como se ela ainda estivesse muito frágil.

— Isso é um saco — diz ela. — Sabe o quanto vai ser difícil dormir na mesma cama que você? Tem certeza que ele falou um mês inteiro? A gente vai ter de se conter por um mês inteirinho?

— Tecnicamente, ele falou quatro semanas — respondo, acariciando seu braço. — Acho que podemos contar quatro semanas mesmo, pois ficam faltando apenas alguns dias para completar um mês.

— Está vendo? Você devia ter aceitado quando eu topei. Agora a gente vai ter de esperar mais quatro semanas! — diz ela. — Quantas semanas vão ser no total?

— Sessenta e cinco — respondo rapidamente. — Não que eu esteja contando. Será no dia 28 de fevereiro se contarmos quatro semanas a partir de hoje. Não que eu também esteja contando isso.

Ela ri.

— Vinte e oito de fevereiro? Mas isso é uma terça. Quem é que quer perder a virgindade numa terça? Vamos marcar para a sexta anterior ao dia 28, então. Podemos deixar Kel e Caulder com seus avós novamente.

— Negativo. Quatro semanas. São recomendações médicas — digo. — Vamos fazer um acordo. Eu peço para meus avós ficarem com os garotos novamente se aguentarmos até 2 de março. É a sexta depois que as quatro semanas se completam.

— Dois de março é uma quinta.

— Esse ano é bissexto.

— Argh! Tudo bem. Dois de março — diz ela. — Mas dessa vez quero um quarto enorme.

— Combinado.

— Com chocolates. E flores.

— Combinado — digo. Levanto a cabeça do travesseiro, a beijo e rolo para o outro lado.

— E uma bandeja de frutas. Com morangos.

— Combinado — digo novamente. Bocejo e puxo as cobertas por cima da cabeça.

— E quero aqueles roupões macios de hotel. Para nós dois. Assim ficaremos com eles o fim de semana inteiro.

— Teremos o que você quiser, Lake. Agora vá dormir. Você precisa descansar.

Ela só fez dormir nos últimos cinco dias, então não fico surpreso em ver que está tão desperta. Eu, por outro lado, não dormi nada nos últimos cinco dias. Mal consegui ficar de olhos abertos hoje. É tão bom voltar para casa, para a minha cama. E é melhor ainda sentir que Lake está bem aqui do meu lado.

— Will? — sussurra ela.

— Sim?

— Tenho de fazer xixi.

— Tem certeza de que vai ficar bem? — pergunto a Lake pela décima vez na manhã.

— Vou ficar bem, sim — diz ela. E estende o celular para mostrar que está com ele por perto.

— Tudo bem. Sherry está em casa se precisar de alguma coisa. Volto daqui a uma hora, o almoço não deve demorar muito.

— Amor, estou bem. Juro

Beijo-a na testa.

— Eu sei.

E sei que é verdade. Ela está mais do que bem. Está tão focada, tão determinada a melhorar que tem feito coisas demais sozinha. Coisas que nem devia estar fazendo, e é por isso que fico preocupado. Sua determinação indômita, pela qual me apaixonei, às vezes me irrita para caramba também.

Ao entrar no ginásio, dou uma olhada na área, procurando os garotos. Caulder está acenando quando o avisto, então vou até a mesa dele.

— Onde estão Kel e Kiersten? — pergunto, enquanto me sento.

— A Sra. Brill não deixou que viessem — diz ele.

— Por quê? — Balanço a cabeça de um lado para o outro, procurando a Sra. Brill.

— Ela disse que eles estavam usando este almoço como uma desculpa para se livrar do tempo na biblioteca. Ela fez os dois irem almoçar às 10h45. Kel avisou que você ficaria com raiva.

— E Kel tem razão — digo. — Já volto.

Saio do ginásio e viro à esquerda, em direção ao refeitório. Quando entro lá, o barulho perfura meus tímpanos. Esqueci o quanto as crianças são barulhentas. Esqueci também o quanto minha cabeça ainda dói. Olho em todas as mesas, mas são tantas crianças que não consigo encontrar nenhum dos dois. Aproximo-me de uma mulher que parece tomar conta do refeitório.

— Você saberia me dizer onde está Kel Cohen? — pergunto.

— Quem? — pergunta ela. — Está barulhento demais aqui, não consegui escutá-lo.

Falo mais alto.

— Kel Cohen!

Ela aponta para uma mesa lá no outro canto. Antes de eu chegar, Kel me avista e acena. Kiersten está sentada ao lado dele, enxugando a camisa com uma pilha de guardanapos molhados. Os dois se levantam quando eu chego.

— O que aconteceu com sua camisa? — pergunto para Kiersten.

Ela olha para Kel e balança a cabeça.

— Foram uns garotos idiotas — diz. Ela aponta para a mesa oposta à deles, onde tem três garotos que parecem um pouco mais velhos que Kiersten e Kel. Estão todos rindo.

— Eles fizeram alguma coisa com você? — pergunto para ela.

Kiersten revira os olhos.

— E quando é que *não* fazem algo comigo? Se não é leite achocolatado, é molho de maçã. Ou pudim. Ou gelatina.

— Pois é, normalmente é gelatina — diz Kel.

— Não se preocupe com isso, Will. Já me acostumei. Sempre deixo uma muda de roupas na mochila, caso precise.

— Não me preocupar com isso? — pergunto. — Por que diabos ninguém fez nada a respeito? Você contou para algum professor?

Ela faz que sim com a cabeça.

— Eles nunca veem quando acontece. Piorou depois da suspensão. Agora o pessoal só joga coisas em mim quando tem certeza de que os adultos não estão vendo. Mas não tem problema, Will. Sério. Tenho Abby, Kel e Caulder. São todos os amigos de que preciso.

Fico furioso. Não acredito que ela precise passar por isso todos os dias! Olho para Kel.

— Sobre quem Caulder estava falando no outro dia? O babaca? — Kel aponta para o garoto sentado na ponta da mesa. — Vocês dois fiquem esperando aqui.

Eu me viro e vou em direção à mesa do Babaca. Conforme me aproximo, a risada deles se transforma em confusão. Pego uma das cadeiras vazias na mesa deles, coloco-a ao lado do Babaca e me sento com o encosto da cadeira para a frente.

— Oi — digo.

Ele olha para mim e depois para os amigos.

— Posso ajudá-lo? — diz sarcasticamente. Seus amigos riem.

— Sim. Na verdade, pode sim — responde. — Qual é o seu nome?

Ele ri novamente. Dá para perceber que está tentando dar uma de garoto de 12 anos grandão e malvado. Ele parece Reece quando tinha essa idade. Porém dá para ver a ansiedade em seu rosto.

— Mark — diz ele.

— Então oi, Mark. Meu nome é Will. — Estendo a mão, e ele a aperta relutantemente. — Agora que já nos apresentamos formalmente, com certeza podemos ser francos um com o outro. Não podemos, Mark? Você é durão o suficiente para aguentar um pouco de honestidade?

Ele ri nervosamente.

— Sim, sou durão.

— Ótimo. Porque está vendo aquela garota ali? — Aponto para Kiersten. Mark olha por cima do ombro para ela, depois de volta para mim e assente. — Vou ser bem sincero com você. Aquela garota é muito importante para mim. *Muito*. Quando coisas ruins acontecem com as pessoas que estão na minha vida, eu não sei lidar muito bem. Acho que se poderia dizer que sou meio esquentado.

Aproximo a cadeira da dele e olho bem em seus olhos.

— Agora, já que estamos sendo francos um com o outro, é bom você saber que eu era professor. Sabe por que não sou mais um professor, Mark?

Ele não está mais sorrindo. Balança a cabeça.

— Não ensino mais porque um de meus alunos *imbecis* tentou aprontar com uma das pessoas que são importantes pra mim. A história não terminou muito bem.

Os três ficam me encarando, de olhos arregalados.

— Pode encarar isso como uma ameaça, Mark. Mas, para ser sincero, não tenho nenhuma intenção de machucar você. Afinal, você só tem 12 anos. Quando se trata de acabar com alguém, eu não me meto com menores de 14 anos. Mas uma coisa eu digo: o fato de você ficar intimidando pessoas? Ainda por cima *garotas*? Garotas mais novas que você? — Balanço a cabeça de tanta repulsa. — Isso só mostra o ser humano patético que você vai ser. Mas isso nem é o pior de tudo. — Olho para os amigos dele. — O pior são as pessoas que acompanham você. Pois qualquer pessoa que é fraca o suficiente para deixar alguém tão ridículo como você dar uma de líder é *pior* do que patético.

Olho de novo para Mark e sorrio.

— Foi um prazer conhecê-lo. — Levanto-me, coloco a cadeira de volta no lugar e ponho as mãos na mesa, bem na frente dele. — Vou manter contato com você.

Encaro os três, fixando nos olhos, enquanto me afasto da mesa. Em seguida, viro para Kiersten e Kel.

— Vamos. Caulder está esperando a gente.

Quando nós três chegamos ao ginásio, vamos até a mesa de Caulder e nos sentamos. Após apenas dois minutos, a Sra. Brill se aproxima com uma cara feia. Antes de ela abrir a boca, eu me levanto e estendo a mão para ela.

— Sra. Brill — digo, sorrindo. — Que bom que deixou Kiersten e os garotos almoçarem comigo hoje. Fico felicíssimo em ver que você reconhece que existem famílias nesse mundo em situações não muito tradicionais Amo essas crianças como se fossem meus próprios filhos. O fato de você respeitar nosso relacionamento, apesar de eu não ser um pai comum, diz muito sobre a sua pessoa. Então eu só queria agradecer.

A Sra. Brill solta minha mão e se afasta. Ela olha para Kiersten e Kel, depois para mim.

— De nada — responde. — Espero que vocês todos gostem do almoço. — Ela se vira e vai embora sem falar mais nada.

— Bem — diz Kel —, isso com certeza foi o *legal* do meu dia.

17.

QUINTA-FEIRA, 16 DE FEVEREIRO

Mais um dia...

— ENTÃO, QUAL É A EXTENSÃO DOS DANOS? — PERGUNTA Lake ao Dr. Bradshaw.

— Em quem? Em você? — Ele ri enquanto desenfaixa lentamente a cabeça dela.

— No meu cabelo — diz ela. — Quanto você cortou?

— Bem — começa ele —, a gente teve de perfurar seu crânio, sabia? Tentamos salvar o máximo de cabelo possível, mas tivemos de tomar uma decisão dificílima... salvar seu cabelo ou sua vida.

Ela ri.

— Acho que perdoo você.

ASSIM QUE CHEGAMOS em casa, após a consulta com o médico, ela vai direto lavar o cabelo. Já estou bem tranquilo quanto a deixá-la sozinha em casa, então vou buscar os garotos. Ao chegar lá, lembro que o show de talentos da escola é amanhã à noite, e os alunos que vão se apresentar precisam ficar mais um tempo para ensaiar. Kiersten e Caulder quiseram se apresentar, mas nenhum dos dois deu nenhuma pista sobre suas performances. Fiz cópias de todos os meus poemas para Kiersten. Ela diz que estava precisando deles para fazer um pouco de pesquisa. Não protesto. Kiersten tem um certo jeito, não dá para reclamar das coisas que ela diz.

Quando os garotos e eu finalmente chegamos em casa, Lake ainda está no banheiro. Sei que não aguenta quando a trato feito um bebê, mas vou conferir como ela está mesmo assim. O fato de estar lá dentro há tanto tempo me deixa preocupado. Quando bato na porta, ela diz para eu ir embora. Não parece muito contente, o que significa que não vou obedecê-la.

— Lake, abra a porta — digo. Chacoalho a maçaneta, mas está trancada.

— Will, preciso de um momento sozinha. — Ela funga. Está chorando.

— Lake. Abra a porta! — Estou realmente preocupado. Sei o quanto é teimosa, e se ela se machucou, provavelmente vai tentar disfarçar. Bato com força na porta e chacoalho a maçaneta novamente. Ela não responde. — Lake! — grito.

A maçaneta gira, e a porta é aberta lentamente. Ela está olhando para o chão, chorando.

— Estou bem — diz, enxugando os olhos com um monte de papel higiênico. — Você precisa parar de surtar assim, Will.

Entro no banheiro e a abraço.

— Por que está chorando?

Ela se afasta e balança a cabeça, em seguida senta-se diante do espelho do banheiro.

— É idiotice — diz ela.

— Está sentindo dor? Sua cabeça dói?

Ela balança a cabeça e enxuga os olhos novamente. Depois ergue o braço e tira o elástico do cabelo, que cai sobre seu ombro.

— É o meu cabelo.

É o cabelo dela. Lake está chorando por causa da porcaria do cabelo! Suspiro aliviado.

— Vai crescer de novo, Lake. Está tudo bem.

Vou para trás dela e tiro o cabelo que está em seus ombros para suas costas. Ela está com uma região raspada na parte de trás da cabeça. Não dá para cobrir, pois está bem no centro. Passo os dedos em cima.

— Acho que você ficaria bem de cabelo curto. Espere crescer mais um pouco, daí pode cortar.

Ela balança a cabeça.

— Isso vai demorar uma eternidade. Não vou a lugar nenhum assim. Vou ficar mais um mês sem sair de casa — diz.

Sei que está falando sério, mas odeio o fato de ela estar tão chateada.

— Eu acho lindo — digo, passando os dedos por cima da cicatriz. — Foi o que salvou sua vida.

Eu a contorno e abro as portas do armário que fica debaixo da pia.

— O que vai fazer? Não vou deixar você cortar o resto do meu cabelo, Will.

Tiro uma caixa preta que contém meu barbeador elétrico.

— Não vou cortar seu cabelo. — Coloco na tomada, tiro o pente e ligo o aparelho. Estendo o braço para trás da cabeça, pressiono-o contra meu cabelo e faço um movimento rápido. Quando trago a mão para a frente, tiro os fios de cabelo e jogo no lixo. — Pronto. Agora vamos ficar iguais — digo.

Ela se vira no assento.

— Will! O que diabos foi isso? Por que fez isso?

— É apenas cabelo, amor. — Sorrio para ela.

Lake leva o monte de papel higiênico até os olhos e sorri para nosso reflexo no espelho. Balança a cabeça e ri.

— Você está ridículo — diz ela.

— Você também.

Com exceção da consulta com o médico ontem, essa noite é a primeira vez que Lake vai sair de casa. Sherry vai cuidar dos garotos por algumas horas após o show de talentos para nós podermos ter um encontro. Claro que Lake ficou chateada quando contei.

— Você nunca pergunta se quero sair, simplesmente me informa — reclamou.

Tive de me ajoelhar para convidá-la para sair. Dessa vez, ela também não sabe de nada. Não faz ideia do que estou planejando para a noite. Nenhuma ideia.

Eddie e Gavin já estão no auditório da escola com Sherry e David quando nós dois chegamos. Deixo Lake sentar ao lado de Eddie e me sento ao lado de Sherry. Lake conseguiu pentear o cabelo para trás, fazendo um rabo de cavalo e escondendo a maior parte da cicatriz. Já eu não tive a mesma sorte.

— Hummm... Will? Isso é alguma moda que desconheço? — pergunta Sherry ao ver meu cabelo.

Lake ri.

— Viu só? Você está ridículo.

Sherry se inclina para mim e sussurra.

— Pode me dar alguma pista do que Kiersten vai fazer hoje?

Dou de ombros.

— Eu não sei. Presumo que seja um poema. Ela não leu para vocês?

Sherry e David balançam as cabeças.

— Ela tem sido bem furtiva em relação a isso — diz David.

— Caulder também — falo. — Não faço ideia do que ele vai aprontar. Achava que ele não tinha nenhum talento específico.

As cortinas abrem-se, e a diretora Brill vai até o microfone falar algumas coisas para dar início ao espetáculo. Para cada criança que vai se apresentar, tem um pai com uma filmadora na frente da plateia. Por que eu não trouxe minha câmera? Sou um idiota. Um pai de verdade teria trazido uma câmera. Quando Kiersten é chamada ao palco, Lake põe a mão dentro da bolsa e tira uma câmera. Claro que ela veio preparada.

A diretora Brill apresenta Kiersten, que não parece nada nervosa. Ela é mesmo uma Eddie em miniatura. Está com um pequeno saco no pulso, por cima do gesso. Ergue o braço bom para abaixar o microfone.

— Hoje vou fazer uma coisa que se chama slam. É um tipo de poesia que um amigo meu me mostrou esse ano. Obrigada, Will.

Sorrio.

Kiersten respira fundo e diz:

— Meu poema de hoje se chama “Borbolete-se”.

Lake e eu nos encaramos. Sei que ela está pensando o mesmo que eu: ai, não.

"Borboleta.
Que palavra linda
Que criatura delicada
Delicada como essas ***palavras*** cruéis que saem
diretamente de suas ***bocas***
e como a ***comida*** que sai voando das suas ***mãos***...
Isso faz você se sentir ***melhor***?
Isso faz você se sentir ***bem***?
Intimidar uma ***garota*** faz com que você seja mais ***homem***?
Estou me ***defendendo***
Como ***devia*** ter feito ***antes***
Não vou mais ***aturar***
as suas ***borboletas***."

Kiersten tira o saco do punho e o abre, pegando um monte de borboletas feitas à mão. Ela tira o microfone do suporte e desce a escada enquanto continua falando.

— Eu gostaria de oferecer aos outros o que os outros me ofereceram. — Primeiramente ela vai até a Sra. Brill e entrega uma borboleta. — *Borbolete-se*, Sra. Brill.

A Sra. Brill sorri e pega a borboleta. Lake dá uma gargalhada, e eu tenho de cutucá-la para ela ficar quieta. Kiersten sai andando pelo auditório, entregando borboletas para vários alunos, inclusive os três do refeitório.

"Borbolete-se ***você***, Mark.
Borbolete-se ***você***, Brendan.
Borbolete-se ***você***, Colby."

Ao terminar de entregar as borboletas, ela volta para o palco e põe o microfone no pedestal.

"Tenho algo a ***dizer*** a ***vocês***
Não estou me referindo aos ***valentões***
Nem às pessoas que eles ***intimidam***.
Estou me referindo àqueles que simplesmente ***ficam parados***
Àqueles que não se ***manifestam*** em nome de nós que choramos
Àqueles de vocês que simplesmente... fingem que não veem.
Afinal não é com ***você*** que está acontecendo.
Não é ***você*** que está sendo ***intimidado***
E não é ***você*** que está sendo ***rude***
Não é ***sua*** mão que está atirando a ***comida***
Mas... é ***sua boca*** que fica ***quieta***
É ***seu pé*** que não se ***levanta***
É seu ***braço*** que não estende a ***mão***
É seu ***coração***
Que não ***liga*** para essa merda.
Então ***manifeste-se*** por si mesmo
Manifeste-se por seus ***amigos***
Desafio você a ser alguém
Que não ***cede***.
Não ceda.
Não que deixe eles ***vençam***."

Assim que Kiersten falou "merda", a Sra. Brill foi rapidamente em direção ao palco. Ainda bem que Kiersten terminou o poema e desceu depressa antes que a diretora a alcançasse. A plateia está chocada. Bem, a maior parte da plateia. Nossa fileira inteira a está aplaudindo de pé.

Assim que nos sentamos, Sherry sussurra para mim.

— Não entendi o lance das borboletas, mas achei o resto tão bom.

— Sim, foi sim — concordo. — Foi bom para borboleta.

Quando Caulder é chamado para o palco, parece nervoso. Fico tenso por ele. Lake também. Queria ter ficado sabendo o que ele planejava fazer, assim eu poderia ter dado algum conselho. Lake dá um zoom na câmera e foca nele. Respiro fundo, esperando que ele consiga se apresentar sem falar nenhum palavrão. A Sra. Brill já está de olho na gente. Caulder vai até o microfone e diz:

— Meu nome é Caulder. Também vou fazer um slam hoje. É chamado "Chato e legal".

E lá vamos nós de novo.

"Muitas coisas chatas aconteceram na minha vida
Muitas
Meus pais morreram quase quatro anos atrás, logo depois
que completei 7 anos.
A cada dia que se passa, lembro-me deles
cada vez ***menos.***
Minha mãe, por exemplo...
Lembro que ela gostava de ***cantar.***
Ela estava ***sempre*** feliz,
sempre dançando.
Fora o que vi em fotos, não me lembro
muito da aparência dela.
Nem do ***cheiro*** dela
Nem da ***voz*** dela.
E meu ***pai***
Me lembro de ***mais*** coisas a respeito dele, mas só

porque eu achava que ele era o homem mais incrível
do mundo.
Ele era ***inteligente***.
Ele sabia a resposta para ***tudo***.
E ele era ***forte***.
E ele tocava ***violão***.
Eu ***adorava*** ficar deitado na cama à noite, escutando
a música que vinha da sala.
É disso que ***mais*** sinto falta.
Da ***música*** dele.
Depois que eles morreram, fui morar com vovó e vô Paul.
Não me levem a mal... eu ***amo*** meus avós.
Mas eu amava mais meu ***lar***.
Meu lar me fazia ***lembrar*** deles.
Da minha mãe e do meu pai.
Meu irmão tinha acabado de começar a universidade quando
eles morreram.
Ele sabia o quanto eu queria ficar na minha casa.
Ele sabia o quanto isso ***significava*** para mim,
então ele fez isso ***acontecer***.
Eu só tinha 7 anos na época, então deixei que ele fizesse isso.
Deixei que abrisse mão de sua ***vida inteira*** só para que eu
pudesse ficar em casa.
Só para que eu não ficasse tão ***triste***.
Se eu pudesse fazer tudo de novo, eu ***nunca*** o teria deixado
ficar comigo.
Ele também merecia uma chance.
Uma ***chance*** de ser ***jovem***.
Mas, às vezes, quando você tem 7 anos, o mundo não é em ***3D***.
Então,
eu devo ***muito*** ao meu irmão.

Muitos ***obrigados***
Muitas ***desculpas***
Muitos ***eu te amo***
Devo ***muito*** a você, Will
Por você fazer as coisas ***chatas*** da minha vida
serem um pouco ***menos chatas***.
E o ***legal***?
O meu ***legal*** está sendo ***agora***."

Pergunto-me se uma pessoa não pode chorar demais. Se puder, eu com certeza estou chegando ao meu limite esse mês. Levanto-me, passo por Sherry e David e vou para o corredor. Quando Caulder desce os degraus do palco, eu o levanto e dou o maior abraço que já dei nele.

— Amo você, Caulder.

NÃO FICAMOS PARA a entrega dos prêmios. As crianças estão animadas porque vão passar a noite na casa de Sherry e David, então estão loucas para ir embora. Kiersten e Caulder não parecem se importar com quem vai vencer, o que me deixa um pouco orgulhoso. Afinal, tenho dito aquela frase do Allan Wolf para Kiersten toda vez que lhe dou conselhos sobre poesia: *a pontuação não é o objetivo; o objetivo é a poesia*.

Após David e Sherry irem embora com os garotos, Lake e eu vamos até o carro, e eu abro a porta para ela.

— Onde vamos comer? Estou com fome — diz ela.

Não respondo. Fecho a porta dela e vou para o outro lado do carro. Estendo o braço para o banco de trás, pego dois sacos no chão e entrego um para ela.

— Não vamos ter tempo de parar e comer. Fiz sanduíche de queijo pra gente.

Ela sorri ao abrir o saco e tira o sanduíche e o refrigerante. Pela expressão em seu rosto, vejo que ela lembrou. Estava torcendo para que ela lembrasse.

— Preciso realmente comer isso? — diz ela, enrugando o nariz. — Há quanto tempo está no seu carro?

Eu rio.

— Há duas horas no máximo. Faz parte do show, então tenha paciência. — Pego o sanduíche das mãos dela e o coloco de volta no saco. — Nosso trajeto vai ser bem longo — digo. — Sei de uma brincadeira que podemos fazer; ela se chama "você prefere". Já brincou disso?

Ela sorri para mim e faz que sim com a cabeça.

— Só uma vez, com um cara bem gatinho. Mas faz muito tempo. Talvez você deva começar, assim vou me lembrando.

— Tudo bem. Mas preciso fazer uma coisa. — Ele abre o porta-luvas e tira uma venda. — Nosso destino é meio que surpresa, então preciso que você coloque isso.

— Você vai me vendar? Sério? — Ela revira os olhos e se inclina para a frente.

Coloco a venda na cabeça dela e a ajusto por cima dos olhos.

— Pronto. Não tente espiar.

Coloco o carro em primeira e saio do estacionamento. Em seguida, faço a primeira pergunta.

— Então. Você prefere que eu seja parecido com Hugh Jackman ou com George Clooney?

— Com Johnny Depp — diz ela.

A resposta dela foi rápida demais.

— Que *diabos* foi isso, Lake? Era pra você responder Will! Era pra você dizer que quer que eu me pareça comigo mesmo!

— Mas você não era uma das alternativas — alega ela.

— Nem Johnny Depp!

Ela ri.

— Minha vez. Você prefere ficar arrotando o tempo inteiro ou ter de latir toda vez que ouve a letra "o"?

— Latir como um cachorro?

— Sim.

— Arrotar o tempo inteiro.

— Ai, que nojo. — Ela enruga o nariz. — Eu aturaria os latidos, já os arrotos constantes, não sei.

— Então eu mudo minha resposta. É minha vez de novo. Você prefere ser abduzida por extraterrestres ou ter de fazer uma turnê com o Nickelback?

— Prefiro ser abduzida pelos Avett Brothers.

— Isso não era uma das alternativas.

Ela ri.

— Tá bom, extraterrestres. Você prefere ser um velho rico com apenas um ano de vida ou um jovem pobre com mais cinquenta anos de vida?

— Prefiro ser Johnny Depp.

Ela ri.

— Você é péssimo nessa brincadeira — provoca ela.

Estendo o braço, e entrelaçamos os dedos. Ela está recostada no banco, rindo, sem ter nenhuma ideia de para onde estamos indo. Vai ficar furiosa — mas espero que por pouco tempo. Fico dirigindo mais um pouco enquanto continuamos a brincadeira. Para ser sincero, eu poderia passar a noite inteira brincando disso com ela, mas terminamos chegando ao nosso destino e eu saio do carro. Abro a porta e a ajudo a se levantar.

— Segure minha mão. Vou guiar você.

— Assim estou ficando nervosa, Will. Por que você sempre fica cheio de segredos em relação aos nossos encontros?

— Não é segredo, é que gosto de fazer surpresas para você. Só precisamos andar mais um pouco, então eu tirarei a venda.

Entramos no local, e eu a coloco bem onde quero que fique. Não consigo deixar de sorrir, pois sei como ela vai reagir quando eu destapar seus olhos.

— Estou prestes a tirar a venda, mas antes de fazer isso, eu queria pedir para você se lembrar do quanto me ama, tá certo?

— Não posso prometer nada — diz.

Estendo o braço e desamarro a venda. Ela abre as pálpebras e dá uma olhada ao redor. Isso mesmo, ela está furiosa.

— Que diabos é isso, Will! Você me trouxe para um encontro na sua *casa* de novo? Por que você sempre faz isso?

Eu rio.

— Desculpe. — Jogo a venda na mesa de centro e coloco os braços ao redor dela. — É que algumas coisas não precisam ser feitas em cima de um palco. Algumas precisam ser em particular. Essa é uma delas.

— *O que* é uma delas? — Ela parece nervosa.

Beijo-lhe a testa.

— Sente-se. Já volto. — Gesticulo para que ela sente no sofá. Vou até o quarto, abro o armário e tiro a surpresa que vou dar a ela. Coloco no bolso e volto para a sala de estar.

Ligo o som e coloco a música “I & Love & You” para ficar se repetindo; é a música preferida dela.

— É melhor me dizer logo uma coisa, antes que eu comece a chorar de novo... isso tem algo a ver com minha mãe? Porque você disse que as estrelas eram a última coisa.

— E eram mesmo, juro. — Sento ao lado dela no sofá e seguro sua mão, olhando-a bem nos olhos. — Lake, tem algo que quero lhe dizer e preciso que me escute sem interromper, tá certo?

— Não sou eu que fico interrompendo — fala, defensivamente.

— Está vendo só? Exatamente isso. Não faça isso.

Ela ri.

— Tá bom. Pode falar.

Tem algo de errado. Não gosto da maneira formal como estamos sentados. Não é a cara da gente. Pego a perna e o braço dela e os puxo para meu colo. Ela fica em cima de mim, com as pernas envolvendo meu corpo. Aí põe as mãos perto do meu pescoço e me olha nos olhos. Estou prestes a falar, mas sou interrompido.

— Will?

— Você está me interrompendo, Lake.

Ela me dá um meio sorriso e leva as mãos ao meu rosto.

— Amo você — diz ela. — Obrigada por cuidar de mim.

Lake está tentando me distrair do fato de ter me interrompido, mas tudo bem. Deslizo as mãos lentamente por seus braços, subindo até os ombros.

— Você também teria cuidado de mim, Lake. É o que fazemos.

Ela sorri. Uma lágrima escorre por sua bochecha, e ela nem tenta contê-la.

— Pois é. É o que fazemos.

Seguro as mãos delas, levo as palmas aos lábios e as beijo.

— Lake, você é muito importante para mim. Você trouxe tantas coisas para minha vida... justamente quando eu mais precisava. Queria que você soubesse o quanto eu estava desesperançoso antes de conhecê-la; só assim você ia saber o quanto me mudou.

— Mas eu *sei*, Will. Eu também estava desesperançosa.

— Você está me interrompendo de novo.

Ela sorri e balança a cabeça.

— Não me importo.

Eu rio, empurro-a para cima do sofá e subo em cima dela, pressionando as mãos uma de cada lado de sua cabeça para me apoiar.

— Tem ideia do quanto você me deixa frustrado às vezes?

— É uma pergunta retórica? Pois você acabou de dizer que não é para eu interrompê-lo, então não sei se você quer que eu responda ou não.

— Meu Deus, você é *impossível*, Lake! Não consigo falar nem duas frases!

Ela ri e segura a gola da minha camisa.

— Estou prestando atenção — sussurra ela. — Juro.

Quero acreditar nela, mas, quando estou prestes a falar novamente, ela esmaga os lábios nos meus. Por um instante, esqueço o que vou dizer. Fico perdido com o gosto de sua boca e a sensação de suas mãos subindo pelas minhas costas. Abaixo meu corpo para perto do dela e a deixo me distrair mais um pouco. Após vários minutos de intensa distração, de algum modo consigo me desvencilhar e me sentar novamente no sofá.

— Que droga, Lake! Vai deixar eu fazer isso ou não? — Seguro as mãos dela e a puxo para que se sente, em seguida saio do sofá e me ajoelho no chão na frente dela.

Acho que até agora ela não tinha ideia do que ia acontecer essa noite. Olha para mim com uma mistura de emoções no rosto. Medo, esperança, empolgação, apreensão. É exatamente o que estou sentindo. Seguro as mãos dela e respiro fundo.

— Eu disse que as estrelas eram o último presente da sua mãe, e, tecnicamente, elas eram sim.

— Espera. *Tecnicamente*? — diz. Ela percebe que está me interrompendo quando eu a fulmino com o olhar. — Ah, é. Desculpa. — Ela coloca o dedo na frente da boca, indicando que não vai dizer mais nada.

— Sim, *tecnicamente*. Eu disse que as estrelas eram a última coisa que sua mãe nos deu, e é verdade. Mas ela me deu uma estrela que não está no vaso. Ela queria que eu a desse para você quando eu estivesse pronto. Quando você estivesse pronta. Então... espero que você esteja pronta.

Ponho a mão no bolso e tiro a estrela. Coloco-a em sua mão para ela abrir. Ao fazer isso, o anel desliza e cai em sua palma. Quando vê a aliança da mãe, ela leva a mão até a boca e inspira profundamente. Pego o anel e seguro a mão esquerda dela.

— Sei que somos jovens, Lake. Temos a vida inteira pela frente para fazer coisas como nos casar. Mas, às vezes, as coisas não acontecem em ordem cronológica na vida das pessoas. Especialmente em nossas vidas. Já faz um bom tempo que a nossa ordem cronológica ficou bem confusa.

Ela estende o dedo anular. A mão dela está tremendo... as minhas também. Coloco o anel em seu dedo. Cabe certinho. Ela enxuga minhas lágrimas com a outra mão e me beija na testa. Seus lábios chegam perto demais dos meus, então tenho de parar e beijá-los. Ela põe a mão na parte de trás da minha cabeça e fecha os lábios por cima dos meus enquanto sai do sofá e vem para o meu colo. Perco o equilíbrio, e nós dois caímos para trás. Ela não solta a minha cabeça, e nossos lábios não se separam nem por um segundo enquanto ela continua me dando o melhor beijo de todos.

— Amo você, Will — murmura ela na minha boca. — Amo você, amo você, amo você.

Delicadamente, afasto o rosto dela do meu.

— Não terminei ainda. — Eu rio. — Pare de me interromper, caramba! — Rolo-a para o lado e me apoio no meu cotovelo, ao lado dela.

Ela começa a espernear, fazendo pirraça.

— Pergunte logo, já estou *morrendo* aqui!

Balanço a cabeça e rio.

— Mas é exatamente isso, Lake. Não vou perguntar se você quer se casar comigo...

Antes que eu possa terminar a frase, uma expressão de pavor toma conta do rosto dela. Ponho o dedo nos lábios dela.

— Sei que você gosta que eu *pergunte* em vez de só *dizer* as coisas. Mas não vou perguntar se você quer casar comigo. — Rolo para cima dela e me aproximo o máximo possível sem que eu precise deixar de olhar nos olhos dela. Baixo a voz e sussurro. — Estou *dizendo* que você vai se casar comigo, Lake... pois não consigo viver sem você.

Ela começa a chorar de novo... e a rir. Está rindo e chorando e me beijando, tudo ao mesmo tempo. Nós dois estamos.

— Eu estava tão errada — assume ela entre beijos. — Tem vezes que uma garota *adora* quando o cara só faz dizer as coisas.

— Você está grávida? — pergunta Eddie para Lake.

— Não, Eddie, é você que está.

Estamos todos na sala de estar. Lake quis contar logo para Eddie, então telefonou imediatamente para informar a novidade. Eddie e Gavin chegaram em menos de uma hora.

— Não me entenda mal, estou superempolgada por você. Só não compreendo. Por que vai ser tão em breve? Dois de março é daqui a duas semanas.

Lake olha para mim e dá uma piscadela. Ela está bem aconchegada a mim, sentada em cima dos pés. Me aproximo e beijo seus lábios. É como já falei, não consigo me segurar.

Ela se vira para Eddie e responde:

— Por que eu ia querer um casamento tradicional, Eddie? Nada nas nossas vidas é tradicional. Nenhum dos nossos pais estaria presente. Você e Gavin seriam os únicos convidados. Os avós de Will talvez nem comparecessem... a avó dele me odeia.

— Ah, esqueci de dizer uma coisa — falo. — Na verdade, minha avó gosta de você. Muito. É comigo que ela estava chateada.

— Sério? — indaga Lake. — Como você sabe?

— Ela me disse.

— Hum. — Ela sorri. — Que bom saber.

— Está vendo só? — diz Eddie. — Eles iriam comparecer. Sherry e David também. Já são nove pessoas.

Lake revira os olhos para Eddie.

— Nove pessoas? Você quer que a gente pague uma festa de casamento inteira para nove pessoas?

Eddie suspira e cai no colo de Gavin, com ar de derrotada.

— Acho que você tem razão. É que eu queria planejar uma festona de casamento algum dia.

— Você pode planejar a sua própria — diz Lake. Ela olha para Gavin. — Faltam quantos minutos para você pedi-la em casamento, Gavin?

Ele responde sem pestanejar:

— Uns trezentos mil, algo assim.

— Está vendo só, Eddie? Além do mais, preciso que você faça meu cabelo e minha maquiagem — diz Lake. — E precisaremos de testemunhas também. Você e Gavin podem vir, e Kel e Caulder também estarão lá.

Eddie sorri. Ela parece ter ficado um pouco mais entusiasmada agora que sabe que foi convidada.

No início eu também fiquei hesitante com esse plano de Lake. Mas depois que escutei o raciocínio dela, e especialmente depois que ela contou o quanto economizaríamos se não fizéssemos uma festa, logo me convenci. A data do casamento era óbvia.

— E as casas? Em que casa vocês vão morar? — diz Gavin.

Nós temos conversado sobre isso há duas semanas, mesmo antes de eu pedi-la em casamento. Depois de ela passar esse tempo aqui, nós dois sabíamos que seria impossível voltar a viver em casas separadas. Fizemos nosso plano há mais ou menos uma semana, mas agora parece a hora perfeita para compartilhá-lo.

— É um dos motivos pelos quais a gente queria que vocês viessem aqui — digo. — Eu tinha mais três anos de hipoteca, e duas semanas depois que Julia morreu, o título de propriedade chegou pelos correios. Ela pagou o restante antes de morrer. Ela pagou o aluguel da casa de Lake até setembro, depois disso o contrato vence. Então agora ficaremos com uma casa vazia por seis meses, com o aluguel já pago. Sabemos que vocês estavam procurando um lugar para morar antes de o bebê chegar, então estamos oferecendo a casa de Lake até setembro. Depois disso vocês assinam outro contrato.

Nenhum dos dois diz nada. Eles ficam olhando para a gente, chocados. Gavin balança a cabeça e começa a argumentar. Eddie cobre a boca dele com a mão e se vira para mim.

— A gente aceita! A gente aceita, a gente aceita, a gente aceita! — Ela começa a bater palmas. Ela se levanta num pulo, abraça Lake e depois me abraça. — Meu Deus, vocês são os melhores amigos de todos os tempos! Não são, Gavin?

Ele sorri, obviamente sem querer parecer desesperado, mas sei o quanto eles estão precisando de um lugar para morarem juntos. O entusiasmo de Eddie termina falando mais alto que a modéstia de Gavin, que não consegue mais se conter. Ele abraça Lake, depois me abraça, depois abraça Eddie, depois me abraça de novo. Quando eles finalmente se acalmam e sentam de novo no sofá, o sorriso de Gavin desaparece.

— Sabe o que isso significa? — diz ele para Eddie. — Kiersten vai morar na casa do *nosso* lado.

18.

SEXTA-FEIRA, 2 DE MARÇO

*Valem a pena todas as **mágoas**,*
*Todas as **lágrimas**,*
*os **erros**...*
O coração de um homem e de uma mulher apaixonados?
*Vale a pena **toda** a dor do **mundo**...*

PASSEI AS DUAS ÚLTIMAS SEMANAS DANDO A ELA TODAS AS oportunidades de não fazer as coisas assim. Lake insiste que não quer um casamento tradicional, mas não quero que ela se arrependa disso um dia. A maioria das garotas passa anos planejando todos os detalhes de sua festa de casamento. Mas, pensando bem, Lake não é como a maioria das garotas.

Respiro fundo, sem entender muito bem porque me sinto tão agitado. Estou meio contente por ser tudo tão informal. Não consigo nem pensar como meus nervos estariam se mais pessoas fossem comparecer. Minhas mãos não param de suar, então as enxugo na calça jeans. Lake insistiu que eu fosse de jeans, disse que não queria me ver de smoking. Não sei que vestido escolheu, mas ela não queria usar vestido de noiva. Para ela não fazia sentido comprar um vestido que só seria usado uma vez.

Também não vamos fazer a entrada tradicional do casal. Tenho certeza que ela e Eddie estão no final do corredor, no banheiro público do tribunal, maquiando-se. Parece tão surreal — vou me casar com o amor da minha vida no mesmo lugar onde tirei o registro do meu carro. Mas, sendo bem sincero, o lugar onde vamos nos casar não importa. Meu entusiasmo seria o mesmo em qualquer canto... assim como meu nervosismo.

Quando as portas se abrem, não há nenhuma música. Nem damas de honra ou pajens. Apenas Eddie, que entra e se senta numa cadeira ao lado de Kel. O juiz entra logo depois de Eddie e me entrega um formulário e uma caneta.

— Você se esqueceu de colocar a data — diz ele.

Pressiono o formulário no pódio na minha frente e coloco a data de hoje. *Dois de março*. É nosso dia. Meu dia e de Lake. Devolvo o papel para ele, e a porta da sala do tribunal se abre novamente. Quando me viro, vejo Lake entrando, sorrindo. Assim que ponho meus olhos nela, uma onda de alívio toma conta de mim, e sinto uma calma imediata. Ela causa esse efeito em mim.

Está linda. Também de calça jeans. Rio quando vejo a blusa que está vestindo. É aquela maldita camisa que eu amo odiar. Se eu tivesse escolhido a dedo o que ela estaria vestindo no dia do nosso casamento, seria exatamente isso.

Quando se aproxima, eu a abraço, a pego no colo e rodopio. Ao pôr os pés dela no chão novamente, ela sussurra ao meu ouvido:

— Mais duas horas.

Ela não está se referindo ao casamento, e sim à lua de mel. Agarro o rosto dela e a beijo. Todas as pessoas presentes desaparecem a distância enquanto nos beijamos... mas apenas por um segundo.

— Cof, cof. — O oficiante está parado na nossa frente, sério. — Não chegamos ainda na parte de beijar a noiva — diz ele.

Rio e seguro a mão de Lake enquanto nos posicionamos diante dele. Quando ele começa a ler a celebração de casamento, Lake encosta a mão no meu rosto e me faz olhar para ela. Seguro as mãos dela e as puxo para cima, as colocando entre nós dois. Tenho certeza de que o oficiante ainda está falando e de que eu devia prestar atenção, mas não há nada nesse mundo capaz de atrair mais minha atenção. Lake sorri para mim, e percebo que ela também não está prestando atenção em nada ao nosso redor. Nesse momento, somos apenas eu e ela. Sei que ainda não chegou a hora, mas a beijo mesmo assim. Não escuto nenhuma palavra do sermão de casamento enquanto continuamos nos beijando. Em menos de um minuto, essa mulher irá se tornar minha esposa. *Minha vida*.

Lake ri e fala "aceito" sem se afastar da minha boca. Eu nem tinha percebido que chegamos a essa parte. Ela fecha os olhos novamente e volta ao mesmo ritmo que eu. Sei que o casamento é algo importante para algumas pessoas, mas estou me contendo para não a pôr no colo e carregá-la para fora daqui antes de tudo isso acabar. Depois de mais alguns segundos, ela começa a rir novamente e diz:

— Ele aceita.

Percebo que ela acabou de responder por mim, então separo meus lábios dos dela e olho para o oficiante.

— Ela tem razão, eu aceito. — Viro-me novamente para ela, e nós continuamos de onde paramos.

— Bem, parabéns então. Agora eu os declaro marido e mulher. Pode *continuar* beijando a noiva.

E é o que faço.

— Depois de você, Sra. Cooper — digo, enquanto saímos do elevador.

Ela sorri.

— Gostei disso. Soa bem.

— Que bom que acha isso, pois agora é tarde demais para mudar de ideia.

Quando a porta do elevador se fecha atrás da gente, tiro a chave do bolso e confiro o número do quarto mais uma vez.

— Por aqui — digo, apontando para a direita. Seguro a mão dela, e começamos a andar pelo corredor. Sou obrigado a parar bruscamente, no entanto, quando ela me dá um puxão para trás.

— Espere — pede ela. — É para você me carregar na entrada. É isso que os maridos fazem.

Antes que eu possa me abaixar para pegá-la nos braços da maneira tradicional, ela põe os braços nos meus ombros e salta, envolvendo minha cintura com as pernas. Tenho de segurar em suas coxas para que ela não caia. Seus lábios estão bem próximos dos meus, então eles recebem um beijo breve. Ela sorri e desliza a mão para a parte de trás do meu cabelo, forçando minha boca para junto da dela mais uma vez. Tento segurar as pernas de Lake com uma das mãos e a cintura com a outra, mas sinto que ela está escorregando, então dou dois passos rápidos até ela ficar encostada numa porta de quarto. Não é nossa porta, mas dá para o gasto. Assim que as costas dela batem na porta, ela geme. Lembro dos machucados de algumas semanas atrás.

— Você está bem? Machucou as costas?

Ela sorri.

— Não. Foi um gemido bom.

A intensidade que há em seus olhos é magnética. Sou incapaz de desviar o olhar enquanto fico parado, imprensando-a contra a porta. Seguro por debaixo de suas coxas e a ergo ainda mais, apertando meu corpo no dela para fazer mais pressão.

— Só faltam cinco minutos.

Sorrio e aproximo o rosto para beijá-la novamente, porém de repente ela fica mais distante. Assim que percebo que a porta em que nos apoiamos está se abrindo, faço o máximo para segurá-la. Em vez disso, no entanto, nós caímos e acabamos ficando um em cima do outro no chão do quarto de hotel de outra pessoa. Ela ainda está com os braços ao redor do meu pescoço e fica rindo até olhar para cima e avistar um homem e duas crianças nos encarando. O homem não parece muito contente.

— Corra — sussurro. Lake e eu engatinhamos para fora do quarto e nos erguemos. Seguro a mão dela e disparamos pelo corredor até encontrarmos nosso quarto. Deslizo o cartão-chave para dentro do leitor, mas antes que eu abra a porta, ela vem para minha frente e me encara.

— Mais três minutos — diz. Ela estende o braço para trás e abaixa a maçaneta, abrindo a porta. — Agora atravesse a porta me carregando, marido.

Curvo-me, seguro-a por trás dos joelhos e a ergo, jogando-a por cima do ombro. Ela dá um gritinho, e eu escancaro a porta usando o pé dela. Dou um passo para dentro do quarto carregando minha esposa.

A porta bate atrás da gente, e eu a coloco delicadamente na cama.

— Estou sentindo cheiro de chocolate. E de flores — diz dela. — Bom trabalho, marido.

Ergo a perna dela e tiro sua bota.

— Obrigado, esposa. — Ergo a outra perna e tiro o outro pé da bota. — Também lembrei das frutas. E dos roupões.

Ela dá uma piscadela para mim e rola para o lado, indo mais para trás na cama. Após se acomodar, ela se inclina e agarra minha mão, puxando-me para perto.

— Venha cá, marido — sussurra ela.

Começo a me aproximar dela por cima da cama, mas paro ao me deparar com sua blusa horrorosa.

— Queria que você tirasse essa coisa horrorosa — digo.

— Não é você que a odeia tanto? Então tire *você*.

E é o que faço. Começo por baixo e pressiono meus lábios contra sua pele na região onde a barriga e o topo da calça se encontram, fazendo-a se contorcer. Bom saber. Desabotoo o botão seguinte e subo meus lábios mais um pouco até chegar ao umbigo. Beijo-o. Ela solta mais um gemido, e dessa vez não me preocupo. Continuo beijando cada centímetro dela até a blusa horrorosa ser retirada e ficar jogada no chão. Quando meus lábios se encostam nos dela novamente, paro e pergunto mais uma vez.

— Esposa? Tem certeza de que está pronta para não recuar? Agora?

Ela põe as pernas ao meu redor e me puxa.

— Tenho certeza absoluta para borboleta — diz ela.

Então não recuamos.

Agradecimentos

Colocar em um único parágrafo o nome de todas as pessoas que merecem agradecimentos seria impossível. Por isso, simplesmente vou ter de escrever mais algumas dúzias de livros para poder incluir todos vocês. Por ora, quero mencionar minhas garotas do FP: meus exemplos, minhas confidentes, meus ouvidos amigos, minhas companheiras, minhas 21. Amo cada uma de vocês e não tenho como agradecer o suficiente por terem permitido que eu entrasse no último segundo. Vocês mudaram minha vida.

Este livro foi impresso na tipologia Janson Text LT Std,
em corpo 11/15,3, e impresso em papel off-white,
no Sistema Cameron da Divisão Gráfica
da Distribuidora Record.